Impunidade

COLEÇÃO TRÁS-OS-MARES

coordenação
Renato Rezende e Maria João Cantinho

projeto gráfico
Sergio Cohn

capa
Lucio Ayala

revisão
Luca Jinkings

distribuição
Editora Hedra

edição adotada
Impunidade, Lisboa, Relógio D'Água, 2014

Com o apoio da Direção-Geral do Livro, dos Arquivos e das Bibliotecas – DGLAB / Cultura / Portugal

Dados internacionais de Catalogação na Publicação – CIP

C215
Cancela, Hélder Gomes
Impunidade / H. G. Cancela. – Rio de Janeiro: Circuito; Lisboa: DGLAB, 2020. (Coleção Trás-os-mares).
190 p.

ISBN 978-65-8697-416-4

1. Literatura Portuguesa. 2. Romance. I. Título. II. Série. III. Direção-Geral do Livro, dos Arquivos e das Bibliotecas (DGLAB).
CDU 821.134.3   CDD 869.3
2020
www.editoracircuito.com.br

Impunidade
H. G. CANCELA

REPÚBLICA PORTUGUESA
CULTURA
DIREÇÃO-GERAL DO LIVRO, DOS ARQUIVOS E DAS BIBLIOTECAS

CiRCuiTo

2020

Sumário

I 6
II 23
III 38
IV 53
V 66
VI 82
VII 96
VIII 110
IX 127
X 143
XI 157
XII 174

I

Profano, profano, profano. Profano o tempo, profana a terra, profana a língua, profana a lei. Tempo e terra, língua e lei, sem outro tamanho que não aquele que por si próprios possam produzir. Causa e consequência, circunstância, condição, isso que a si mesmo, e contra a estrita ideia de civilização, se pesa, se mede e se diz. Contra a civilização, contra a culpa, contra a língua, contra a lei. Contra a proibição inscrita na carne como coisa congênita.

Movia-me sem ver onde punha os pés. Primeiro um passo, depois outro, tateando o escuro. Era uma superfície instável. Terra, lama, lodo. Madeira apodrecida. Tropeçava, os pés pareciam prestes a enterrar-se no solo encharcado. Cheirava a nevoeiro e a água estagnada. Avancei ao acaso durante alguns minutos. A princípio em frente, depois à esquerda, acompanhando o declive. Acabei por encontrar o carro.

A estrada atravessava os pântanos, menos de um metro acima do nível de cheia. À luz dos faróis, nas terras baixas, um lençol de água de onde emergiam salgueiros. Conduzi devagar. Uma via estreita e sinuosa, paralela ao curso do rio. Quatro quilômetros depois desviou-se para a direita e começou a subir. O nevoeiro tornou-se mais denso. Desliguei os máximos, liguei-os. O acréscimo de luz não produzia profundidade, iluminava uma massa clara mas opaca, que se movia de encontro ao carro. À minha frente não haveria mais do que seis ou sete metros de visibilidade. Acelerei. Para lá dos railes, adivinhava-se um vale cavado. Vegetação rasteira, copas de árvores, afloramentos rochosos. Um território hostil. Eu confiava na estrada. Colava-me às linhas no pavimento e acelerava. O nevoeiro mantinha-se quando atravessei a fronteira, dissipou-se após alguns quilômetros. Continuei durante toda a noite. Às seis da manhã já estava claro. Às sete, parei numa área de serviço. Pão, leite, café. Demorei vinte minutos. Uma hora mais tarde estacionei diante de um hotel. Pedi um quarto. Tomei banho e deitei-me despido. Não desfiz a cama. Acordei a tossir, coberto de suor. Levantei-me devagar, tentando manter-me de pé. Alcancei o quarto de banho e debrucei-me sobre a privada. Um jorro ocre com restos de sangue, sabor metálico e odor ácido de água represada. Fechei os olhos, ajoelhado, as mãos apoiadas na porcelana. Sentia-me a expelir mais do que aquilo que o estômago poderia comportar. A expelir os órgãos. O estômago, os pulmões, num impulso que parecia arrancar parte da própria carne. Sangue e tecidos dissolvidos numa lama cada vez mais espessa. Aproximei a boca da torneira. Bebi alguns goles e deixei-me cair, de olhos fechados, os joelhos dobrados e as costas apoiadas contra a parede. Fiquei ali até conseguir pôr-me de pé. Talvez meia hora. Levantei-me, lavei a boca e voltei para a cama. Adormeci depressa. Acordei às quatro da tarde. Tomei banho, vesti-me e deixei o hotel. Prossegui para sul.

Eu sabia o que teria a fazer. Trocar o que tinha por aquilo de que precisava. Caso a caso e sem hesitações. Sabia o que nunca faria. Conhecia as regras, aceitava os termos, mas não me comprometia. Poderia ganhar, poderia perder. Reconhecia a pergunta, antevia a resposta, uma coisa era condição da outra. A posse, da pergunta, a falta, da resposta. Mas nenhuma delas capaz de cumprir a sua função. A posse ou a pergunta, a falta ou a resposta. Seria talvez um problema mal formulado, sem solução apenas porque os dados estavam desde o início viciados. Era voluntário. Tinha sido um erro, continuaria a sê-lo.

Parei em Mérida para jantar. Demorei-me. Passava da meia-noite quando voltei para o carro. Depois, duzentos quilômetros de autoestrada até Sevilha. Avançava devagar. Cento e trinta, cento e dez, noventa, reduzindo a velocidade à medida que me aproximava. Eram duas da manhã quando deixei a autoestrada e atravessei as zonas industriais e os bairros periféricos. Dirigi-me para o centro. Ronda de Capuchinos, Menéndez Pelayo, Eduardo Dato, dez minutos desde a circular exterior. Deixei o carro nas traseiras da Fábrica de Artillería e segui ao longo do passeio, com as chaves na mão. Do outro lado da rua, havia um estaleiro de obras. Hesitei uns minutos à entrada do prédio, um edifício de quatro pisos que ocupava metade do quarteirão. Recuei até o passeio oposto. No último andar, as janelas estavam iluminadas. Entrei, chamei o elevador e subi. Esperei diante da porta. Não se ouvia ninguém. Experimentei a chave.

Sufocava-se. Todas as lâmpadas estavam acesas. Ao fundo do corredor, o quarto era a única divisão às escuras. Percorri os compartimentos. Era preciso olhar para o chão e tentar não tropeçar nas coisas espalhadas. Livros, brinquedos, revistas, embalagens vazias. No quarto de banho, a roupa suja acumulava-se entre a banheira e o lavatório. A cozinha cheirava a leite azedo, comida bolorenta e fruta apodrecida. A porta da geladeira estava entreaberta. Fechei-a. Espalhados pela mesa e pelo balcão, garrafas de sumos, pacotes vazios, embalagens meio consumidas de comida entregue ao domicílio. Pedaços de pão seco, papa, flocos de cereais. As formigas atravessavam os ladrilhos, subiam pelos móveis e cobriam os restos. À minha aproximação, as baratas escondiam-se por detrás dos móveis. Na lava-louças, a torneira deixava correr um fio de água, num gotejar cadenciado que caía sobre uma chávena, escorria pela porcelana e se esvaía pela pilha de louça. No terraço, as plantas dos vasos tinham sido regadas. Voltei para trás, atravessei a sala, o corredor, parei antes do último quarto. O outro, à esquerda, tinha a cama coberta de sacos, brinquedos, roupa. Avancei dois passos e abri mais a porta. Fechei-a atrás de mim. Esperei que os olhos se habituassem ao escuro. As janelas estavam entreabertas, as persianas corridos. Os candeeiros da rua projetavam no teto listras horizontais de uma luz baça e morna que iluminava mal. Mesmo com as janelas abertas, o ar continuava quente e abafado. Cheirava a pó, borracha e gasolina queimada. Urina.

    Um compartimento largo. Junto da porta havia um sofá, depois, em sequência, uma cama grande, uma cama de criança, um armário de parede com as portas abertas. Uma cômoda, à esquerda. Uma cadeira junto da janela. Aproximei-me da cama maior. O rapaz tinha apenas as cuecas vestidas. Magro, as pernas esguias, o cabelo comprido. Ouvia-se a respiração. Rápida, regular, entrecortada por pausas de onde emergia com uma aspiração sufocada. Da outra cama, não se ouvia nada. A menina estava despida, com o cabelo espalhado pelo rosto e as pernas cobertas com a ponta do lençol. Apoiei-me nas grades, debrucei-me e afastei-lhe o cabelo. Não se mexeu. Respirava devagar, com os lábios entreabertos e um quase insensível movimento do peito. Parecia fria, apesar do calor, o corpo contraído, a cabeça colada aos joelhos. Tinha os lençóis úmidos em redor das coxas. Na penumbra, a sua pele esbatia-se contra o tecido branco. Uma mancha inorgânica. Levantei-me e fui até a janela. Afastei a persiana.

    Em baixo, do outro lado da rua, havia não um estaleiro de obras, mas um campo arqueológico que ocupava o espaço de vários edifícios demolidos. Nos prédios das extremidades persistiam os restos das anteriores construções. Um holofote projetava uma luz rasante que iluminava o painel de identificação dos trabalhos. Uma necrópole medieval. Para lá dos toldos de rede, eram visíveis os trabalhos. O solo fora dividido numa quadrícula apertada de valas que interceptavam as sepulturas. A escavação atingira talvez um metro de profundidade. Ainda não alcançara o nível de inumação, mais fundo, segundo a soma de matéria orgânica, terras e detritos. Vários metros, nos últimos dez séculos. Por debaixo da cidade, em estratos, o lixo acumulado por séculos de miséria parecia constituir a única superfície sólida. O lixo, a fome, a violência, o que sobra da morte ou o que lhe escapa, depostos e amontoados, num processo de produção da ordem por sobreposição do caos. Ou de produção do caos pela deposição de estratos de ordem, simultâneos e incompatíveis. Casas, templos, túmulos, cada coisa erigida sobre o seu próprio esboroamento e garantindo apenas o espaço necessário para a sedimentação dos mortos.

    Fiquei alguns minutos a olhar para as valas vazias e afastei-me da janela. Sentei-me no sofá. Estive ali durante mais de meia hora. Nenhum deles deu pela minha presença. Eu tinha aprendido a respeitar a morte. Não propriamente a temê-la. A respeitá-la, prescindindo de explicação. Era suficiente identificar as coisas pelo nome próprio. Pelo nome, pela imagem, pelo número, segundo um movimento que troca o mundo pela sua representação e depois lha devolve, tentando garantir um mínimo de compreensão. Olhei para o relógio. Passavam vinte minutos das três. Não queria adormecer. Aproximei-me da cama da menina. O colchão parecia ainda mais molhado. Segurei-a pelos ombros e puxei-a para a cabeceira. Tapei-a com o lençol. Virou-se de lado, mas não acordou. Atrás de mim, o rapaz agitou-se na cama. Voltei-me devagar. Ele não se mexeu. Abriu os olhos, sem expressão, manteve-os abertos. Não pestanejou. O que quer que visse parecia não caber na sua compreensão. Suspendeu a respiração, de olhos hirtos, durante um instante. Respirou fundo e fechou-os. Não tornou a abri-los, diante de uma imagem que emergia da própria natureza da noite, desaparecendo com ela. Bastaria manter os olhos fechados.

    Saí do quarto e encostei a porta. Permanecia a desarrumação. Procurei o comando do ar condicionado. Acabei por encontrá-lo por detrás da televisão. O aparelho estava avariado, ligava e desligava sem chegar a arrancar. Apaguei as luzes, abri as janelas da sala, da cozinha. Vinda da rua, uma corrente de ar fresco. Encontrei água na geladeira. Enchi um copo, bebi-o, tornei a enchê-lo, levei-o na mão até o terraço. Avancei alguns passos, entre vasos e toalhas de banho penduradas na corda. A varanda dava para um pátio interior. Estreito, paredes cegas, uma palmeira no meio. A lâmpada da cozinha projetava-se na parede oposta, à altura do terceiro andar. Fui apagá-la e voltei para o terraço. À distância, ouvia-se o som da buzina de um carro. Um ruído repetitivo. Fechei os olhos durante uns segundos. Abri-os. Eu estava outra vez ali. Uma coisa, um estado. Sentei-me no banco de verga e fiquei acordado. No céu, sobre a massa dos telhados, a luminosidade baça da reverberação. Duas horas depois, começou a clarear. Saí antes das sete, hora local. Fechei as janelas e liguei as luzes. As moscas começavam a enxamear os restos de comida.

Deixei o carro ao fundo da rua e fui até um hotel. Eu sabia qual, a três quarteirões dali. Pedi um quarto para duas semanas. Subi até o oitavo piso, segui pelo corredor. Fechei a porta atrás de mim. Uma decoração pesada. Vidros fumados. Abaixo, viam-se os jardins de La Buhaira. Tomei banho e tornei a vestir a mesma roupa. Cheirava a lodo seco, transpiração. A lama tinha caído, havia algumas manchas. Limpei os sapatos. Precisava de ir às compras. Desci para o café da manhã. Esperei que as lojas abrissem e chamei um táxi. Voltei ao princípio da tarde. Pousei os sacos em cima da cama, mudei de roupa, troquei de sapatos, fui a pé até o apartamento. Do outro lado da rua, protegidas por telas de lona, umas quinze pessoas revolviam a terra do antigo cemitério.

Ouvia-se o riso, a água a correr. As luzes continuavam acesas, as persianas descidas, as janelas fechadas. A televisão ligada, o ar saturado como o do interior de uma estufa. Do quarto de banho, escorria uma língua de água que se estendia pelo corredor até a entrada da sala. Fui à cozinha, depois aos quartos. Não havia mais ninguém. Aproximei-me da porta do quarto de banho. Encostei-me à ombreira, sem chegar a entrar. Nenhum deles me viu. A torneira estava aberta. A menina de pé, no meio do compartimento, o irmão deitado na banheira, com água pelo peito. Ela, de pernas nuas e camisola encharcada, aproximava-se, recuava, voltava para junto da banheira. Ele mergulhava, esperava que ela se aproximasse e emergia de um salto, atirava-lhe água. A brincadeira repetia-se. Submergia, fingindo-se distraído até a sentir junto de si, irrompia da água e salpicava-a com as mãos em concha. Ela gritava, fugia até o monte de roupa junto do lavatório, ria com o rosto protegido pelos braços. O cabelo molhado escorria-lhe pelos ombros em madeixas escuras. À sua volta, a água continuava a cair. Depois, de repente sério, o rapaz reparou em mim,

"Pai".

A menina seguiu-lhe o olhar. Viu-me, aproximou-se da banheira e agarrou-se ao braço do irmão. Ele, com a boca fechada e os maxilares comprimidos, dir-se-ia diante da materialização de um terror noturno. Uma ameaça que ultrapassava a sua capacidade de negação. Acabou por reagir. Puxou a irmã para si e murmurou-lhe alguma coisa. Ela olhou fixamente na minha direção, num vislumbre de memória ou de compreensão. O rapaz levantou-se, fechou a torneira e ficou de pé, com a água quase pelos joelhos. Hesitou por um instante, saltou para o tapete, agarrou numa das toalhas pousadas sobre a privada e envolveu-se nela.

Depois despiu a irmã, secou-a e enrolou-a na outra. Secou-se, enquanto fixava, para lá das minhas pernas, a água que escorria pelo corredor. Agia como se continuassem sozinhos, não olhou para mim. Encostada ao irmão, ela mantinha o rosto voltado na minha direção, mas parecia não me ver, com uma expressão alheada. Por fim, ele atirou a sua toalha para a borda da banheira e deu a mão à irmã. Ficou parado. Só então reparara que para sair dali teria de passar junto de mim. Desviei-me e fiquei a vê-los afastarem-se na direção do quarto. O rapaz à frente, depois a irmã, com os pés descalços nos tapetes encharcados.

Apaguei as luzes, abri as janelas, desliguei a televisão. Parei à porta do quarto. Voltaram-se os dois. A menina deixou cair a toalha. Mantinha o olhar fixo, de baixo para cima, ao mesmo tempo curiosa e distraída, tentando avaliar o tamanho da surpresa ou da ameaça. Ou tentando medir a distância que entre nós se interpunha. Talvez não fosse a suficiente. Desviou os olhos e procurou esconder-se por detrás do irmão. Tinha quatro anos. Magra, a pele pálida, o rosto de cera, o cabelo pelos ombros. Adivinhavam-se-lhe os ossos. No rosto, nos braços, no peito, nas pernas. O ventre dilatado. À transparência, era visível a rede de vasos sanguíneos que lhe cruzava a pele. Uma reserva de animal atento. Olhos fundos, verdes, boca pequena, lábios imobilizados numa expressão de desconfiança. No rapaz, os mesmos olhos, a mesma palidez, a mesma reserva. Tinha nove anos. Magro, alto, o cabelo apenas um pouco mais curto do que o da irmã. Olhava-me de frente, a cabeça levantada e as pernas tensas, tentando convencer-se da sua própria força. Não se sentia seguro. Sabia-se sozinho. De mim, não saberia mais do que o meu nome. Reconhecera-me das fotografias, não de uma memória que lhe fosse acessível. Continuou calado. Aproximou-se da irmã e disse-lhe algo em voz baixa. Ela abanou a cabeça, ele não insistiu. Perguntei-lhe há quanto tempo estavam sozinhos.

"Dois ou três dias", disse. Talvez mais. Encolheu os ombros e apontou para a irmã, "Eu tomo conta dela."

Puxou-a mais para si e sentou-a na cama. Secou-lhe o cabelo com a toalha, revolveu as gavetas do armário, retirou umas cuecas e um vestido de algodão. Vestiu-a, apertou-lhe os botões do vestido, nas costas, procurou-lhe as sandálias. Baixou-se para lhas apertar. Depois vestiu-se a si mesmo, com movimentos imprecisos, quase sem olhar para a roupa. Ela contornou a cama e foi até a janela. Subiu para uma cadeira, afastou a persiana e espreitou para fora. Ficou ali enquanto ele se calçava, pegava na toalha e olhava para a desarrumação. Brinquedos espalhados, papéis amarrotados, pó. O colchão da cama da irmã levantado contra a parede, os lençóis pendurados nos braços do sofá. Cheirava a urina queimada. Ele olhou para mim. Disse que às vezes a irmã se molhava. À noite já estaria seco. Chamou-a e dirigiram-se para a porta. Afastei-me. Encostaram-se à parede oposta, o mais longe possível das minhas pernas. Atrás deles, a toalha arrastava pelo chão encharcado. Ele atirou-a para o monte de roupa suja no quarto de banho, debruçou-se para a banheira e abriu o ralo. Ficaram os dois a ver a água desaparecer. Esperei que se voltassem e disse-lhes que regressaria ao fim da tarde para irmos jantar.

Só com dificuldade eu compreendia aquilo que eles diziam. A menina quase não falava. No máximo, pronunciava meia dúzia de palavras reconhecíveis. Água, pão, papa, leite, numa dicção arrastada. Nem português nem castelhano, mas uma onomatopeica língua primitiva que se diria responder apenas pelas suas próprias regras. O resto do discurso perdia-se num balbuciar confuso de sons sem suporte sintático ou estrutura gramatical. O irmão compreendia-a. Comigo, o rapaz usava uma mistura de português elementar e do castelhano que aprendia na escola. O mesmo castelhano com que, no restaurante, falou com o empregado, indicando aquilo que a irmã comeria. Para si, deixou que eu escolhesse.

Mantive-os na rua depois do jantar. Eu tinha deixado as janelas abertas, à espera de que a casa arrefecesse. Passava das dez, começava a escurecer. As ruas estavam vazias. Era um bairro pequeno, de vias apertadas, entre o centro da cidade e as avenidas do Nervión. Eles seguiam à minha frente pelo passeio estreito. Iam de mão dada, o rapaz adiantado, a irmã meio metro atrás, com os passos curtos e a cabeça baixa. Nos cruzamentos, ele voltava a cabeça na minha direção. Prosseguia. Fazia algum vento. Atravessamos o jardim até junto do tanque. Pararam ali. Pareciam ser as únicas crianças. Havia poucas pessoas. Dois ou três namorados, turistas, mulheres sozinhas que passeavam os cães. Sentei-me à distância, eles não se aproximaram. Ficaram parados, inibidos pela minha presença. Depois começaram a correr ao longo do tanque. Estavam habituados a brincar ali, tinha sido o rapaz a sugerir o jardim. Perseguiam-se, escondiam-se, afastavam-se, era quase uma coreografia. Uma brincadeira de crianças muito pequenas. Era duvidoso que o rapaz se divertisse. Corria atrás da irmã, fugia-lhe, deixava-a tocar-lhe, deixava-a fugir. Estava ali para brincar com ela. Por vezes, olhava na minha direção, mas quando me aproximei para os chamar, mais de meia hora depois, olharam para mim, vendo-me de novo pela primeira vez. Seguiram-me sem protestar. Sobranceiro ao jardim, via-se o meu hotel. Indiquei-lhes o edifício. Olharam sem curiosidade e não comentaram.

O rapaz desviou rapidamente os olhos. Quando nos aproximamos do prédio, adiantou-se para abrir a porta.

"Eu tenho a chave", disse.

Levantava-me cedo e chegava ao apartamento antes de eles acordarem. Preparava-lhes o café da manhã. Chamava-os às nove. Esperava que se vestissem, sentava-me à mesa e comia com eles. Deixava-os a meio da manhã. Não pretendia impor-me mais do que o necessário. Regressava antes da hora de jantar. Ao fim de três dias, eles tinham-se habituado a ver-me chegar e a ver-me sair, sem que isso alterasse muito os seus hábitos. Eu não lhes dizia o que tinham de fazer, eles não perguntavam. Passavam o dia diante da televisão. Descalçavam-se, despiam a roupa e sentavam-se no sofá, apenas em cuecas, olhando para a tela com um interesse ou uma indiferença que se aproximava da apatia. Pareciam ser capazes de permanecer imóveis durante horas, um ao lado do outro, quase colados, o rapaz com o comando na mão, mudando de canal sem um critério identificável, ritmo, som, cor. Ao longo do dia, percorriam os mais de setenta canais disponíveis sem esboçar uma reação de interesse ou de desagrado. Olhavam para as notícias, a violência grosseira ou o sexo explícito com a mesma atenção distraída com que viam a publicidade ou os programas infantis. Nunca se riam. Raramente falavam. Mais do que a minha presença, a proximidade do outro parecia induzir neles uma autocensura consciente e recíproca. Uma forma de pudor. Raramente um grito, um protesto, uma zanga. A menina chorava, por vezes, mas era quase orgânico. Fome, sono, irritação. O rapaz nem isso, moldando o seu comportamento pela reserva implícita nos olhos da irmã. Nesta, a aproximação do rapaz era suficiente para a tornar hirta, os lábios apertados e os olhos baixos. Qualquer embaraço que a minha chegada pudesse ter produzido esbateu-se ao fim de alguns dias. Habituaram-se a mim do mesmo modo que se tinham habituado à casa desarrumada, à roupa suja e ao abandono.

Perguntei ao rapaz por que é que ninguém vinha tomar conta deles. Abanou a cabeça. Não tinha uma explicação. Disse que a empregada acabaria por regressar. Esperei mais uns dias. Não veio ninguém. Teria de ser eu a limpar o apartamento. Comecei por recolher o lixo espalhado. Quatro sacos entre a cozinha e a sala. Os restos de comida, as embalagens vazias, a fruta apodrecida. Enchi por três vezes a máquina com a louça acumulada. Pus a roupa a lavar, pendurei-a no terraço. Hesitei, mas acabei por recolher os restos das revistas rasgadas que se espalhavam por todos os compartimentos. Era a menina. Observou-me com atenção, mas não protestou. As páginas tinham sido arrancadas uma a uma e as imagens recortadas com cuidado. Depois, os olhos dos retratos haviam sido furados. Por vezes o rapaz ajudava-a. Recortava as imagens com uma tesoura grande, de pontas redondas e passava-as à irmã. Esta furava-lhes os olhos com uma faca de cozinha. Apenas os olhos, apenas as pessoas, nunca os animais. Fazia-o com uma expressão atenta e séria. Dir-se-ia não uma brincadeira, mas uma tarefa que a si mesma se impunha, obrigação ou parte de uma aprendizagem. Depois de uma imagem, passava a outra, sem se deter o suficiente para avaliar o resultado do movimento anterior. Virava o papel e verificava se nas suas costas existiria outra imagem. Repetia o processo e atirava para o chão o papel perfurado. Olhava por momentos para a televisão.

Viram-me recolher o lixo, mas não comentaram. Não olharam sequer um para o outro, para combinar uma reação. Surgia-lhes como natural que esse fosse o meu comportamento. Arrumar, limpar, recolocar as coisas no ponto de partida. Tudo o que lhes acontecia parecia surgir-lhes como a consequência natural do momento anterior, recusando-se a admitir um mundo e uma ordem exteriores àquilo que conheciam e que poderiam antecipar. Tinham aceitado a minha presença com a mesma falta de surpresa com que aceitariam o meu desaparecimento, dedicando-me apenas a atenção necessária para transportar as coisas para os seus próprios termos. A atenção necessária para os traduzir não para a língua ou para a consciência, mas para o olhar. O suficiente para poderem aceitar ou recusar. Era a mesma obstinação com que a menina aceitava ou recusava os alimentos que eu lhe dava. Abanava a cabeça, com a boca fechada, ou estendia a mão e comia. Alheada, como se eu ali não estivesse e os alimentos não fossem o resultado de uma ação deliberada para os produzir ou obter, mas fruto da sua simples existência como boca e como fome. Levantava os olhos, baixava-os, olhava para as mãos. Um olhar privado de exterior, opaco, incapaz de se colocar por entre os outros para se perguntar por quê. Por quê, quem, como. Era uma consciência anterior à articulação do mundo em linguagem. Não se tratava de saber ou não saber falar, mas de olhar para as coisas com os olhos vazios, de ver sem se saber parte do próprio mundo. Não sabia, não perguntava. Pestanejava, apertava os braços diante do peito, continuava calada. Não forcei nenhuma aproximação.

Saíamos depois das seis, quando a temperatura descia para perto dos trinta graus e os passeios começavam a encher-se de gente. Caminhavam de mão dada pelas ruas do centro. Pareciam intimidados, mas nem assim se aproximavam de mim. Seguiam-me à distância. Eu olhava para trás, a intervalos, para me assegurar de que eles ainda ali continuavam. Comprei-lhes alguma roupa. A menina não deixava que eu lhe tocasse. O irmão pegava nas peças que eu lhe indicava, levava-a para os provadores e experimentava-lhas. Falava com as empregadas, pedia outro número, tornava a experimentar, acordava com ela as peças que iriam levar. Para si mesmo não era tão exigente. Mantinha a reserva, mas aceitava o que eu lhe comprava. Não agradecia. Temia que isso pudesse colocá-lo em dívida comigo. Apesar de tudo, as compras corresponderiam mais a uma obrigação minha do que a uma necessidade sua. Não me pediria nada que eu não lhe devesse. Não me daria nada que eu não lhe tivesse primeiro pedido. Sem afeto nem hostilidade, apenas com a atenção necessária para avaliar o risco antes de agir ou de falar. Olhava para a irmã e permanecia calado.

Ficávamos pela Plaza Nueva enquanto esperávamos a hora de jantar. Para além do jardim, esse era o único lugar da cidade onde a menina parecia sentir-se à vontade. Àquela hora, a praça enchia-se de carrinhos de bebê. Mães ociosas. Havia poucos homens. Por vezes passavam por lá os maridos depois do trabalho. Ficavam uns minutos e seguiam todos para casa. De qualquer modo, ninguém se demorava muito tempo. Sob a sombra dos plátanos e das palmeiras, as crianças corriam em redor das mães, brincavam entre si, caíam, levantavam-se. Raramente se afastavam. A maior parte tinha menos de cinco anos. Uma ou outra criança teria cinco, seis, sete, depois dessa idade só se viam adultos. Sempre que chegávamos, eles olhavam em volta à procura de alguém. Perscrutavam a praça sem convição, voltavam-se um para o outro, desviavam os olhos. Nunca havia ninguém.

Esperei que se aproximassem e atravessei a rua com eles a meu lado. Sentei-me num banco. Eles avançaram até o meio da praça com a expressão intimidada que tinham sempre que ali chegavam. Depois, impelidos por uma disposição atávica para o comportamento mimético, correram pelo empedrado, um atrás do outro e ambos atrás de outras crianças que não conheciam e que os observavam com desconfiança. Acabaram por brincar sozinhos. Chamei-os. Nenhum deles veio. A menina foi sentar-se nos degraus do pedestal da estátua. Ele ficou a seu lado. Logo a seguir, ela levantou-se, atravessou a praça a correr e parou junto de uma mulher que, de costas, se debruçava sobre outra criança. Puxou-lhe o vestido. O irmão seguiu-a,

"Laura."

Chamou-a outra vez, já zangado. Chegou a tempo de pedir desculpa e trazer a irmã. Sentou-a a seu lado, no banco contíguo àquele em que eu me encontrava. Olhou para mim e encolheu os ombros, tentando desculpá-la. Ela permaneceu ali enquanto ele não a autorizou sair. Tinha as pernas pendentes, os pés imóveis. Uma expressão de estupefação. Deslocava a cabeça, num movimento de rotação independente do resto do corpo, e fixava as mulheres. Primeiro as mulheres, as crianças, as árvores em volta e outra vez as mulheres. O rosto, as mãos, a boca, os gestos. Baixava os olhos, levantava-os, tornava a olhar, como se nenhuma imagem se acrescentasse à anterior para formar memória e pensamento, e observasse tudo pela primeira vez. O volume das árvores, o riso das crianças, a textura áspera do empedrado, a massa em movimento das mulheres. Levantava a mão, à distância, e tentava tocar-lhes. Erguia a cabeça, abria mais os olhos e deixava cair a mão. Pensar o mundo é sempre pensá-lo com uma linguagem. Talvez ela a não tivesse. Não apenas palavras, mas alguma coisa capaz de organizar em mundo isso que em cada momento articula o antes com o depois, o permitido com o proibido, o eu com os outros. Privada de gramática, ela permanecia reduzida àquilo que sentia. A dor, a fome, o sono. O frio ou o calor. O cheiro da comida e das ruas regadas, o ruído dos carros nas avenidas, a cor das coisas na tela da televisão. No meio disto, a voz do irmão parecia ser o único indício de ordem. Cedia quase sem hesitação. Sentava-se quando ele indicava, levantava-se se ele permitia, esperava que ele olhasse para si antes de tentar dizer-lhe alguma coisa. Ficaram a brincar em redor do banco, enquanto as mães reuniam as crianças, empurravam os carrinhos de bebê e abandonavam a praça. Meia hora depois estaria vazia.

 Jantávamos num restaurante a meio caminho entre o apartamento e o meu hotel. Um espaço pequeno. Paravam por momentos à entrada e avançavam à minha frente por entre as cadeiras, fazendo do restaurante uma extensão da sua própria casa. Procuravam uma mesa próxima da corrente do ar condicionado e sentavam-se. A meio da refeição, a menina saltava das almofadas que lhe alteavam a cadeira e dirigia-se sozinha para o quarto de banho. O irmão seguia-a por precaução. Espreitava para dentro, confirmava que ela não precisaria dele, e esperava que saísse. Ajudava-a a tornar a subir para as almofadas, sentava-se ele próprio. Insistia com ela para que comesse. Normalmente ela obedecia-lhe, mas essa obediência, ele sabia-o, estava fundada na precaução de não a contrariar mais do que o necessário. Ela olhava para ele, abrindo muito os olhos com a boca fechada, e abanava a cabeça. Que sim ou que não. Embora fosse ele quem lhe escolhia os pratos, ela acabava por comer apenas aquilo que queria. Parecia capaz de se alimentar apenas de pão. Recusava alimentos muito elaborados. Não comia legumes, não comia fruta, não comia peixe, quase não comia carne. Aceitava arroz, massa, bolachas, leite, ovo cozido. Debruçava-se sobre a mesa e concentrava-se em desfazer o pão disponível no cesto. Extraía o miolo, rejeitava as côdeas, dispunha cada pedaço numa fila ordenada na borda da mesa. Da direita para a esquerda, contornando os pratos e os talheres, até obter uma linha suficientemente extensa. Depois reunia-os com ambas as mãos e começava a amassá-los numa bola. Levava o miolo à boca, misturava saliva, mastigava-o entre a língua e os lábios, sem usar os dentes. Não engolia. Repunha a massa nas mãos em concha e acrescentava-a ao resto do miolo. Ao fim de alguns minutos, a pasta adquiria uma forma esférica de consistência pastosa que ela rolava entre as mãos e a toalha, e à qual ia retirando pequenos pedaços que conduzia à boca e engolia depressa, com uma expressão séria e um olhar inquieto, onde cabiam em partes iguais a fome e o medo. Um pequeno esboço de compreensão, mudo e anteverbal. Nada que pudesse ser objetivado através de palavras. Era menos um pensamento do que um pressuposto, menos um sentimento do que um estado latente. Rude e sem contrapartidas. Bastava-lhe poder fechar os olhos e saber que à sua volta continuava a haver mundo. Casa, cama, comida. Já nem sequer afeto. Havia o irmão, uma figura constante. Em parte, o prolongamento da sua própria presença, em parte a manifestação mais palpável de que as coisas e os outros não se reduziam ao seu próprio olhar.

 Tinha deixado de me ver. Nos primeiros dias, retraía-se sempre que eu chegava ou me aproximava dela. Sobressaltava-se e ficava imóvel, com os olhos fixos e a boca apertada. Hesitava um instante e recuava, procurando o irmão, sem tirar os olhos do lugar onde eu me encontrava. Assegurava-se da distância e prosseguia o que estava a fazer, atenta a qualquer movimento mais brusco. Depois, talvez concluindo que a minha presença não constituía nem ameaça nem motivo de satisfação, deixara de me ver. Levantava os olhos se me sentia, apenas o necessário para constatar que eu estava ali. Baixava-os em seguida e ignorava-me até que me fosse embora e o irmão lhe dissesse para me dizer adeus. Levantava a mão, à distância, e acenava sem convicção. Às refeições, sentava-se na extremidade da mesa. Quase não erguia os olhos. Voltava-se para o irmão e apontava para a água, o cesto do pão ou os guardanapos de papel, ao mesmo tempo que pronunciava dois ou três monossílabos mal encadeados. O rapaz repetia a meia-voz o que ela dissera e passava-lhe o que tinha pedido. Falava em português, tentando traduzi-lo a partir daquilo que não era nenhuma língua reconhecível. Nenhum deles dizia mais nada.

Ela reparou em mim uma noite, quase uma semana depois de eu ter chegado. Ao jantar, sentou-se entre mim e o irmão, de frente para a porta, na única mesa disponível. Ignorou-me durante toda a refeição, atenta às conversas nas mesas mais próximas, atenta às deslocações dos empregados e de quem entrava ou saía. Fixou a minha mão pouco antes de nos levantarmos. Tinha acabado de comer a mistura de arroz, carne desfiada e sumo de laranja que o irmão lhe preparara. Conservava a colher na mão direita e levava à boca os dedos da esquerda para lamber os restos de gordura. Pousou a colher no prato e ficou a olhar a ponta dos dedos. Lambeu-os outra vez e limpou-se à toalha. Apoiou os cotovelos na borda da mesa. Fez deslizar o indicador ao longo da toalha até a garrafa de água, movendo-o em círculos cada vez mais largos. Acabou por me tocar na mão. Retirou a sua rapidamente, num movimento reflexo. Em seguida olhou melhor e debruçou-se para mim. Levantou os olhos com uma expressão de curiosidade. Estendeu a mão até junto da minha e avançou o indicador. Tocou-me ao de leve com a ponta do dedo. Parecia querer confirmar pelo tato aquilo que via com os olhos. Primeiro o anelar e o mindinho, decepados até a segunda falange, depois o médio, onde a unha fora substituída por uma camada de pele áspera, depois as costas da mão. O perfil deformado, rasgado por cicatrizes, numa massa de ossos, músculos e tendões rígidos e mal organizados. Apesar da falta de sensibilidade, eu sentia-lhe os dedos pegajosos que me pressionavam as articulações e pareciam procurar alguma coisa por debaixo das cicatrizes. Raspava-me a pele com a ponta dos dedos, a polpa mole e as unhas crescidas, esgravatando a superfície esponjosa, sob a qual se escondia uma resistência suspeita. Retirou a mão, voltou-se para o irmão e disse alguma coisa num tom interrogativo. Ele não traduziu. Apertou os lábios e não respondeu. Esperei que ele levantasse os olhos.

"Um acidente."

Ficou calado, a olhar para a irmã. Não era isso.

"Ela quer saber se dói."

Olhei para ela, abanei a cabeça e disse-lhe que não. Já não doía.

Eu comprava-lhes roupa, brinquedos, comida, mas tal não lhes suscitava sequer uma reação de curiosidade. Aceitavam o que eu lhes trazia e recuavam dois passos, mantendo a reserva. Estávamos todos à espera, e ninguém sequer se dava ao trabalho de o dizer. Seguiam-me sem contestar, mas não me obedeciam. Tentei não pedir nada que pudesse ser recusado. Eu poderia desaparecer no dia seguinte sem que isso suscitasse neles mais do que a constatação da minha ausência. Não havia um vazio que me precedesse, não haveria um vazio no meu afastamento.

Mantinha-se a desconfiança. O rapaz permanecia reservado. A menina não se aproximava. Apenas confiava no irmão. No irmão, na televisão e nas histórias que ele lhe contava. Ele lia-lhe repetidamente a meia dúzia de livros infantis que havia pela casa. Comprei-lhes mais alguns. Sentavam-se diante da televisão ligada e iam folheando as páginas ao ritmo das sílabas marcadas da sua leitura. Ela aproximava-se, de olhos no livro, e não reagia. Não me era claro se compreendia. Compreenderia algumas palavras, não compreenderia outras, mas parecia acreditar naquela tentativa de organizar o tempo em história, a vida em narrativa, de lhes atribuir um nome, de tornar as coisas compatíveis com a ordem das palavras. Algo que a ultrapassava, mas no qual confiava.

De cada vez que regressávamos a casa, o rapaz adiantava-se para abrir a porta. Era um direito e uma obrigação dos quais não quereria dispensar-se. Retirava as chaves do bolso, abria as portas, tornava a guardá-las como a garantia de uma independência de que ele, de fato, não conhecia as condições. Sabia os seus direitos, aceitava as obrigações. Assumia como sua a tarefa de cuidar da irmã. Entre vesti-la, despi-la, dar-lhe banho, obrigá-la a comer, ensiná-la a brincar, obrigá-la a deitar-se, quase não sobrava espaço para si. Vivia do que sabia, tinha, ou supunha ter. Os vasos no terraço eram das poucas coisas que respondiam por uma espécie de gosto. Mas até isso se transformava numa obrigação. Regava-os todas as manhãs, assim que acordava, enquanto esperava o café da manhã. Tornava a regá-los à noite, antes de se deitar. De resto, também ele não pedia nada que não pudesse obter, não falava antes que o outro se tivesse calado, não atravessava a rua fora das passadeiras, não se aproximava das janelas.

"Não gosto de janelas", dizia. Não gostava de janelas, de elevadores e de edifícios altos. Olhava de relance para o topo das torres ou dos prédios de apartamentos mais elevados e desviava os olhos, como se a projeção dos edifícios em altura antecipasse, invertida, a profundidade da queda. No elevador, afastava-se da porta, com as mãos e as costas contra a parede de metal. Só se soltava depois de aberta a porta. Saía depressa. Em casa, evitava as janelas, nunca se aproximava da borda do terraço, nunca entrava num compartimento às escuras, procurava não ficar sozinho. Esperava que eu avançasse ou que lhe sugerisse o que fazer a seguir. Olhava para mim com uma expressão atenta, desviava o rosto e só depois surgia uma reação facial. Era um movimento de recuo que antecedia cada gesto. Não protestava. Não fazia perguntas. Limitava-se a ficar imóvel uns segundos mais do que aquilo que seria necessário, entrepondo entre si e o que eu lhe dissera o tempo suficiente para o transpor para os seus próprios termos. Em seguida, avançava. Já não em resposta às minhas palavras, mas como resultado da sua vontade.

Regularmente, o rapaz dirigia-se para o telefone e verificava se havia chamadas não atendidas. Nunca havia nenhumas. Afastava-se de olhos baixos e evitava olhar na minha direção. Uma noite, quando estávamos a chegar a casa depois do jantar, ouviu-se o telefone a tocar. Ele olhou para mim, hesitando por uns segundos, abriu a porta à pressa, e correu para o interior. Atendeu antes que tivessem desligado,

"Sim."

Fixou-me com uma expressão de embaraço e caminhou pelo corredor com o aparelho na mão. Dirigiu-se para o quarto. A irmã seguiu-o. Ambos prefeririam que eu ali não estivesse. Aproximei-me devagar e parei à porta. O rapaz viu-me e voltou-se de costas. A menina tinha subido para cima da cama e encostava a cabeça à do irmão, com o auscultador entre ambos. Eu conseguia ouvir o som abafado da voz, do lado de lá. Não compreendia o que dizia. O rapaz respondia com monossílabos,

"Sim. Não."

Depois acrescentou que estavam bem. A empregada já não vinha há mais de uma semana. Fez-se silêncio. Olhou na minha direção e baixou o tom de voz,

"Não. Não estamos sozinhos, está aqui o pai."

Metade em castelhano, metade em português. Ao seu lado, a menina tentava tirar-lhe o telefone. Ele afastava-a com o braço. Disse várias vezes que não. Que não ou que não sabia. À noite ficavam sozinhos. Eu dormia no hotel. Permaneceu calado à escuta. Entregou o telefone à irmã e afastou-se, de costas para mim. Ela continuou de pé em cima da cama, sem dizer nada. Acenava ou abanava a cabeça, em resposta às palavras, mexia os lábios como se pretendesse dizer alguma coisa, mas não chegava a emitir qualquer som. Por fim, o rapaz pegou no telefone,

"Quando é que voltas."

Manteve-se imóvel a ouvir a resposta. Não disse mais nada até se despedir e desligar. Passou por mim sem me olhar. Foi até a sala. A menina seguiu-o. Ele pousou o telefone e virou-se para trás,

"Ela queria saber se vais ficar muito tempo."

Fixei o telefone e não respondi. Ele não estava à espera de uma resposta. Agarrou no braço da irmã e disse-lhe que teria de se deitar. Sentou-a no sofá, inclinou-se para lhe descalçar as sandálias.

Talvez ela tivesse tornado a ligar nos dias seguintes, mas nunca quando eu estava presente. O rapaz não comentou. Agora, de cada vez que voltávamos para casa, ele olhava para o telefone com menos ansiedade. Dois dias depois, sábado, perguntou-me até quando iria eu ficar. Respondi que não sabia. Não acrescentei que não dependeria de mim, mesmo sabendo que em seguida ele não me perguntaria do quê ou de quem poderia depender. Não insistiu.

No domingo, disse-lhes que os levaria num passeio pelos arredores. Segundo o rapaz, a menina nunca tinha saído da cidade. Nunca tinha visto o mar. Depois do café da manhã, esperei que ele se vestisse, que arranjasse a irmã, e descemos. Quando paramos junto do carro ela recusou-se a entrar. Olhava ora para mim, ora para a porta entreaberta, com uma expressão tensa. Escondeu a cabeça no peito do rapaz e começou a chorar. O irmão não tentou acalmá-la e ela continuou a chorar até voltarmos para casa.

Descalçaram-se e sentaram-se os dois diante da televisão. Logo a seguir, ela levantou-se, foi para o quarto e ficou à janela, com o rosto colado ao vidro, a olhar para o campo arqueológico. Ajoelhada na cadeira, os seus olhos pouco ultrapassavam o caixilho. Eu via-lhe os pés, pequenos e escurecidos do pó que se espalhava pela casa. Mesmo lavados, nunca ficavam completamente limpos. As janelas fechavam mal. A madeira empenada e as juntas por calafetar deixavam infiltrar-se uma poeira que, ao fim de alguns dias, cobria as coisas com uma película castanha que se confundia com a madeira dos móveis e do soalho. No ar seco do fim de Junho, o vento levantava os sedimentos das valas das escavações. Dispersava-os pela cidade e atirava contra os olhos o pó acumulado durante séculos. Respirávamo-lo.

Fui até junto do rapaz e dei-lhe dinheiro para encomendar o almoço. Deixei-os sozinhos o resto do dia. À noite, fui buscá-los para jantar. Na segunda-feira de manhã, quando cheguei ao apartamento, já lá estava a empregada.

Era a segunda que tomava conta deles. Primeiro, tinha havido uma ama, contratada apenas para as ausências da mãe. Duas ou três noites por semana, ao acaso das suas deslocações em trabalho. Depois, quando ela desistiu do lugar no escritório de advogados que a havia trazido para Sevilha e se mudou para Córdova, a ama passara a viver no apartamento. A mãe vinha uma vez por semana, apesar da curta distância entre as duas cidades. Dormia duas ou três noites e tornava a partir. Depois de a ama se despedir, tinha contratado outra mulher. Esta dormia no apartamento, se algum deles estava doente, mas a maior parte das noites ficavam sozinhos. A mãe cada vez passava mais tempo em Córdova. Nunca os levava. Conservava-os numa existência separada. Nem mesmo quando se casou, meses depois, ela os levou consigo. Qualquer que tenha sido a explicação que deu ao marido, manteve-os em Sevilha. As crianças não o conheciam. Eu vira-o uma vez. Alto, moreno, reservado, era proprietário de mais de dois mil hectares de olival entre Córdova e Jaén. Era quase vinte anos mais velho do que ela. Talvez a aceitasse, a ela, mas não aos seus filhos. Há mais de dois anos que as crianças estavam ao cuidado daquela empregada.

No prédio, ninguém fazia perguntas. Tinham-se habituado às crianças, à empregada. Tinham-se habituado à presença intermitente da mãe. O edifício era propriedade da empresa de advogados para a qual ela viera trabalhar. Conservara o apartamento depois de se ter despedido. O prédio, de resto, estava quase vazio. Dois dos pisos eram ocupados por escritórios e tinham uma entrada independente. No terceiro andar, uma mulher de mais de oitenta anos vivia sozinha. Era possível, ao longo de vários dias, entrar e sair sem encontrar ninguém. As janelas do escritório estavam frequentemente iluminadas pela noite dentro.

Eu tentava não pensar. Bastava-me abrir os olhos, ver, não ver. O mundo poderia prescindir da minha vontade. Diante de mim, coisas concretas. A hora do dia, a fome, o sono, a sede, o corpo das mulheres com as quais me cruzava na rua, as pequenas decisões do quotidiano. Acordar, vestir-me, tentar adormecer. Tudo isso cuja soma é sempre, por excesso ou por defeito, superior às partes. O resto não era objeto de decisão. Recomeçaria onde havia ficado, nos mesmos termos, com as mesmas palavras. Eu não pediria mais, mas não aceitaria menos. O requisito mínimo da compreensão. Dir-se-ia aceitável. Faltava-me apenas o espaço para um movimento de recuo que me permitisse uma visão de conjunto. Que me permitisse ver ao mesmo tempo aquilo que havia acontecido, aquilo que estava a acontecer e aquilo que aconteceria depois. Abria os olhos, fechava-os, sem que a alteração do estado fosse suficiente para produzir uma transformação.

II

"Suponho que não saiba quem eu sou."
Não respondeu. Olhou para mim com uma expressão de dúvida e desviou os olhos. Talvez soubesse. Preferia não saber. Não era nada que lhe interessasse.

Eu tinha-a visto ao chegar. Quando abri a porta do prédio, ela estava parada com os sacos do supermercado na mão à espera do elevador. Voltou-se para trás, num movimento quase demasiado rápido para que me pudesse ver. Mas viu-me. Reconheceu-me. Ou viu alguma coisa que lhe permitiu reconhecer-me. Hesitou por um instante, ao sentir-me aproximar, e parecia pretender dirigir-se para as escadas quando à sua frente se abriu a porta automática. Não tinha como me evitar. Cumprimentou-me, de olhos baixos, entrou e comprimiu-se contra o canto do elevador, mantendo os sacos suspensos diante das pernas. Perguntei-lhe para que piso queria ir.

"Para o quarto",
num murmúrio, sem mover os lábios nem levantar o rosto. Carreguei no botão. Era uma mulher alta, de ancas largas e seios pesados. Teria trinta e cinco anos, talvez mais. Cabelo claro, olhos azuis. Um vestido justo, abaixo dos joelhos e com um decote fechado. Sapatos rasos. Uma mancha de transpiração umedecia-lhe o tecido em redor das axilas. Deixou que eu saísse primeiro. Abri a porta do apartamento. Pediu licença ao entrar e encaminhou-se para a cozinha. Pousei o saco do pão sobre a mesa e fechei as janelas. Passavam vinte minutos das oito horas, já estava calor. Espreitei para o quarto. As crianças continuavam a dormir. Na cozinha, em cima da banca, via-se aquilo que ela trouxera. Pão, leite, sumos, enlatados, fruta. Tinha posto um avental. Pegou num dos sacos e guardou-o na geladeira. Distribuiu o resto das compras pelos armários. Observava as prateleiras arrumadas com um ar atento, mas sem reação. Deslocava uma ou outra coisa, apenas o suficiente para libertar espaço para o que comprara. Fechou as portas, amarrotou os sacos e guardou-os por debaixo da banca. Não tornou a olhar na minha direção. Encaminhou-se para a varanda. Olhou a roupa pendurada, os telhados em frente, os vasos. Voltou-se para trás, levantou o pulso à altura do

peito e viu as horas. Perguntou se eu queria que ela fosse acordar as crianças. Vesti-las. Falava num tom muito baixo, quase não abrindo o suficiente os lábios para pronunciar as palavras. Disse-lhe que esperasse mais meia hora. Tinham-se deitado tarde. Já não estavam habituados a acordar tão cedo. Acenou com a cabeça, esperou uns segundos e acrescentou que eu poderia falar em português. Ela compreendia.

Ficamos calados. Contornou a mesa e afastou-se. Ouviu-se o som da água a correr na privada, a torneira. Fui até o terraço. Não era daquilo que eu estava à espera. Por si, ela sabia com o que contava. Estava informada, não manifestara surpresa. Dir-se-ia pronta para tolerar a minha presença. Voltou para a cozinha com as mãos ainda úmidas. Esvaziou a máquina da louça. Reservou a do café da manhã, arrumou a restante nos armários. Retirou uma toalha da gaveta, estendeu-a sobre a mesa da sala e dispôs as chávenas. Não me perguntou se eu comeria, colocou três pratos, copos, talheres. Era uma mulher incômoda, de rosto retraído e um olhar impudico, de tão apático. Olhava em volta, abria uma gaveta, fechava-a, atravessava o compartimento, com a indiferença de quem observa do exterior alguma coisa em que não participa e que verdadeiramente não compreende. Ao mesmo tempo parecia ocupar um espaço desproporcionado. Os gestos secos, mas pouco precisos, um andar duro, com o som dos sapatos marcado sobre o pavimento. Fiquei a observá-la do terraço. Quaisquer que fossem os termos do contrato, era difícil imaginá-la como empregada doméstica. Nem mesmo como ama.

Acordei-os depois das nove. O rapaz vestiu-se, vestiu a irmã. Disse-lhes que a empregada tinha vindo. Olharam um para o outro e dirigiram-se para a cozinha. A mulher levantou-se quando os viu chegar. Pararam junto à porta com uma expressão de satisfação. Sobretudo a menina. Olhou em volta, à procura de mais alguém. Avançou até a mulher, levantou a cabeça e murmurou algo no mesmo dialeto mastigado em que falava com o irmão. Dois ou três monossílabos, repetidos e encadeados de um modo quase aleatório. A mulher compreendeu. Pareceu sentir necessidade de se justificar. Disse que só chegara no dia anterior. Viera assim que pudera. Uma voz impessoal, fria, sem ser dura, com a mesma falta de afeto com que falaria com um adulto. Não disse de onde tinha chegado. Eles sabiam. O rapaz aproximou-se e perguntou-lhe por alguém. O filho. Ela hesitou. Tinha ficado com o pai. Voltaria mais tarde. Virou-se de costas e começou a preparar o café da manhã. Leite e pão com manteiga, para o rapaz. Sopas de pão e leite, para a irmã. Desfez o pão em pequenos pedaços, colocou-os numa taça, juntou-lhes duas colheres de açúcar, despejou-lhe o leite por cima. Misturou com uma colher. Olhou para mim e perguntou o que é que eu queria. Respondi que já tinha comido. Eles pegaram nas coisas e foram sentar-se no sofá. Ligaram a televisão. A mulher conservou-se de pé, à porta do terraço, de costas. Esperei que acabassem de comer e disse-lhes que iria sair. Perguntei se queriam vir. O rapaz olhou para a irmã e respondeu que não, a medo, com pouca convicção. Ficariam ali. Não insisti. Disse à mulher que não seria necessário que lhes deixasse o jantar. Comeriam comigo. Assentiu. Voltei ao fim da tarde e levei-os. No dia seguinte, passei pelo apartamento ao princípio da manhã para me certificar de que a mulher tinha vindo. Tinha. Senti-a na cozinha, cumprimentei-a e saí antes que eles acordassem. O mesmo no resto da semana. Regressava depois das seis da tarde, hora de saída da mulher. Nunca a encontrava. Levava-os para o centro, íamos até o rio, jantávamos antes de voltar para casa.

O apartamento mantinha o aspecto descuidado. Pó pelo chão, a louça suja espalhada pelos móveis, as camas desfeitas até a noite. A mulher deveria tratar da casa e cuidar das crianças. Não fazia uma coisa nem outra. Preparava as refeições, elementares e repetidas, tratava-lhes da roupa, transportava para a rua parte do lixo que se acumulava pelos compartimentos. Parecia-lhe suficiente. Perguntei ao rapaz. Pareceu surpreendido pela pergunta. Fora sempre assim. Nunca lhe ocorrera que pudesse ser diferente. Nas semanas seguintes, eu compreendi que ela assegurava apenas aquilo que não pudesse evitar, nunca ocupando mais do que os minutos estritamente necessários. O resto do tempo passava-o imóvel, sentada à mesa da cozinha ou encostada à ombreira da porta do terraço. O ar ausente não resultava da reserva. Simplesmente não estava ali. Sem voz nem vontade, era apenas corpo, nua e impudica por debaixo da roupa. Talvez ela mesma o soubesse ou o sentisse, mas não era capaz de o impedir. Quer porque não quisesse, quer porque não pudesse, parecia recusar-se a interferir. Aquilo que acontecesse, tivesse acontecido ou viesse a acontecer aconteceria sem a sua presença ou apesar dela. Raramente fazia perguntas, era lacônica nas respostas. Reparei depois que não sabia ler. Reconhecia os números, letras, algumas palavras, mas era incapaz de as encadear para formar uma frase.

Laura passava cada vez mais tempo à janela do quarto. Arrastava a cadeira, entreabria a persiana e debruçava-se. Em baixo, por entre o espaço dos toldos que protegiam do sol, as escavações estavam adiantadas. Pela manhã, antes de subir, eu observava os vultos curvados sobre as sepulturas. Raparigas, sobretudo, em férias da faculdade. Era um trabalho metódico. Removiam as camadas superficiais, peneiravam a terra e recolhiam um espólio de pedaços de cerâmica e ossos avulsos.

Em alguns pontos, o espaço já fora anteriormente removido para abertura das fundações dos edifícios agora demolidos. Os alicerces tinham atingido o nível de inumação, mas a maior parte das valas permanecia intacta. Os esqueletos começavam a ficar expostos. Primeiro, num estrato intermédio, surgia uma camada de telhas dispostas em linhas perpendiculares ao corpo. Cinco, seis, sete, dez. Depois, meio metro abaixo, os ossos, extraídos a custo da terra compactada. Havia cerca de quarenta sepulturas identificadas, umas já completamente escavadas, outras apenas esboçadas, outras com as telhas de cobertura expostas. A área da necrópole parecia prolongar-se, de um lado, para o espaço ocupado pelas traseiras do edifício contíguo, do outro, para a rua e para o edifício do apartamento.

Segundo o irmão, desde que haviam começado a aparecer os primeiros esqueletos, a menina quase não saía da janela. O que antes era apenas um monótono revolver de terra surgia-lhe agora com a evidência de uma revelação. Fixava os interstícios dos toldos e seguia os movimentos que rodeavam a exposição dos corpos. Osso a osso, centímetro a centímetro. Por vezes, e de um modo nem sempre consciente, as suas mãos percorriam o corpo, tentando adivinhar a sua própria estrutura óssea por debaixo da pele. Tateava o rosto com a ponta dos dedos, pressionando e explorando os orifícios. Introduzia na boca o indicador direito e contornava-a pelo interior, evitando os tecidos moles, à procura do esmalte dos dentes e da consistência óssea dos maxilares. Retirava a mão úmida, apertava o nariz e esmagava as cartilagens. Prosseguia pelo côncavo das cavidades oculares, depois para a testa, depois para a nuca, com a mão aberta. Descia para o pescoço, à procura da inserção do crânio na linha das vértebras. O movimento desfazia-se à altura do ventre. Tateava a bacia, esticava os braços até o início das costas e desistia, confrontada com o excesso de massa muscular. Debruçava-se mais. As suas mãos acabavam por se tocar uma à outra, num movimento cego e incestuoso. No rosto, era visível a perplexidade. Quatro pisos abaixo, misturados na terra e nos detritos de demolição, acumulavam-se corpos. Ser-lhe-ia difícil reconhecer outro termo de comparação que não fosse o seu próprio corpo, mas este não parecia compatível com os ossos descarnados que a escavação expunha. Faltava-lhe a consciência da transformação. O tempo. Tapava a boca com ambas as mãos e ficava imóvel. O irmão ouvia-a chorar e conduzia-a para o sofá.

Entre ir vê-los ao princípio da manhã e regressar para o jantar, eu permanecia no hotel. Descia para almoçar num restaurante próximo, caminhava pelos arredores, passava em frente do apartamento sem subir, voltava para o quarto. Por vezes ia às compras, mas regressava antes do fim da tarde. Eu sabia o que tinha a fazer. Bastar-me-ia esperar, confiando não no tempo, mas na inércia, na capacidade das coisas de permanecerem iguais a si mesmas. Não seria suficiente, mas eu estava ali porque não me sobrava mais nada.

Durante uma semana a temperatura rondou os quarenta graus. Quarenta e dois, trinta e nove, quarenta, quarenta e três. À noite, não descia abaixo dos vinte e sete. Sufocava-se. Nas praças, as aves caíam inanimadas e eram atiradas ainda vivas para os caixotes do lixo. No apartamento, as crianças estavam sonolentas e irritadas. Dormiam mal de noite, e acabavam por adormecer no sofá depois do café da manhã. Ao fim do dia, quando saíamos para o jardim, continuavam abatidas. Ao jantar, quase não comiam e apesar do sono não queriam voltar para casa. Ficávamos lá fora até depois da meia-noite. Dava-lhes banho antes de se deitarem, despidas e de janelas abertas. Logo que chegara, eu havia pedido a reparação do aparelho de ar condicionado. A empresa concluíra que seria preferível instalar um novo. Há quinze dias que estávamos à espera.

Aceitaram mudar-se para o meu hotel. Não lhes perguntei se queriam ir comigo. Uma manhã, esperei que terminassem o café da manhã e disse-lhes que iríamos dois ou três dias para o hotel. A menina olhou para o irmão, à espera de saber se tinha compreendido bem. Se isso era possível, se seria permitido. Ele teve de repetir. Ficaram os dois a olhar para a empregada. Esta não reagiu. Pedi-lhe que lhes fizesse a mala para três dias. Era a primeira vez que eu lhe dizia algo que pudesse ser entendido como uma ordem. Não levantou objeções. Retirou uma mala de um armário e acumulou duas pilhas de roupa em cima da cama por fazer. Eles ficaram à porta, a observá-la. Amontoou tudo, sem ordem nem critério no interior da mala. Depois o rapaz trouxe a tesoura e duas ou três revistas meio recortadas, colocou-as em cima da roupa. A mulher entregou-me a mala. Mais tarde, quando estávamos para sair, Laura correu para o quarto e regressou com a sua almofada. Levou-a apertada no braço direito até o hotel. Percorremos a pé os três quarteirões. Eles seguiam atrás de mim, de mão dada, a quatro ou cinco passos de distância. Eram dez da manhã. Sob a luz intensa pareciam mais pálidos, com a pele transparente e os olhos semicerrados. Avançavam devagar, como se tivessem de abrir caminho por entre a reverberação.

Instalei-os no meu quarto. Entraram atrás de mim, apreensivos. Fazia quase frio. Desliguei o ar condicionado. Olharam em volta, sem se afastarem um do outro. Não sabiam se aquilo que lhes era oferecido constituía uma dádiva ou uma imposição, um ganho ou uma perda. Viram-me fechar a porta, pousar a mala, correr os cortinados. Permanecia a dúvida. Por fim, a menina soltou-se da mão do irmão e avançou até a cama. Tateou a colcha, a textura dos lençóis, a dureza do colchão. Eu disse-lhes que dormiriam ali. Eu teria outra cama. O rapaz acenou sem responder. Ela não pareceu ter ouvido. Levantou-se e foi até a janela. Pôs-se em bicos de pés, procurando espreitar para fora. Não chegava sequer ao nível do caixilho. Voltou para trás, entrou no quarto de banho e abriu as torneiras a que chegava. Ficou a olhar para a água a correr. Debruçou-se, juntou as mãos em concha, tentando agarrar o líquido. Escapava-se-lhe por entre os dedos no movimento de o transportar até a boca. Apertava mais as mãos, mas só conseguia dois punhos cerrados que mal retinham algumas gotas. Desistiu. Estendeu as mãos para a água e levou os dedos aos lábios, sorvendo a umidade. Repetiu o gesto, de torneira em torneira. Depois, o rapaz chamou-a. Fechou a água, puxou-a para o meio do quarto e sentou-a na borda da cama, com as pernas pendentes. Ligou a televisão, entregou-lhe o comando. Caminhou até a janela. Parou a três passos e espreitou para fora, sem se aproximar. Em baixo, a avenida, o tanque do jardim.

Ficaram comigo mais de uma semana. Eu acordava-os às nove, esperava que se vestissem e descíamos para o café da manhã. Tornávamos a subir até a hora de almoçar. Saíamos para um passeio pelos arredores. A menina já não se recusava a entrar no carro. Afastávamo-nos quarenta ou cinquenta quilômetros pela autoestrada e regressávamos por estradas secundárias. Ela adormecia assim que deixávamos a cidade. O irmão, a seu lado no banco de trás, encostava a cabeça ao vidro, voltado para a estrada, sem desviar o olhar. Quase não falávamos. Eu não lhe dizia nada. Espreitava-o pelo espelho retrovisor, via o mesmo que eu via. Estradas, terras, casas, gente. Sem perguntas nem tentativas de explicação. Seria suficiente que aceitasse que as coisas cabiam no lugar onde estavam.

Primeiro a autoestrada de Cádis, depois a de Granada, depois a de Mérida, depois a da fronteira. Ao fim de alguns quilômetros, e ultrapassados os subúrbios e as zonas industriais, abriam-se planícies de aluvião de um amarelo queimado de palha ceifada. Manchas de vinha, olival, extensões verdes nas zonas irrigadas. Nunca parávamos. Nem ele nem a irmã, quando acordava, manifestavam vontade de sair do carro. Do lado de lá do vidro, as coisas pareciam possuir a mesma espessura e a mesma realidade das imagens na tela de televisão. A duas dimensões, desprovidas de cheiro, temperatura ou profundidade. Colocadas, de fato, no plano em que as poderiam apreender. Não lhes desagradava, mas ficavam contentes quando, no regresso, atravessávamos as linhas de alta tensão, os viadutos, os armazéns, os primeiros bairros, e penetrávamos na malha apertada do centro da cidade. Saíamos do carro no parque subterrâneo e mesmo ali o ar quente atingia-nos. Lá fora, as temperaturas continuavam próximas dos quarenta graus. O céu estava limpo, mas desbotado. A meio da tarde, com o ar parado, o calor misturava-se com o cheiro da gasolina queimada e do lixo por recolher, numa atmosfera árida. Mais árida ainda quando, no final da semana e durante quatro dias, o céu ficou encoberto por uma camada de nuvens de poeira. Em suspensão, as partículas arrancadas ao deserto por tempestades de areia e transportadas pelas massas de ar desde o Norte de África pareciam sitiar a cidade. Contra o céu baço, as ruas tornavam-se inóspitas, como se sobre nós se tivesse fechado um cerco de areia. Poderíamos avançar, recuar, mas cada movimento seria duplicado por um movimento simétrico do lado de lá da parede móvel que rodeava a cidade. Uma muralha que, menos do que proteger, impedia a fuga dos sitiados. Deixamos de sair depois do almoço.

De dois em dois dias íamos ao apartamento. Levávamos a roupa suja, recolhíamos a lavada. Logo que entrávamos, o rapaz dirigia-se para o telefone, verificava os registos, olhava para a empregada. Esta abanava a cabeça, sem acrescentar mais nada, e o rapaz afastava-se para ver os vasos. Ela continuava a cumprir o horário. Das oito da manhã às seis da tarde. Nunca havia vestígios de atividade. Nem a ausência das crianças lhe permitia limpar ou arrumar a casa. Encontrávamo-la sentada na mesa da cozinha ou algures de pé entre os quartos e a sala, mas sem um indício de finalidade. Tinha feito as camas, punha a roupa a lavar, estendia-a no terraço, passava-a a ferro. Regava os vasos. O rapaz agradecia-lhe. Ela acenava, mas mantinha-se distante, sem afeto nem disponibilidade. Eles estavam habituados. Percorriam a casa com um ar sério, compartimento após compartimento, abriam os armários, fechavam-nos, quase surpreendidos por tudo aquilo ali permanecer. A menina empurrava a cadeira e espreitava pela janela do quarto. Lá fora, as escavações prosseguiam, mais visíveis para ela do que ao nível da rua, de onde apenas conseguia vislumbrar os montes de detritos para lá da rede de proteção. Ficava uns minutos, descia da cadeira e ia para junto do irmão. Parecia temer que ele se fosse embora. Não nos demorávamos. Somente o tempo de esperar que a mulher nos entregasse a roupa lavada. Nenhum manifestava vontade de voltar para casa. Era suficiente confirmar que as coisas continuavam a ser como eram.

Uma manhã, no princípio da semana seguinte, quando chegamos ao apartamento a mulher não estava sozinha. Por detrás de si, vindo do terraço, surgiu um rapaz magro que ficou parado diante de nós. Olhou para as crianças, de relance, a constatar que estavam ali, e voltou-se para mim. Pele morena, cabelo preto, lábios finos e olhos azuis. Tinha doze anos, como eu soube depois, mas parecia mais velho, com a segurança e a reserva de um adulto precoce. Tenso, delicado, quase agressivo no modo de olhar. Os lábios apertados, os maxilares contraídos, as pálpebras semicerradas. Não mexeu um músculo, de olhos fixos. O suficiente para me avaliar.

"*É o meu filho.*"

O rapaz avançou dois passos, com o rosto alto e a mão estendida,
"*Chamo-me Amir.*"

Acrescentou uma saudação formal. Tinha uma voz aguda, com um castelhano correto, mas afetado. Estendeu mais a mão, forçando o cumprimento. Senti-lha, magra, de ossos compridos sob a pele seca, procurando apertar a minha mais do que aquilo que os seus músculos lhe permitiam. Retirei a mão, mas ele não se afastou, fixando as crianças nas minhas costas. Ficaram os três em silêncio, com uma curiosidade que por pudor ou cálculo nenhum manifestava. Perderia quem cedesse primeiro. Foi a menina. Soltou-se do irmão, agarrou o recém-chegado pela camisa e puxou-o para o quarto. Conduziu-o até a janela. Debruçaram-se os dois, com o irmão imóvel, a alguns passos. Foi este quem explicou o que eram as escavações. O outro abanou a cabeça e afastou-se da janela. Ostensivamente, não queria saber. A menina permaneceu na cadeira, virada para os rapazes sentados sobre a cama. Esperei uns minutos, chamei-os, disse-lhes que voltaria à hora de almoço. Quando regressei, duas horas depois, os dois rapazes continuavam no quarto. Quase uma discussão. Um jogo de memória que parecia consistir em adivinhar aquilo que, na sua ausência, o outro não chegara a fazer. Na sala, a menina tinha tirado o som à televisão e olhava para a tela, atenta às vozes que vinham do corredor. Fora excluída da conversa. Sentei-me ao seu lado. Não se afastou. Fixou a televisão com um ar inquieto. Aproximou-se mais. Pouco depois, a empregada surgiu à porta da cozinha e disse que precisava de falar comigo. Segui-a até o terraço. Tinha um avental que lhe cobria as pernas até os joelhos. Por baixo, uma saia curta. No fogão, havia alguma coisa a ferver com um cheiro de carne pouco cozinhada. Parou à porta do terraço, sem levantar os olhos. Disse que o filho estivera três semanas com o pai. Tinha regressado agora. Nas férias, tinha de o trazer com ela. Calou-se. Não me pedia que eu concordasse. Limitava-se a informar-me. Acrescentou, depois, que as crianças se davam bem entre si. Encolheu os ombros. Às vezes discutiam, mas acabava por passar.

Foi com relutância que eles aceitaram sair comigo para almoçar. Não regressamos. No dia seguinte, de manhã, o rapaz perguntou se não poderiam voltar para casa. Há uma semana que o ar condicionado tinha sido instalado. A menina levantou os olhos, com a respiração suspensa. Confirmei se era isso que queriam. Recolhi as coisas espalhadas pelo quarto, esvaziei o armário, acumulei tudo na mala. Roupa por usar, sapatos, recortes desfigurados, a tesoura, a almofada, os livros que entretanto eu lhes havia comprado. Descemos até o carro. A névoa de areia tinha-se dissipado durante a noite. Estava menos calor, um dia limpo. Deixei-os no apartamento. Quando, já depois da hora de saída da empregada, regressei para os levar, pareceram surpreendidos por me verem voltar. Havia na minha presença alguma coisa de deslocado.

Ele falava num castelhano escolar, encadeando as sílabas de forma forçada. Tinha nascido em Espanha, mas vivera em Marrocos até os sete anos. Regressara para entrar na escola. Crescera a falar árabe, e só então aprendera castelhano. Os seis anos de escola eram suficientes para dominar a língua, mas não para a sentir como sua. A mãe, espanhola das Astúrias, vivera em Marrocos durante alguns anos. O pai continuava lá. Era um rapaz retraído. Frio mesmo quando parecia entusiasmado. Falava, ria, corria com os outros, mas sempre sem se expor, assegurando uma margem de erro ou de recuo que lhe permitisse retomar as coisas nos termos em que as poderia controlar. Não era timidez, era prudência. Cada gesto supunha uma comparação prévia, a possibilidade da sua tradução para outra língua ou da sua conversão para outra moeda. Manifestava um comportamento errático. Num momento afável e condescendente, e logo a seguir, sem motivo visível, ríspido e brusco, quase violento. Cada estado parte do mesmo movimento, dar e tirar, fazer e desfazer, aceitar e recusar, tudo sempre reversível ao ponto de partida.

Havia entre os dois rapazes uma guerra não declarada. Tinham definido as regras. Nenhum obedecia ao outro, nenhum se atrevia a tentar impor a sua vontade. O que quer que fizessem, conversar, comer, jogar, ver televisão, era sempre o resultado de um consenso precário. Em cada caso era necessário avaliar até onde o outro permitiria que se fosse, e parar antes de aí chegar. Vigiavam-se. Laura era, no meio deles, a única coisa cuja posse não era ou não poderia ser questionada. Pertencia ao irmão na mesma proporção em que este se sentia responsável pelo seu comportamento. Observava-a, dizia-lhe o que fazer, repreendia-a, desculpava-a. Ditava-lhe as normas e abria exceções. O outro olhava para o domínio dele sobre a menina com a contenção de quem ainda não se decidiu a lutar. Ela, por sua vez, obedecia ao irmão, mas era a Amir que pretendia agradar. Pegava-lhe na mão, sentava-o a seu lado e entregava-lhe o comando da televisão. Olhava-o a medo, à espera do momento em que ele se levantaria com violência, empurrando-a para o outro lado do sofá, ou desligando a televisão com um comentário rude.

Os dois rapazes andavam na mesma escola. Durante o período de aulas, a empregada chegava ao apartamento a tempo de os preparar. Tomavam os três o café da manhã e os rapazes seguiam para o colégio. Estavam inscritos na mesma turma. Se a mulher faltava ou se atrasava muito, não iam à escola. O rapaz ficava com a irmã a ver televisão. A meio da tarde desciam para o jardim ou para o pátio. Regressavam antes que escurecesse. Nas férias, passavam os dias juntos. Frequentemente, eles fechavam-se no quarto, deixando a menina sozinha. Encontrei-a mais do que uma vez, a meio da manhã, imóvel em frente da televisão sem som. Tentava não chorar. Por vezes, deixavam-na em casa e ausentavam-se durante toda a tarde. Perguntei à mulher onde é que eles iam. Disse que não sabia. Faziam aquilo que os rapazes fazem, não podiam ficar as férias inteiras fechados no apartamento. Acrescentou que, se eu fizesse questão, diria ao filho que saísse sozinho. Não respondi.

Quando regressavam, eles nunca diziam o que tinham feito ou onde tinham ido. Ninguém lhes perguntava. Mais tarde, o rapaz disse-me que saíam para a periferia. Bairros pobres, encostados às zonas industriais, com uma população de ciganos e imigrantes, junto dos quais Amir encontrava com quem falar e com quem lutar. Não me disse se ele próprio lutaria. Por quem ou contra quem. Entre espanhóis deserdados, africanos e marroquinos de segunda geração, não era claro qual seria o seu lugar. Português, espanhol, cristão. Propriamente sem pátria, língua ou religião. Nada que pudesse sustentar um nome e uma identidade pelos quais lutar. Acompanhava os outros, mas ficava de fora. Sentia-se de fora.

De uma das vezes, quando os fui buscar ao fim da tarde, os dois rapazes ainda não haviam voltado. A mulher ficou à espera do filho. Eles regressaram já depois das sete, calados e sem se olharem. Cheiravam a tabaco e a transpiração. Amir tinha a roupa suja, os botões da camisa arrancados. O rapaz estava limpo, mas tinha sangue nos lábios. Havia em ambos uma excitação que só a custo ocultavam. Sobretudo Amir. Um olhar de desafio. Ignorei-o. Ele não chegou a entrar. Parou à porta do apartamento, olhou para a menina e murmurou à mãe que a esperaria lá em baixo. Voltou as costas sem se despedir. Dirigiu-se para as escadas. Eu disse ao rapaz que fosse tomar banho e mudar de roupa. Não se mexeu. A mulher foi à cozinha, pegou na carteira e parou junto de mim. Ia dizer alguma coisa. Olhou para as crianças, olhou para a porta, como a certificar-se de que ninguém do outro lado escutava aquilo que pudesse dizer, mas ficou calada. Baixou mais os olhos, abanou a cabeça, num movimento arrastado, e disse que não viria no fim de semana. Ficava comida na geladeira. Depois acrescentou, com uma expressão de embaraço, que as crianças tinham o seu número de telefone. Eu poderia ligar, se precisasse de alguma coisa. Respondi que sim, sem saber, de fato, o que é que isso significava. Não me perguntei. Ao jantar, o rapaz evitou-me. Sentou a irmã entre nós, quase não falou. Na manhã seguinte, quando cheguei ao apartamento, Amir estava lá. Saíra de casa depois de discutir com a mãe e passara ali a noite.

Eu tinha-o dito antes, sem consequências, não o repetiria agora. Poderia, quando muito, tentar saber qual o grau de vontade a contrapor à inércia, qual a violência necessária para suportar a vontade, para opor aos outros ou às coisas, forçados todos a uma resistência simétrica, num equilíbrio instável, em que a desproporção da força agisse como o único princípio de transformação. Nada que se saiba, se antecipe ou se determine. Apenas a obrigação de testar o nível de violência aceitável. Qual a quantidade, qual a intensidade, qual a duração, prosseguindo depois já sem objetivo, já não um meio ao serviço de um fim, não um fim em si mesmo, mas um movimento descontrolado. Já não um nome, mas aquilo que se lhe poderia substituir como princípio de organização. A carne, o medo, a fome. O simples poder.

Amir continuou com eles nos dias seguintes. No sábado à noite, saiu connosco para jantar. No domingo, ao fim da tarde, tinha desaparecido, mas na segunda-feira de manhã, quando cheguei, encontrei-o na cama do rapaz. Eram nove horas, o ar condicionado estava ligado, mas as janelas permaneciam entreabertas, deixando entrar a luz e o ruído. Laura dormia dobrada, com os pés apoiados nas grades da cama e a cabeça encostada aos joelhos. Os dois rapazes estavam despidos, afastados para as bordas. O rapaz do lado da irmã, de costas. Amir mais próximo da porta. Mesmo adormecido, mantinha uma expressão dura, com os lábios apertados e a respiração controlada. O peito erguia-se e afundava-se num ritmo regular que se repercutia sobre o resto do corpo. Um pequeno espasmo nos músculos elásticos de criança crescida. Ossos compridos e carne moldável. Uma penugem de pêlos púbicos que se desfazia nas pernas magras. Pele escura. Os pés estavam sujos. Uma ferida por cicatrizar subia-lhe do tornozelo até a meio da perna direita. Atirada para o chão, ao fundo da cama, via-se a roupa dos dois rapazes. A da menina estava dobrada em cima da cadeira. Fui até a cozinha e esperei que acordassem. Ouvi-os meia hora depois. Primeiro eles, depois Laura. Disse-lhes que se apressassem. A empregada não veio nesse dia nem nos seguintes. Quando Amir se sentou à mesa para o café da manhã, reparei que tinha vestido roupa do rapaz. Estava-lhe curta.

Havia na sua existência alguma coisa de equívoco, um híbrido de medo e de arrogância. Durante os cinco dias em que esteve connosco, passou, quase sem transição, da determinação grosseira com que tratava tudo o que lhe parecesse um obstáculo para a tolerância de quem quer agradar. Ou o inverso, rude e provocatório, assim que se sentia contrariado. Por nascimento ou por opção, parecia saber-se parte de alguma coisa que lhe estava vedada. De um lado, a Europa, o castelhano da mãe, os olhos azuis. Do outro, o Norte de África, a cor da pele, o árabe. Entre um e o outro poderia prescindir da identidade, mas não da pertença. Diante da necessidade de escolher, nunca hesitava. Optava sempre pela posição contrária. Em cada momento, espanhol ou marroquino o suficiente para acusar os outros daquilo que eram. Daquilo que ele próprio, quisesse ou não, também era parte.

Não perguntou a ninguém se poderia ficar. Não me perguntou, não precisou certamente de perguntar ao rapaz. Estava apenas ali, ocupando cada vez mais espaço. Laura, na sua presença, expunha-se de um modo evidente. Aproximava-se, devagar, e ficava à espera. Ele começava a mandar nela. Se me sentia longe ou distraído, dizia-lhe que fosse ao quarto ou à cozinha buscar alguma coisa. Chamava-a para junto de si, sentava-a a seu lado, exigia que se afastasse. Ordens diretas, quase sem propósito, com as quais pretendia afirmar a sua autoridade. A menina olhava para o irmão e mantinha-se imóvel, tão incapaz de desobedecer a um como de contrariar o outro. O irmão, invariavelmente, dizia-lhe que não o fizesse. Sentia-se ameaçado. Observava-me, às vezes, para ver se eu tomava partido, mas não o pedia. Ainda tinha as coisas controladas. A irmã obedecia-lhe. Ele calculava-lhe os gestos, as posturas, tentando reduzir os pontos de contato. Entrepunha-se entre os dois. Olhava para o modo como Amir fixava o seu corpo magro e dizia à irmã que se fosse vestir. Não pareceu ocorrer-lhe mandar o outro embora. Não o sugeriu, pelo menos. Não era a primeira vez que Amir ali ficava, mas, disse o rapaz, sempre que ele voltava de Marrocos vinha mais agressivo. Era preciso esperar que se acalmasse.

Fosse ou não essa a explicação, aqueles dias em que dormiram juntos fizeram aumentar a cumplicidade entre ambos, mas aprofundaram o conflito. Tudo era suscetível de ser discutido. Quem era quem, o que era o quê, o que é que pertencia a quem. O que é que, partilhado pela posse ou pelo desejo, não poderia ser repartido. A isso, nenhum deles daria um nome. Nenhum deles sabia, antes de o encontrar, o que é que poderia constituir o limite. Anteviram-no uma tarde, no fim dessa semana.

Contornamos a catedral. A menina tinha me dado a mão. Depois soltou-se. Correu até junto dos rapazes e seguiu-os. O irmão levantou os olhos para o topo da torre e desviou o rosto, apoiando a mão no ombro de Amir. Olhou à minha procura. Continuamos até a porta do pátio. Para lá das grades do portão, uma fonte e laranjeiras dispostas em quadrícula. Além da torre, pouco mais restava da mesquita almóada. Muros, o céu que se abria sobre a cidade. Foi Amir quem sugeriu que subíssemos. Fomos até a entrada, comprei os bilhetes e avançamos pela penumbra de pedra e de frio que nos rodeou dois passos depois da porta. A menina deu-me novamente a mão. Os rapazes pararam, lado a lado, demasiado sozinhos para que pudessem saber do outro, inquietos como se nunca nenhum deles ali tivesse entrado. Já tinham. Talvez não se lembrassem e, de qualquer modo, o exterior não os preparara para o que vinham encontrar. As grades, os túmulos, a prata. Avançavam calados, com uma expressão de incredulidade, incapazes de reconhecer naquilo sentido, finalidade ou função. Paravam diante dos altares e prosseguiam, fixando as abóbadas e parecendo temer que a qualquer momento a massa de pedra pudesse desabar.

Violenta como todos os lugares onde por um momento o mundo se acumulou no espólio do saque e da morte, a construção fechava-se sobre si mesma, imóvel na pedra, na prata e nas palavras. Alguma coisa que era tanto expressão de poder, ou de quem quer que em dado momento o tivesse exercido, como o ponto de chegada de um encadeamento de causas e de efeitos que agia agora já não sobre os homens, mas sobre o tempo, permitindo organizar a sua decomposição de acordo com a regularidade, a repetição e a possibilidade da sua antecipação. Como se, repartido em partes desiguais, o tempo se acrescentasse segundo o trabalho de manufatura e de manuseamento, cada momento fazendo e desfazendo o anterior. O resto seria um trabalho anônimo. Configurar as pedras ou desfazê-las, reutilizá-las ou devolvê-las à sua natureza inorgânica.

Amir seguia adiante, já encoberto pela curvatura da rampa. Atrás, o rapaz avançava cada vez mais devagar. A meio da subida, recusou-se a prosseguir. Espreitou por uma janela lateral, estaríamos a meio da torre. Abanou a cabeça. Iria descer. Olhou para a irmã, uns passos à frente, pela minha mão. Chamou-a. Ela soltou-se. Retrocederam, o rapaz com dois dedos colados à parede, mais devagar ainda do que havia subido. Avancei mais uns metros até encontrar Amir. Disse-lhe que voltaríamos para trás. Ele hesitou, mas continuou a subir. Alcancei-os depressa. Peguei na menina e levei-a ao colo. Paramos junto à porta do pátio. Estariam mais de trinta e cinco graus. Após o frio do interior, era um calor agradável. Pus a criança no chão, sentindo os poros a dilatar e as pupilas a contrair. Vi-os a avançarem por entre as laranjeiras. Segui-os.

Ele demorou vinte minutos. Esperamos no pátio. Cansada de correr, a menina sentou-se no chão encostada a uma parede, o irmão ficou perto dela. Quando Amir chegou, misturado nos grupos que saíam da catedral, o rapaz tinha-se afastado. A menina viu-o aproximar-se. Observava-o com uma expressão atenta. Ele não a via. Depois, num movimento de rotação, desviou os olhos e deparou-se com ela, os joelhos erguidos e as pernas entreabertas. O vestido curto deixava expostas as cuecas e o interior das coxas. Ficou parado, com os olhos fixos. As pernas, a pele, os centímetros de algodão desbotado que emergia no côncavo das coxas. Uma carne magra, mas carne, apesar de tudo. Menos do que uma mulher, mas uma fêmea. De pálpebras imóveis, a menina quase não respirava, surpreendida pelo seu interesse. Durou alguns segundos. Vindo do outro lado do pátio, o irmão parou entre os dois, quase fascinado pelo olhar do outro. Fixava Amir, depois a irmã, e em seguida o espaço que se abria entre eles, depois outra vez a menina, ou aquilo que o outro parecia ver dela. Desviou os olhos, por pudor ou repulsa, e correu para a irmã. Levantou-a por um braço, arrastou-a para junto de mim. Olhou para Amir com uma expressão de desprezo,

"Porco."

O outro levantou a cabeça e avançou até ele com os punhos erguidos. Atingiu-o no peito, depois no nariz. O rapaz repetiu o insulto, de cabeça baixa. Amir tornou a atingi-lo, mas ele não se defendeu,

"Porco, porco, porco."

Deixou que o outro o agredisse até que eu os separei. Só então tentou reagir. Mantive-os à distância. Atrás de mim, a menina chorava. O rapaz fixava Amir, com a cabeça levantada e um olhar de decepção. O sangue escorria-lhe para a boca. Eu disse-lhe que se fosse limpar. Olhou uma última vez para o outro, apertou o rosto com as mãos e dirigiu-se para a porta. À minha frente, Amir abanou a cabeça e disse que não deixava que ninguém lhe chamasse aquilo. Não respondi. Peguei na menina e voltei-lhe as costas. Veio atrás de nós, devagar, não acrescentou mais nada. Parecia calmo. A menina respirava com dificuldade. No vestido, uma mancha de urina. Sentia-a úmida contra os meus braços. Caminhei até junto do irmão. Amir foi-se deixando ficar para trás, do outro lado da rua. A espaços, levantava o rosto e olhava para nós, à espera de que o chamássemos. Ninguém o fez. Por fim, virou-nos as costas e afastou-se em direção ao centro. Paramos num café. O rapaz foi ao quarto de banho. Levou a irmã. Quando voltou, o rosto estava seco, o sangue tinha parado, mas a camisa permanecia suja. Nenhum deles quis comer. Beberam água. Prosseguimos até encontrar um táxi e regressamos a casa. Durante uns dias, não voltamos a ver Amir.

Quando, na quinta-feira, a empregada voltou, trouxe o filho consigo. Encontrei-o calado. Não perguntou, não reclamou, não se justificou. A própria mãe não sentiu necessidade de o fazer. Olhou para mim de relance, quando me viu chegar, e apertou a blusa contra o peito, a proteger o decote. Virou-se de costas e continuou a preparar o café da manhã. Fui acordá-los. Vesti-os, comi com eles. Insistiram em ficar em casa. Voltei a meio da tarde. No apartamento, a desordem acumulava-se. Roupa espalhada, o chão sujo, uma calma tensa entre os rapazes. Vigiavam-se. Continuavam a sair juntos, fechavam-se no quarto, mas não confiavam um no outro. A menina, com uma reserva de criança pobre, pedia apenas que a deixassem ali. Ia até a janela e debruçava-se para as escavações. Tornou-se mais retraída com Amir. De resto, o irmão mantinha-o afastado. Não aceitava recusas. Só em último recurso apelaria para a minha autoridade. Quanto ao seu próprio olhar, não havia ninguém que lhe dissesse o que ver. Tomava como seus os limites que definira para o outro. No princípio da semana seguinte já não havia vestígios do que acontecera. Amir não voltara a dormir lá em casa.

Todas as noites, depois de os deitar, eu atravessava a rua e encostava-me à rede que protegia as escavações. Em frente, as janelas tinham as luzes apagadas. Eu sentia-os sozinhos, quatro pisos acima. Continuávamos à espera. Ninguém nos tinha prometido nada. Afastava-me com relutância. No passeio, os pés escorregavam. Ao longo da rede, espalhada pelo pavimento, havia terra revolvida. Era quase inevitável. Escavada, peneirada, depositada em montes nos extremos da área, a terra acabava por ser arrastada pelo vento, pelos passos e pelas rodas das viaturas, cada dia para mais longe, num movimento orgânico e expansivo, que ameaçava transformar a cidade inteira num depósito de inertes, o espaço concebido para a acumulação estratificada de tempo e de esquecimento, sobrepostos em camadas alternadas e revolvidos pelo próprio processo de deposição.

III

Nos últimos dias, sob o olhar perplexo da menina, tinham vindo a remover as ossadas e a repor a terra nas valas abertas. Em seguida, depois de nivelado o solo, estenderam rolos de tela e recobriram-na com brita de calcário. A criança permanecia imóvel. Não compreendia. À sua frente, erguia-se uma barreira contra a qual os seus olhos se revelavam inúteis. Continuou à janela, apesar de o terreno estar quase inteiramente coberto por mais de meio metro de gravilha.

Na segunda-feira, quando cheguei para o jantar, encontrei o rapaz deitado no sofá, de olhos fechados, com a cabeça pousada nas pernas da irmã. Estavam sozinhos. Entreabriu os olhos e virou-se de costas. Aproximei-me. A menina inclinou-se sobre ele, pretendendo escondê-lo. Debrucei-me e perguntei-lhe se estava doente. Ergueu o rosto contra a barriga da irmã, sem olhar para mim. Disse que não. Agarrou-se ao braço do sofá, rolou sobre si mesmo e levantou-se a custo. Desligou a televisão. Dirigiu-se para o quarto de banho, tateando a parede. Caminhava com dificuldade. Demorou a regressar. Tinha o lábio inferior cortado e um hematoma no olho direito, coxeava. Evitava apoiar-se na perna esquerda. No couro cabeludo, havia uma área rapada, com um corte de mais de três centímetros, já suturado. Conservou-se à distância. Disse que já tinha passado pelo hospital e não deixou que eu o examinasse.

"Com quem é que foste."

Baixou os olhos e não me respondeu. Não insisti. Talvez a mulher. Via-se um penso num dos braços, deixando adivinhar aquilo que a roupa encobriria. Perguntei-lhe se conseguiria caminhar até o restaurante. Conseguia. Avançou pelo passeio, de mão dada com a irmã, as pernas afastadas, sem forçar o pé esquerdo. Laura entrepunha-se entre mim e o irmão, como se só a si coubesse cuidar dele. Quando chegamos ao restaurante, largou-lhe a mão e adiantou-se para abrir a porta. Segurou-a até que eu passasse. Enquanto comiam, tentei fazê-lo dizer o que havia acontecido. Ficou calado. Baixou o rosto e continuou a comer. A seu lado, a menina amassava com ambas as mãos uma bola úmida de miolo de pão. Pousava-a no prato, retirava do cesto outro pedaço, arrancava o miolo, umedecia-o na boca e acrescentava-o à bola, cada vez maior. Não olhava para ninguém.

"Foi o Amir",

perguntei. Respondeu que não, sem convicção. Não estava a mentir, mas também não seria completamente verdade. Pareceu-me inútil forçá-lo. Disse-lhe apenas que não se poderia repetir. Ou isso ou Amir não voltaria lá a casa. Pousou os talheres, olhou para a irmã e fixou-me com mais atenção. Baixou os olhos.

"Não se repete", disse. Insisti.

"Não se repete", repetiu. Pegou nos talheres e debruçou-se para o prato. Comeu pouco, mastigando devagar, sem fome nem vontade. Bebeu muita água. Quando saímos, disse que queria voltar para casa. Deitou-se assim que chegamos. Não deixou que eu o visse. Despiu-se às escuras e vestiu um pijama. Regressou ao quarto de banho e tomou um antibiótico. Despediu-se à pressa. Encostou a porta do quarto. Fiquei com a menina a ver televisão, as janelas abertas e as luzes apagadas. Por duas ou três vezes, ela levantou-se e foi ver o irmão. Ele já tinha adormecido. Voltava de olhos baixos, fixava-me durante uns segundos, hesitante. Havia alguma coisa que ela não podia ou não era capaz de me dizer. Talvez não o soubesse. Talvez não o pretendesse. Sentava-se ao meu lado e deixava que eu lhe desse a mão. Já passava da meia-noite quando me dirigi para o hotel.

Nos dias seguintes, o rapaz só saiu de casa para ir jantar. Eu vinha vê-lo ao longo do dia. Assegurava-me de que comia, de que tomava os medicamentos. A ferida cicatrizava. Não chegou a ter febre. Ficava no quarto, deitado nos lençóis amarrotados, enquanto a irmã percorria o apartamento. Subia para a cadeira, espreitava pela janela, ia até a sala, daí para a cozinha, da cozinha para o quarto de banho. Abria as torneiras e ficava a ver a água a correr até que alguém dava conta e lhas fechava. Sentava-se no sofá, ligava a televisão, pegava na tesoura e nas revistas, começava a recortá-las, desinteressada. Quase uma obrigação. Abandonava a tesoura e os papéis recortados e ia ao quarto ver o irmão. Regressava, sentava-se muito direita e retomava o trabalho. Ultimamente, recortava apenas as cabeças. Com os dentes, abria um orifício no papel, introduzia uma das pontas da tesoura e seccionava-o numa oval irregular que passava pelo meio do pescoço. Deixava intacto o resto das imagens. Separava os pedaços de papel até acumular cerca de dez cabeças, sobrepunha-as e retalhava-as ao meio. Repetia o processo, sobrepondo pedaços cada vez mais pequenos até já não os conseguir cortar. Deixava os restos no chão. Ao fim de alguns dias, a mulher acabava por os aspirar.

O comportamento desta não se havia alterado. Não me deu nenhuma explicação para o que acontecera. Eu não lha pedi. Chegava às oito, preparava o café da manhã e esperava que eles acordassem. Saía a meio da manhã para ir às compras, voltava a tempo de preparar o almoço. Arrumava a cozinha de um modo sumário, passava o resto da tarde no terraço. Às seis, pegava na carteira, procurava as crianças e dizia-lhes que se ia embora. Seca e sem esperar resposta. Só na sexta-feira o filho voltou. Não houve qualquer alteração. Ela tratava-o como se ele ali não estivesse. Punha mais um prato na mesa do almoço, confirmava que eram três as crianças, certificava-se de que não faziam muito barulho, num critério de escala variável e que dependia tanto da intensidade das vozes como da sua própria disposição. Por vezes, parecia que simplesmente não suportava ouvi-las. Fechava a porta da sala para a cozinha, fechava a porta da cozinha para o terraço, sentava-se debaixo do toldo.

Encontrei Amir a ver televisão, passava das nove da manhã. Tinha vestígios de ferimentos numa das mãos, estava mais reservado. Olhou-me de relance, cumprimentou-me e voltou-se para a tela. Quando acordou, a menina manteve-o à distância. Ele não tentou aproximar-se. Ignorou o rapaz e este evitou-o. Depois do café da manhã, continuou sozinho enquanto eles desciam comigo. Não fora convidado. Fiquei com eles até a hora do almoço. O céu estava limpo, havia algum vento, nos termômetros a temperatura não ultrapassava os vinte e sete graus. Paramos à saída do prédio. Do outro lado da rua, uma máquina retirava os postes de metal que suportavam a vedação do campo arqueológico. Um homem enrolava a cada um deles uma corrente de aço presa ao balde da escavadora. Afastava-se alguns passos, o braço da máquina erguia-se, arrastando ao mesmo tempo o poste e a massa de betão que lhe envolvia a base. Depositava-os num camião estacionado no passeio. Ao fundo, empilhada na brita de calcário, a rede já enrolada. A menina ficou para trás, encostada à porta do prédio. Já tinha visto a máquina da janela. Ali parecia-lhe mais ameaçadora. Reparou que nos afastávamos, deixou a porta bater e correu atrás de nós. O rapaz esperou por ela, deu-lhe a mão e olhou para mim. Perguntei-lhes onde é que queriam ir. Ele encolheu os ombros e indicou vagamente o jardim, depois o centro. Decidiu-se pelo jardim. Puxou a mão da irmã e avançou devagar.

Ao fundo da rua, apontou para um quiosque de jornais e depois para a irmã. Ela precisava de revistas. Dei-lhe dinheiro. Atravessou a rua e comprou meia dúzia, escolhendo-as ao acaso de entre as que estavam expostas. Transportou-as num saco o resto da manhã. Contornamos o quarteirão, colados à sombra dos edifícios, e paramos diante do portão do jardim. Começava a ficar calor. Havia pouca gente. O rapaz sentou-se num banco e indicou à irmã a zona de sombra em que poderia brincar. Sentei-me ao seu lado. Ficamos calados enquanto à nossa frente a menina ia falando sozinha, num monólogo mudo, sem som nem linguagem, apenas apreensível pelo movimento dos lábios. Rodava sobre si mesma, debruçada para a areia, e riscava o chão com um pedaço de madeira. Uns rabiscos sobrepostos e caóticos, vagamente próximos de uma mancha de texto. Riscava, apagava, tornava a riscar. Aninhada, com o cabelo caído em redor do rosto, parecia mais pequena. O rapaz ficou calado a olhar para ela. Depois, assegurando-se de que eu prestava atenção, perguntou pela mãe,

"Onde é que ela está."

Uma voz insegura. Preferia não me ter de me perguntar. Fizera-o apenas porque já não conseguia continuar sem saber. Apesar do tom baixo, a irmã ouviu-o e voltou-se para mim, à espera da resposta.

"Por que é que me perguntas."

Ouvia-se o som dos carros nas avenidas, com um ruído contínuo de baixa intensidade. Vozes. Cães. Ficou calado durante uns segundos, pressionado pelo olhar da irmã. Depois respondeu que a mãe não voltara a ligar, não atendia o telefone. Há mais de um mês que não os vinha ver. Eu deveria saber por quê. Tinha os olhos úmidos. Afastei-me uns centímetros,

"Há quatro anos que eu não a vejo."

Abanou o dedo, e murmurou que não, a recusar ao mesmo tempo a minha resposta e a sua pergunta. À sua frente, a menina deitou-se na areia de barriga para baixo, levou as mãos aos olhos e começou a chorar. Tentei levantá-la. Repeliu-me com os pés. Desviou o rosto, a soluçar, e cobriu a cabeça com os braços. Prendi-os, segurei-a pelo peito e sentei-a no banco. Apertei-a contra mim. Tinha terra na boca, continuava a chorar. Limpei-lhe os olhos, os lábios, os braços. As mãos. O irmão levantou-se, contornou o banco por detrás e sentou-se a seu lado. Agarrou-a pelo vestido e puxou-a para si. Disse-lhe que se calasse. Reprovava-lhe o comportamento. Censurava-lhe não as lágrimas, mas a minha presença. Ela acabou por se acalmar e fomos embora. Era cedo, eles tinham tomado o café da manhã tarde, ainda não teriam fome, mas levei-os a almoçar. Queria deixá-los em casa. Comeram pouco, não insisti. Quando subimos para o apartamento, Amir não estava. A mulher tinha posto a mesa na sala. Pratos para três pessoas. Disse-lhe que as crianças já haviam almoçado. Recolheu os pratos e os talheres. Guardou a comida na geladeira. Eles sentaram-se a ver televisão. Minutos depois Laura tinha adormecido. O irmão desligou a televisão, deitou-a ao comprido no sofá e disse que iria para o quarto. Deitou-se e também ele acabou por adormecer. Tinha despido a camisola. Eu via-lhe o rosto, virado para a porta. Cicatrizava depressa. No olho, havia apenas uma leve mancha amarelada. No braço, uma crosta comprida. Na cabeça, o cabelo começava a crescer.

Visto do quarto andar, o pátio era um poço estreito com quatro lados irregulares, nenhum deles com mais de cinco metros de lado. Paredes cegas, exceto uma delas, onde se abriam as janelas dos pisos inferiores. Nas outras, aparelhos de ar condicionado, canos de extratores. Nunca havia ninguém. Por vezes, ouviam-se vozes, cheirava a tabaco, e à noite algumas das janelas iluminavam a parede oposta. Só ao meio-dia o sol atingia o chão do pátio. Lá em baixo, via-se uma mangueira enrolada, alguns vasos vazios, uma cadeira de ferro forjado. No centro, um canteiro de bordos esboroados com uma palmeira. *Phoenix dactilifera*. Teria talvez metro e meio de tronco. Os ramos compridos ultrapassavam as janelas do primeiro andar. Fora plantada num vaso de metal que parecia ter sido simplesmente pousado na terra do canteiro. As raízes tinham rasgado o latão, fixando-se no solo compactado. Em redor do tronco, viam-se os restos enferrujados do vaso. O aro superior, mais sólido, resistia à corrosão e ameaçava estrangulá-lo.

Àquela hora, o sol incidia à direita da varanda. Metade da área por baixo do toldo já estava exposta. Acima, o ar quente parecia tornar móvel a massa dos telhados. Volumes irregulares. Antenas, torres de igreja, arames de estendais, chaminés, toldos. Ao fundo, edifícios recentes com mais de vinte pisos. O céu estava quase branco. Fechei os olhos e recuei para a sombra. A mulher levantou-se do banco. Não se afastou. Para sair dali teria de passar por mim. Ela regara o chão do terraço e cheirava a umidade. A maior parte já se evaporara, restando apenas algumas poças nas depressões do pavimento. Ela tinha as sandálias encharcadas. Olhou para mim sem desviar os olhos. Perguntei-lhe o que é que ela sabia da mãe das crianças. Pareceu surpreendida. Abanou a cabeça,

"*Nada.*"

Ligava às vezes, vinha quando vinha, não tinha de lhe dar satisfações. Pagava-lhe. Ficou calada, de olhos no chão, movendo lentamente os pés sobre a superfície úmida. Tornou a sentar-se, descalçou-se, afastou as sandálias para debaixo do banco. Perguntei-lhe se a mãe costumava ficar tanto tempo sem ver as crianças. Não respondeu. Levantou o rosto, com um ar incomodado. Disse que há várias semanas que não falava com ela. Telefonava-lhe apenas quando não podia deixar de o fazer. Só mesmo quando havia algum problema. Calou-se. Era inútil insistir. Estivesse ou não a mentir, ela não diria mais nada. Restava-me perguntar o que é que ela entendia por um problema. Por exemplo, o que é tinha acontecido com os rapazes. Quase não me deixou terminar, desde o princípio da semana que ela estava à espera de que eu perguntasse.

"*Não sei*",

uma voz átona, como se repetisse um texto decorado. Três sílabas, quase menos do que uma palavra. Menos, no mínimo, do que a expressão de um estado de consciência ou de uma forma de vontade. Ela sabia o suficiente para não querer saber mais. Aceitava o que era. Bastava-lhe constatar, sem precisar de o explicar nem pretender impor a sua vontade. A mim ou às crianças. Não era permissividade. Ser ou não permissiva suporia um critério, ela não parecia possuí-lo. Constatava aquilo com que se deparava sem perguntar se sim, se não, nem admitir alternativa, entrepondo entre si e as coisas uma distância que tornava inútil qualquer movimento. Recuava sempre o suficiente para permanecer à margem. Respirou fundo e umedeceu os lábios. Apertou o cabelo com ambas as mãos, prendeu-o com um elástico. Uma linha de pequenas gotas de transpiração atravessava-lhe o lábio superior. Por debaixo de cada braço, nas mangas da blusa, uma mancha de umidade. Ergueu a mão direita e limpou o rosto com a ponta dos dedos. Olhou em volta, evitando ver-me. Eu continuava à espera. Levantou um pé, depois o outro, pousou-o na água.

"*Ele é demasiado inteligente para ela. Não o compreende.*"

Era uma afirmação recorrente de Amir, das três ou quatro vezes que falara do pai. Havia nas suas palavras uma mistura de admiração e de desprezo. Admiração pelo pai, desprezo por ambos. Como eu soube mais tarde, o pai, engenheiro, depois de expulso de Espanha repudiara a mulher que o havia seguido e com quem tinha acabado de casar. Divorciaram-se. Ela, então grávida de oito meses, voltara para Espanha, onde a criança viera a nascer. Foi para Marraquexe meses depois, talvez à espera de que, com o bebê, ele a aceitasse de volta. Não aceitou. Tinha-se tornado a casar. Recusou-se a recebê-la, primeiro, depois humilhou-a diante da nova mulher. Retirou-lhe o filho e ficou com ele até os sete anos. Nesse momento, devolveu-o na condição de que ela regressasse a Espanha. Queria-o numa escola europeia. Ela aceitou. Fixaram-se em Sevilha. Nas férias, o rapaz passava algumas semanas em Marrocos com o pai. Nunca contou o que aí fazia, mas essas semanas a falar árabe pareciam ser suficientes para pôr em questão qualquer sentimento de identidade ou de pertença. Voltava com o ressentimento que o pai alimentava contra aqueles que o haviam expulsado. Contra Espanha, a Europa, os cristãos e, de um modo lateral, contra a mãe, objeto de um sentimento de desprezo que o pai lhe transmitia. O filho defendia-o, referindo-se à mãe com desdém. O mesmo desdém com que, logo seguir, também se poderia reportar ao pai ou a Marrocos,

"*É um país sujo.*"

Depois olhava para mim e calava-se, sério e reservado, medindo cada gesto e só então tomando consciência de que também estava a falar de si próprio. Não duvidava da correção do que dissera, mas da minha capacidade de o compreender. A mesma dúvida, talvez mais profunda, pela qual agora a mulher continuava calada. A um tempo, punha em causa a minha legitimidade para perguntar e a sua capacidade para responder. Sabia que o silêncio a comprometia, mas não dizia nada. Não seria, como afirmava o filho, falta de inteligência. Era outra coisa. Quase uma opção. Uma percepção animal. A consciência física da sua própria presença parecia inibir outras possibilidades de compreensão. Era apenas carne. Corpo, peso, densidade. Atrito, inércia, gestos bruscos, mal emergindo do limite informe que separa a imobilidade do movimento. Sem representações prévias, nem consequências que ultrapassassem a subordinação do efeito à causa, ela permanecia alheia, como se a sua consciência estivesse inteiramente dedicada a determinar o espaço ocupado por cada parte do corpo. O volume do ventre, a capacidade da caixa torácica, o peso dos seios, a largura das ancas, a espessura dos pulsos, a distância que ia dos olhos até as mãos, da boca até o chão. A solidez do chão sob as suas sandálias. E a cada momento, confirmada a consistência das coisas, obrigada a tornar compatíveis cada uma das partes, o ventre e a boca, as coxas e o peito, os olhos e os pés, a apatia e o movimento.

Eu vira-a uma manhã a caminho do supermercado. Avançava pelo passeio com passos firmes, o rosto levantado e cada gesto dois centímetros mais largo do que seria necessário. Não reparou em mim. Caminhava depressa, com o olhar fixo algures à sua frente, tentando, dir-se-ia, manter constante a distância que a separava de um qualquer ponto, também ele móvel, vinte metros adiante. Nada no seu rosto denotava um propósito ou uma vontade capaz de impor aos gestos um mínimo de articulação interna. Entregue a si mesmo, cada membro agia de um modo autônomo e divergente, numa assimetria que lhe conferia um andar quase provocante. O corpo impudico e exposto por baixo do vestido. Seria inconsciente, não olhava para os homens e parecia não notar o olhar deles. Tampouco o das mulheres. Nem sequer as via. No apartamento, diante de mim, protegia o decote, fechava as pernas quando se sentava, esticava a saia, mas sempre mais em resposta a uma obrigação ditada pelo hábito ou pela educação do que a uma necessidade interior. Evitava aproximar-se de mim. Expunha-se, no resto, com uma quase completa ausência de pudor. Indiferente à minha presença, desapertava os botões da blusa e levava a mão ao seu interior para compor o sutiã. Sopesava os seios, apertava as alças. Não raramente, deixava entreaberta a porta do quarto de banho, permitindo avistá-la sentada na privada com as coxas despidas e as cuecas puxadas até os joelhos. Saía ainda a descer a saia.

Aproximou-se da borda da varanda e debruçou-se. À sua esquerda, o ar condicionado produzia um ruído constante que se sobrepunha aos sons esbatidos que chegavam da rua. Ficou algum tempo a olhar para baixo, com o ventre apoiado no muro de tijolo caiado e as mãos apertadas atrás das costas. Depois voltou-se para mim, a meio corpo, e levou a mão ao peito,

"*É meu filho, mas não me parece meu.*"

Não estava a pedir que gostassem dele. Ela própria só gostava porque não era capaz de deixar de o fazer. Calou-se por um instante, quase surpreendida por ter falado. Apenas uns segundos. O tempo de inspirar fundo, expirar, erguer os olhos. Continuou. Disse que não se lembrava do parto. Tinha-o concebido, transportado, amamentado, mas desde o princípio que sentia que havia nele alguma coisa que não lhe pertencia, alguma coisa que não permitia que ele lhe pertencesse. Escapava-se-lhe das mãos, ainda bebê. Recusava a mama. Sabia-o seu filho, mas não era seu, repetiu.

"*Tem os meus olhos, mas não vê o mesmo que eu vejo.*"

Levantou mais o rosto na minha direção. Olhou-me de frente, sem pestanejar. Falava num tom pausado, com as sílabas marcadas e uma dicção neutra, como se depusesse num processo judicial ou duvidasse do meu domínio do castelhano.

"*Não sei o que é que sabe acerca de mim. Não sei se lhe interessa. Penso que me compreende. Não foi por causa dele que eu voltei para Espanha. Eu já lá não estava a fazer nada. Já tinha desistido. Ele era quase um estranho quando o pai o devolveu. Em sete anos, eu tinha estado com ele sete vezes no dia do aniversário. A princípio, via-o à distância, na rua onde o costumavam passear. Depois, nem isso. Escondiam-mo, deixei de o procurar. No dia de anos, estava meia hora comigo, vigiado pelas irmãs do pai. Cumprimentava-me quando chegava e caminhávamos pelo jardim. Ele estava ali por obrigação, impaciente, a olhar para as mulheres, à espera da hora de se ir embora. Quase não deixava que eu lhe tocasse. Não tínhamos nada para dizer. Ele não compreendia castelhano, eu não falava árabe. Quando viemos para Sevilha, nem sequer tentou gostar de mim. Deixava-me cuidar dele, mas sem afeto, cada dia mais desconfiado."*

Calou-se. Virou-se de costas, com a cabeça alta, o rosto voltado para a linha dos telhados. Parecia supor que eu já conhecia o resto. O que acontecera antes e o que aconteceria depois. Eu não conhecia. Depreendi-o das suas palavras, informei-me mais tarde. Uma história de abandono e de obsessão que a diferença de língua e de costumes haviam tornado quase patológica. Vivera seis anos num quarto em Marraquexe. O homem, mesmo depois de a ter repudiado e de se ter voltado a casar, visitava-a duas ou três vezes por semana. Pagava-lhe a renda, as contas. Fosse por ele, fosse pela criança, ela suportou a situação sem protestos. Ser-lhe-ia, aliás, inútil protestar. Continuou à espera. Apesar da persistência, acabara por perder não apenas o pai, mas o próprio filho, devolvido quando ela já começava a não querer saber dele. Uma criança esquiva que, não obstante os rudimentos de castelhano que nos últimos meses o pai lhe tentara transmitir, quase não compreendia aquilo que a mãe lhe dizia. Distante e independente desde o primeiro dia, o rapaz resistia-lhe. A princípio, ela acreditara ser possível fazer dele seu. Obediente, espanhol, cristão. Confiava na escola. Recomeçara a ir à igreja quando viera para Sevilha. Iam à missa à catedral, aos domingos de manhã. Há muitos anos que ela não entrava numa igreja. Tinha voltado por ele.

"*É uma espécie de educação*",

disse. A música, as palavras, as imagens, o cheiro da cera e do incenso. O peso da pedra. A prata e o ouro. Nem era necessário acreditar, bastava abrir os olhos.

"*Sem isso, ele não chegaria a saber quem nós somos.*"

O filho acompanhava-a com relutância, mas não se recusava a segui-la até a catedral. Permanecia imóvel, a olhar para as cerimônias, com a reserva de quem observa os pouco compreensíveis comportamentos de um povo primitivo, idólatra e politeísta. Sorria, a espaços, sem evitar uma expressão de desprezo. Não fazia perguntas, nem contestava. Ninguém lhe pedia que acreditasse, apenas que visse. Ele via, ouvia, mas tudo o que aprendia parecia esquecê-lo nas semanas que passava em Marrocos. Depois das segundas férias, as da Páscoa, o pai proibira-a de o tornar a levar à missa. Não o contrariou, e ela própria deixara de ir. Não precisava que lhe repetissem o que já sabia, precisava de o mostrar ao filho. Tornara-se inútil, se ele se recusava a vê-lo. Ergueu a mão direita, num gesto vago, em direção à rua. Teria sido inútil, de qualquer modo. Não apenas tentar convertê-lo, mas ensiná-lo. Ele só aprendia o que queria aprender. Já tinha reprovado dois anos. Já tinha sido expulso de dois colégios. Já a tinha envergonhado muitas vezes. Mordeu os lábios e não continuou. Ficou ali, com sombra pela cintura, as mãos espalmadas contra o muro, debruçada para o pátio. A transpiração colava-lhe a blusa à pele. Desapertou dois botões e limpou as axilas com um lenço de papel. Conservou-o na mão. Aproximou-se do toldo e parou à sombra, a dois passos de mim. Inclinou-se. Tinha o decote entreaberto e a blusa encharcada. Afastou uns fios de cabelo, e disse que mesmo agora continuava a tentar compreender. Não se tratava, parecia-me, de querer saber por quê, num encadear de causas e de consequências, mas de refazer os fatos numa ordem paralela à das coisas. Repor e repetir sem pretender transformar. Não uma explicação, sob a forma de palavras ou de imagens, mas aquilo, sensibilidade e sentimento, que tomava o seu lugar. Depois de desistir, ela insistia ainda em compreender.

"*Porque eles,*" disse, deixando em suspenso a quem se referia, "*não sabem sentir. Nem sequer lhes interessa. É-lhes suficiente poder mandar. Dispor, possuir, dar o nome. Nunca ninguém me perguntou o que é que eu sentia. Nem um nem o outro. Basta-lhes saber qual é a minha obrigação. Ficar à espera, obedecer, não fazer perguntas. Ficar calada e abrir as pernas. O filho é igual ao pai. Não sei sequer se gosta de mim. Não sei se ele sabe. Talvez goste, à maneira deles.*"

Olhou para as mãos e encolheu os ombros. Saber não faria nenhuma diferença. Duvidava que fosse capaz de mudar o que quer que fosse. Entre um momento e o seguinte, poderia tentar escolher, não propriamente decidir. Entre um e outro, poderia inclusive optar por um terceiro, mas o resultado seria o mesmo, consistindo apenas a liberdade de escolha na possibilidade de decidir o percurso para um lugar decidido à partida. Não se queixava. Levou a mão ao bolso da saia e guardou o lenço. Voltou-se mais para mim, baixou o rosto, desviou-se na direção da porta. Nas minhas costas, enquadrado na sombra, o rapaz olhava fixamente para a mulher. Atrás de si, a irmã. Tinha os pés descalços e a ponta da tesoura na boca, os olhos muito abertos. Não se mexeu. Teriam ouvido a conversa. Pelo menos parte. Era difícil saber o que é que dela tinham compreendido. Sobretudo a menina. Olhou para a mulher, a seguir para mim. Deu meia-volta e afastou-se com a tesoura suspensa da mão direita. O irmão seguiu-a. Saí pouco depois. Cruzei-me com Amir à entrada do prédio.

Ele acharia sempre preferível ser estrangeiro, à vez e em qualquer dos lados do estreito. Estrangeiro ou outro termo que lhe marcasse na pele o peso de uma lei que rejeitava num lugar para usar no outro como critério e termo de comparação. Dir-se-ia não ser capaz de gostar de si próprio senão de forma reativa, atirando-se a cada momento contra aquilo que supunha que os outros viam de si. Sabia o que não era, o que não queria ser, com a mesma convicção com que o reivindicaria se isso viesse a ser-lhe negado. Mas, talvez sem o saber ou sem o querer aceitar, confrontava-se sempre com alguma coisa que já lá não estava. Que não lhe pertencia porque há muito que lhe havia sido dita, dada, e retirada no mesmo movimento.

Na manhã seguinte, quando desci para o café da manhã, o empregado avisou-me de que havia alguém à minha espera na recepção. Desci os dois lanços de escadas até o átrio e deparei-me com ele. Estava sentado, hirto, num sofá junto dos elevadores. Olhava fixamente para as portas automáticas. Aproximei-me por detrás. Vestia a mesma camisa do dia anterior, tinha um aspecto sujo, a roupa amarrotada. Teria dormido vestido. Sob o cabelo curto, a pele mais clara do crânio. Uma massa óssea mal recoberta que se encaixava, rígida, no pescoço estreito e comprido. Endireitou-se mais quando sentiu abrir-se a porta do elevador. Saiu um homem a arrastar duas malas. Atrás, uma mulher com uma rapariga de doze ou treze anos. Dirigiram-se para a recepção. Ele seguiu-as com o olhar, detendo-se sem pestanejar algures entre o peito da mulher e as pernas da rapariga. Desinteressou-se quando tornou a ouvir a porta do elevador. Contornei o sofá e chamei-o. Levantou-se de repente. Ficou imóvel, o rosto sem expressão. Avançou dois passos e cumprimentou-me de um modo formal. Disse que estava à minha espera. Precisávamos de falar. Não sugeriu que precisava de falar comigo, mas que de algum modo era eu quem precisava de falar com ele. Perguntei-lhe há quanto tempo ali estava. Poderia ter subido. Respondeu que tinha acabado de chegar. Mais tarde, o funcionário da recepção informou-me de que ele estava ali desde as seis da manhã. Mas eu não lhe pedia explicações. Disse-lhe que viesse comigo e dirigi-me para a sala do restaurante. Sentou-se à minha frente. Ele ainda não tinha tomado o café da manhã. Não tinha jantado. Não comia nada desde a tarde anterior. Discutira com a mãe e saíra de casa. O meu filho não o deixara entrar para passar a noite. Perguntei-lhe onde é que tinha dormido. Fez um gesto de indiferença e não respondeu. Comeu em silêncio, sem olhar para mim, com o rosto fechado. Fiquei à espera de que ele terminasse. Por fim, afastou a cadeira alguns centímetros e apoiou os punhos na borda da mesa. Tinha as mãos sujas, as unhas crescidas e quebradas. Esperou que eu olhasse para ele e disse que havia coisas que eu precisava que alguém me dissesse. Permaneci calado. Pegou no copo de água, sem beber, pousou-o, começou a falar.

"Você não sabe quem ela é. Não pode acreditar em nada do que ela lhe diga. Poderia ter-me perguntado."

Falava com gestos largos. Erguia as mãos e baixava-as, sem que o corpo perdesse a postura rígida. Havia no seu tom algo de amargo. Eu tinha-o desiludido, traindo a sua confiança ou revelando-me mais fraco do que supusera. Disse que não iria deixar que ela me enganasse. Preferia não ter de dizer, mas não iria ficar quieto a vê-la mentir. Calou-se por um momento e abanou a cabeça, muito sério. A mãe não era o que parecia ser. Era ele quem tinha de a controlar. Se não fosse ele, ela não passaria daquilo que de fato era,

"Uma puta. Uma mulher de rua."

Marcava as palavras, sílaba a sílaba, parecendo pretender assegurar-se de que eu o seguia. Repetiu o que dissera e encolheu os ombros,

"Mas são todas iguais."

Articulava as palavras com o tom de quem se refere a alguém que tem por inimputável. Seria inútil exigir-lhes mais. Às mulheres. Ficou calado à espera de que eu concordasse consigo. Precisava que eu concordasse, ele próprio precisava de acreditar no que dizia. Esforçava-se por não ter dúvidas. Via na mãe aquilo que pretendia ver. Uma mulher. Corpo, carne, pele branca e hábitos infiéis. Disse que o pai o tinha prevenido. A princípio não compreendera o que ele lhe dissera, mas depois reparara que ele tinha razão. Acrescentou que dormia no mesmo quarto que ela, não podia deixar de reparar. Via-a despir-se quase todas as noites. Só coxas e mamas. Ela era o que era, não valia a pena pretender enganar-se. Encolheu os ombros com uma expressão de impotência,

"Já não vai mudar."

Prometera ao pai tomar conta dela. Avisá-lo, se acontecesse alguma coisa.

"Faço o que tenho de fazer."

Olhou para mim, tentando avaliar se eu compreendera. Era uma ameaça. Permaneci imóvel. Eu compreendera, mas não exatamente aquilo que ele pretendia. Hesitava entre prevenir e intimidar. Pousou o guardanapo e ficou à espera de que eu lhe respondesse. Tinha de se assegurar. Não permitiria que eu tocasse na sua mãe. Entenderia isso como uma ofensa pessoal. Falava devagar, as sílabas separadas, com uma correção quase artificial. Continuei calado, não me mexi. Ele manteve o olhar, mas menos seguro,

"*Eu sei quem você é*", disse. Esforcei-me por não sorrir. Tudo aquilo era lamentável. O rapaz, os preconceitos, a tentativa de intimidação. Era difícil não ficar com pena da mulher. Levantei-me e afastei a cadeira. Não esperei que ele me seguisse. Senti-o atrás de mim. Voltei-me para ele quando cheguei ao elevador. Disse-lhe que me esperasse, eu subiria apenas por uns minutos. Iríamos juntos até o apartamento. Respondeu que não, mas quando eu desci ele estava no átrio à minha espera. Seguiu-me até o passeio e disse que não poderia ir comigo. Não esclareceu por quê. Chamei-o, quando já se preparava para atravessar a rua. Voltou-se, sem se aproximar. Perguntei-lhe porque é que na noite anterior o meu filho não o tinha deixado entrar. Levantou os olhos com um sorriso triste. Disse que não estava zangado,

"*Ele sabe o que é preciso fazer.*"

Eu teria de presumir que existia alguma racionalidade no seu comportamento, um esboço de equilíbrio que permitisse prever o movimento seguinte. Alguma coisa, crença, valor, ou vontade, que fosse antecipável. No mínimo, o preconceito. Havia nele, coincidindo para produzir ressentimento, princípios não conciliáveis. Talvez ele próprio o pressentisse, tão arbitrário e imprevisível como o cruzamento de duas gramáticas ou de duas unidades de medida. Se não era escolha, era quase consciente. Reconhecia os riscos, mas, com a rudeza de quem admite a sua própria violência, preferiria afastar-se a ter de ceder. Nunca supunha para o seu comportamento outra explicação que não aquilo que pudesse apontar como causa de ofensa. E, segundo uma espécie de ressentimento congênito, a capacidade de o ofender parecia ser parte da natureza dos outros.

No dia seguinte, cheguei cedo ao apartamento. Era sábado, tínhamos combinado sair. Cádis. Laura, repetira o irmão, nunca vira o mar. Já estavam acordados, quando entrei. O rapaz não se teria sequer chegado a deitar. Estava estendido na cama, de costas para a porta, com a mesma roupa que usara na tarde anterior. Tinha as pernas apoiadas sobre uma almofada e a cabeça encostada aos joelhos da irmã. Nenhum deles olhou para mim. Contornei a cama e esperei que ele se levantasse. Não se mexeu. Chamei-o. Apoiou o cotovelo no colchão e ergueu-se, sem olhar. Disse que lhe doíam outra vez as pernas. Talvez precisasse de ir ao hospital. Parecia mais velho, a voz rouca e arrastada. Seco. Quase orgulhoso. Sem pedir desculpa nem dar explicações. Não fiz perguntas.

Disse-lhe que se preparasse. Levantou-se, agarrado à cama, e caminhou até o quarto de banho. Vesti a menina, penteei-a. Dei-lhe um copo de leite. Ele esperou que saíssemos do quarto e foi mudar de camisa. Recusou comer. Não conseguia caminhar. Avançava colado às paredes, um passo de cada vez, com as pernas muito afastadas. Desequilibrou-se, já na sala, agarrou-se a uma cadeira e deixou-se cair no sofá. Tornou a desequilibrar-se quando tentou pôr-se de pé. Endireitou-se e disse que não era capaz. Peguei nele ao colo. Magro, duro. Infantil. Atrás de mim, a irmã agarrou nas chaves pousadas em cima da mesa e puxou a porta. Encostou-se a um canto do elevador. Parecia esforçar-se ao mesmo tempo por não chorar e por permanecer acordada. Sentei o rapaz nas escadas do prédio e fui buscar o carro.

Foi-me difícil explicar o seu estado. Tinha o corpo coberto de hematomas, uns mais antigos, outros recentes, em manchas sobrepostas. No baixo-ventre, como se tivessem sido repetidamente pontapeados, os testículos tinham duplicado de volume. A inflamação alastrava-se a todo o interior das coxas. Levaram-no para exames. Ficamos, eu e a menina, sentados lado a lado na sala de espera. Ela evitava olhar-me. Deixou que eu lhe pegasse na mão. Adormeceu a seguir. Chamaram-me meia hora depois. Peguei nela ao colo. Quase não chegou a acordar. Entramos os dois. O médico ficou calado a olhar para os papéis sobre a secretária. Perguntou, sem muita convicção, se tinha sido eu. Justifiquei o que pude. Era uma questão de rapazes que eu supunha ultrapassada. Compreenderia se ele tivesse de reportar o caso à segurança social. O rapaz estava ao cuidado da mãe. Eu apenas viera acompanhá-lo. Fixou a menina, sem insistir, e levantou-se. Perguntou quem eu era. Pareceu satisfeito com a resposta. A versão do rapaz coincidia com a minha. Hesitou e sugeriu que apresentássemos queixa na polícia. Assenti e ele acrescentou que eu o poderia levar. Indicou-me a medicação, conduziu-me até ele. Tinha sido tratado. Não haveria danos irreparáveis.

Passava do meio-dia quando regressamos ao apartamento. Parei o carro em segunda fila diante do prédio. Ajudei-os a sair, disse-lhes que esperassem por mim. Estacionei ao fundo da rua. Quando voltei, já haviam subido. O rapaz tinha-se deitado no sofá, a irmã estava de pé ao seu lado. Tentava manter-se acordada. Arranjei-lhes o almoço com os restos que encontrei na geladeira. Pus a mesa na cozinha e disse ao rapaz que viesse. Ele abriu os olhos e ergueu-se. Seguiu-me. Esperei que acabassem de comer e acompanhei-os até o quarto. Fechei as persianas. Disse-lhes que se deitassem. Amontoei a louça na máquina de lavar e desci. Comi alguma coisa numa cervejaria e dirigi-me para o carro. Eles haviam adormecido ainda antes de eu ter saído.

Telefonei duas vezes. Ninguém atendeu. Eu tinha a morada. Nome da rua, número da porta. Era um edifício de térreo e primeiro andar, encostado à Ronda de Circunvalación. Uma zona pobre, próxima dos parques industriais, na confluência de prédios recentes de mais quinze pisos e dos restos de antigos bairros periféricos. Décadas antes, a cidade terminaria ali. Agora, do outro lado da rua, via-se a vedação de ferro dos blocos de apartamentos. Eles viviam no lado errado da rua. Uma casa estreita com grades nas janelas. Confirmei o número e atravessei o passeio. Era o térreo.

A madeira da porta tinha sido reforçada por tiras verticais de chapa metálica que começavam a ficar soltas. Bati duas vezes e recuei. Ela não ficou surpreendida por me ver. Entreabriu a porta, imóvel, hesitando entre deixar-me entrar ou sair comigo. Olhou para o interior da casa, apertou os lábios e disse-me que entrasse. Fechou a porta sem ruído, pediu-me que falasse baixo. Demorei a habituar-me à penumbra. As janelas estavam fechadas, as persianas descidas. No ar abafado, cheirava a detergente e a desinfetante. Estava calor. A casa não era mais do que aquela sala e o quarto ao fundo. À direita, três metros quadrados de quarto de banho, a porta escancarada. Eu esperava ver ali repetidos a desordem e o desleixo do apartamento das crianças. Em vez disso, o vazio. O chão de cimento, sem tapetes, as paredes brancas. Para além da banca de cozinha e do fogão a gás, por debaixo da janela, no compartimento não havia mais do que uma mesa e duas cadeiras. Uma geladeira. Duas prateleiras com louça arrumada. Não se via nada que não fosse estritamente necessário. Quatro pratos, três copos, meia dúzia de talheres, tudo numa ordem quase obsessiva. No quarto, um armário, duas camas estreitas, uma cadeira. Uma televisão. Ouvia-se o som de uma ventoinha. Numa das camas, o corpo do filho. Estava despido. Magro, moreno, com um penso que lhe atravessava o peito na diagonal. Parecia adormecido, os lábios entreabertos e os braços estendidos ao longo do tronco. A mulher encostou a porta. Recuou para junto da mesa, entrepondo-se entre mim e o quarto. Disse que não queria que ele acordasse. Tinha acabado de adormecer. Perguntei o que é que lhe acontecera.

"*Perdeu sangue.*"

Fixou a porta, baixou os olhos para as embalagens de medicamentos a um canto da mesa, e acrescentou que tinha febre. Tinha chegado depois das quatro da manhã, com o peito rasgado e a camisa empapada em sangue. Estava todo pisado. Teria atravessado a pé metade da cidade. Não dissera uma palavra. Nem em casa nem no hospital. Ela, por si, não sabia como se justificar. Calou-se. Apesar de tudo, era uma ferida superficial. Nada que não se resolvesse. Inspirou fundo, com as mãos apertadas diante do ventre. Perguntou pelo meu filho de um modo distraído, sem esperar resposta. Já a conheceria. Olhou para o quarto e depois na direção da rua. Apoiou-se na mesa. Sabia por que é que eu tinha vindo, sabia que naquele momento não haveria muito que ela pudesse dizer ou fazer. Pelo menos quanto ao filho. Quanto a si própria, aceitava ser dúbia. Não pedia, não prometia, limitava-se a permanecer ali. Tinha um vestido largo que lhe chegava até o meio das coxas. Um decote cavado. Por debaixo, parecia despida. Não tinha sutiã. Suspenso dos seios, o tecido caía ao longo do ventre quase sem lhe tocar na pele. Fixou-me, tentando saber o que eu via. Da casa, de si. Desviei os olhos. Ela tinha calçadas as mesmas sandálias que usava no apartamento. Ficamos calados. Dois ou três minutos. Fomos interrompidos pela voz do rapaz.

"*Mãe*."

Foi a única vez que eu o ouvi chamar-lhe isso.

"*Mãe*", repetiu. Um tom ríspido. Não um pedido, mas uma ordem. Ela endireitou-se e percorreu a meia dúzia de passos até a porta do quarto. Fechou-a atrás de si. Ouvi-os falar sem conseguir compreender o que diziam. Não se demorou.

"Ele quer saber o que é que você sabe."

Fiquei ali durante mais alguns segundos. Vi-a baixar os olhos, levantá-los, afastar-se do quarto, avançar na minha direção. Não respondi. Não havia resposta. Acenou com a cabeça e encaminhou-me para a porta da rua.

IV

Eu via-a como a vira da última vez. O vestido de Verão, branco e amarelo com motivos de flores, o cabelo castanho, os olhos úmidos. Trazia o filho pela mão, então com cinco anos, estava grávida de sete meses. Não me disse que ficasse. Afastou-se para o lado e apertou a criança contra as suas pernas. Não voltou a olhar. Sabia o que acontecera antes, conseguia antecipar o que aconteceria depois. Não se, não como, mas quando. Talvez mais dois dias, depois outros três. E depois mais nada. Ou nem mesmo esses. Agora, apenas um olhar, a constatação da presença do outro. Ficou calada, imóvel, num exercício de memória que se diria pretender repor as coisas nos termos estabelecidos quatro anos antes, como se a próxima frase tivesse de começar algures onde a última tinha terminado. Após essas palavras, ou no momento seguinte, admitindo como ponto de partida aquilo que então não chegara a ser dito. Pousou a carteira em cima da mesa e descalçou os sapatos. Um depois do outro, no mesmo movimento, sem se baixar. Voltou-se para mim com um ar cansado.

"Podes perguntar", disse.

"Podes perguntar, mas eu não respondo."

Afastei-me dois passos e abanei a cabeça,

"Eu não pergunto."

Ao fim de três dias, o rapaz já tinha recuperado. Caminhava devagar, mas sem dor aparente. A empregada não tinha regressado, eu não sabia nada do filho. Não tentei saber. Levantava-me cedo, chegava ao apartamento mais de uma hora antes de eles acordarem. Laura era a primeira. Ia ter comigo, olhava-me de um modo atento, quase um sorriso, voltava para o quarto e acordava o irmão. Eu punha a mesa na cozinha, aguardava que se vestissem e chamava-os. Esperava que tomassem o café da manhã. Depois, arrumava-lhes o quarto, recolhia a roupa suja, fazia as camas, abria as janelas antes que o dia aquecesse. Deixava-os sozinhos uma ou duas horas, voltava para os levar a almoçar. Estavam mais calmos. O rapaz dir-se-ia abatido sob uma responsabilidade que só então se lhe tivesse tornado compreensível. Calado, evitava ficar sozinho comigo. A irmã, diante dele, tinha-se tornado ainda mais retraída. Aceitava, de mim, uma proximidade que semanas antes pareceria improvável.

Reparei no carro enquanto abria a janela. Passavam vinte minutos das nove, o céu começava a tornar-se branco. Subi mais a persiana e recuei. Em baixo, a viatura avançou mais alguns metros. Vi-a estacionar. Durante alguns minutos ninguém saiu. Ouvia-se o ruído do motor. Depois, quase em simultâneo, o motor calou-se e abriu-se a porta do condutor. Afastei-me e fui à procura deles. Confirmei aquilo que tinham vestido. Uma saia e uma blusa desbotada, com o peito já salpicado de leite, a menina. Calções e uma das camisolas de manga curta que usava todos os dias, o rapaz. Chamei-os para mudarem de roupa. Tínhamos pressa. Abri o armário, escolhi as peças que eu lhes havia comprado. Ajudei-os a vestirem-se, calcei a menina. O rapaz perguntou se iríamos sair. Não respondi. Disse-lhe que penteasse a irmã e encostei a porta do quarto. Parei no corredor. Fechei os olhos, forcei-me a respirar devagar, caminhei até o quarto de banho. Olhei-me ao espelho. Tinha uma barba de dois dias, olheiras, um ar cansado. Passei as mãos úmidas pelo cabelo. Sequei-as. Desapertei o penúltimo botão da camisa. Tornei a apertá-lo. Na sala, as revistas rasgadas, a tesoura, brinquedos espalhados, a roupa que o rapaz usara no dia anterior. Tive apenas tempo de desligar a televisão. Senti o elevador, a chave, vi a porta a abrir-se. Ela olhou-me de relance, deixou a mala à entrada e fechou a porta sem se voltar. Atravessou o compartimento e pousou a carteira em cima da mesa.

Tinha trinta e três anos, mantinha a delicadeza de uma mulher mais nova. A delicadeza, a doçura, a impertinência. A expressão indiscreta de quem se dirige aos outros apenas para ver, sem baixar os olhos nem esperar que a atenção lhe seja devolvida. Os olhos do pai, fundos, verdes, nela moldados para absorver o mundo, não para se lhe impor. Os olhos dos filhos, inquietos, quase deslocados nas proporções precisas do rosto comprido. Nariz pequeno, dentes regulares, lábios finos. Uma saliva morna como o leite materno. Encostou-se à mesa, com as chaves suspensas da mão direita. Olhou em redor, retendo a respiração. Primeiro eu, depois a desarrumação. A sala, a cozinha, as portas fechadas ao longo do corredor. Apertou o peito com os braços e procurou a caixa do ar condicionado. Parecia estar com frio. Tinha o rosto mais seco, os traços marcados, numa diferença apenas reconhecível no primeiro momento, quando confrontada com a memória. Cabelo comprido, pele bronzeada. No decote, a linha do fato de banho demarcava uma zona de transição entre a pele exposta e o peito pálido que se prolongava para o interior do vestido. Os seios pequenos, o corpo magro, as ancas estreitas. Olhou-me outra vez. Aquilo éramos nós, sem espaço para dúvidas. Cada um sozinho diante do outro como se permanecesse imóvel perante si mesmo. Não no reflexo de um espelho, suscetível de produzir um mínimo de identidade, mas na reprodução que não permite o recuo, diante da qual desviar o rosto não anula a duplicação. Continuava a ser eu. Continuava a ser ela, demasiado próxima para que pudesse, de fato, ser outra coisa. Com a extensão da posse e da privação, distinta na carne, no gênero e na vontade. Dotada da resistência necessária para que o movimento seguinte não fosse antecipável. Levantou mais o rosto, com uma expressão de cansaço,

"O que queres tu de mim."

Não era exatamente uma pergunta.

"Duas coisas. A primeira matar-te, a segunda casar contigo."

Isto tinha-o dito eu, naquela mesma sala, quatro anos antes. E tal não fora, sabíamo-lo ambos, nem uma ameaça nem um pedido de casamento, apenas uma constatação de impotência. Da minha e da sua. Ela não respondera, eu não o repetira. Permanecera calado, enquanto arrumava a mala, escolhendo ao acaso o que iria levar. Agora, não sendo uma resposta, eu sabia o que dizer, tão ou tão pouco plausível quanto a versão anterior.

"Só posso pedir aquilo que me pertence."

Ficou parada, os lábios contraídos e o rosto voltado para o corredor. Atirou as chaves para cima da mesa e virou-se para mim.

"Não há aqui nada que seja teu."

Apontou para o quarto,

"Nem sequer eles."

Não respondi, recusando, por cálculo, enunciar a única coisa que talvez pudesse constituir resposta. Eu não tinha vindo por causa deles. Tinha vindo por ela. Não viera buscar nada que me pertencesse. Viera para roubar, e de momento bastava-me tê-la diante de mim. Esbocei um movimento na sua direção. Apenas dois passos. Baixou os olhos e recuou para o outro extremo da mesa. Fixou-me de um modo agressivo,

"Nunca mais."

A voz era seca e descarnada. Uma figura do medo, bárbara e cruel, devolvida a si mesma sob a forma de repulsa, pretendendo que o interdito lançado sobre o futuro pudesse modelar o próprio passado. Não apenas nunca mais, mas simplesmente nunca. Nunca antes, nunca depois, ambos suprimidos num mesmo gesto. Fiquei calado, tentando controlar-me. Eu não queria ser hostil. Talvez entretanto eu tivesse aprendido alguma coisa. Sorri-lhe,

"Estávamos à tua espera."

Dirigi-me para o corredor e abri a porta do quarto. Chamei o rapaz. A irmã avançou à sua frente. Ele teria estado a retê-la. Parou uns segundos com os olhos muito abertos e correu para a mãe. Apertou-se contra as suas pernas. O irmão seguiu-a, parando à entrada da sala, a meio caminho entre mim e a mãe. Fixou-lhe os pés descalços. Aproximou-se depois. Beijou-a e recuou. Não disse nada. Viu-a baixar-se para pegar na menina. Esta soltou um ruído grave, uma só sílaba rouca e arrastada que se prolongou, átona, enquanto se comprimia contra a mãe e afundava o rosto no pescoço dela. Permaneceu assim, com os olhos fechados e a respiração ofegante. Ela deixou-a ficar. Voltou-se para o rapaz e perguntou-lhe se estavam bem. Ele encolheu os ombros, olhou para mim, e respondeu que sim. Apenas uma palavra,

"Estamos."

Calou-se e acrescentou segundos depois que era capaz de tomar conta da irmã. Os olhos desviados, a voz a falhar e uma pronúncia que não era nem português nem castelhano, mas antes a mistura mastigada de duas línguas recém-acabadas de emergir do latim. Ou o próprio latim, corrompido o suficiente para já não responder pela sua sintaxe. Ela fixou-o. Os braços magros, o rosto macilento. Não comentou. Virou-se para mim, à espera de que eu dissesse alguma coisa. Fiquei calado. Olhei para o relógio. Nove e trinta e cinco. Peguei na carteira e nas chaves e disse-lhes que voltaria à hora do jantar. Ela não reagiu. Apertou mais a filha que lhe escorregava dos braços e afastou-se da porta. O rapaz fixou-me, surpreendido por me ver ir embora. Eu sabia o que fazia. Tinha visto a mala. Ela viera por alguns dias. Eu iria voltar. Saí sem me despedir. Demorei cinco minutos até a porta do hotel. Fiquei ali parado durante mais quinze. Acabei por entrar. Tomei banho, fiz a barba, mudei de roupa. Sentei-me na cama. Tinha chegado ali, faltava saber como continuar.

Saí a meio da tarde para almoçar. Passava das três. Hesitei por um momento entre ir até o carro e seguir a pé até um restaurante. Comer depressa. Voltar ao apartamento. Dirigi-me para o carro. Atravessei o Nervión e apanhei a Ronda de Circunvalación. Contornei a cidade por duas vezes, e em cada uma delas conseguindo não voltar para o centro. Por fim, apanhei a autoestrada de Granada. Uma hora depois, já próximo de Antequera, cortei para um restaurante. Estavam quarenta e um graus quando desliguei o motor e saí. Fechei o carro e fiquei parado no meio do estacionamento. Por detrás dos edifícios, olivais. As árvores subiam até meio da encosta, onde davam lugar a afloramentos escarpados. No cume, sobranceiras à autoestrada, as ruínas de uma torre. Um lugar de defesa e de vigília. Uma reserva de lucidez. Rodeei o restaurante e examinei a encosta. Não se via qualquer caminho. Talvez através do olival.

"Lisa."

No nome cabia mais do que o acumulado de trinta e três anos. Era mais do que a desadequação inevitável entre a coisa e a representação, entre a expectativa e o fato. Seria uma soma que excluía as partes, se ainda houvesse partes para somar, autônomas, individuais e suscetíveis de outras operações. Se ainda houvesse alguma coisa exterior à própria operaçao. Nao era ela, nao era eu, mas algo que poderia prosseguir num movimento autônomo, privado de argumentos ou de objetivo, rude e irracional como a corrida descontrolada de um veículo no escuro. Isso que na voz faz corpo com as palavras, que no som é remissível à fonte ou que na causa antecipa a consequência. Eu supunha saber o que queria, não como o obter. Não era um objetivo, era uma condição. Contrariar aquilo que pudesse ser contrariado, aceitar o inevitável. Inevitável não porque o não pudesse impedir, mas porque já não pretendia evitá-lo. Tinha perdido demasiado tempo. Primeiro, por medo, nos anos inúteis da adolescência. Depois, quase consciente, tentando negá-lo antes de o realizar. Vinte e quatro, vinte e cinco, vinte e seis, os anos arrastados após os seus doze anos, as raparigas apenas saídas da infância que eu conduzia para a minha cama, pagando-lhes apenas o suficiente para que não voltassem. Em seguida, à medida que ela própria crescia, já não tão novas, mas insistindo em pagar como garantia de que, quem quer que fosse, coxas e carne, seios e ventre, não fosse senão um simulacro do seu corpo e da sua idade. E mesmo então já me importava menos o que ela tinha em comum com as outras do que a sua simples existência, menos o prazer do que a posse. Mas eu continuara à espera, demasiado tempo preso a uma culpa que era ela própria parte da punição.

    Levei as mãos ao rosto e fechei os olhos. Cobri-os com os dedos. Permaneci ali, debruçado para o prato. Pedi ao empregado que trouxesse outra garrafa. Eu sabia com o que podia contar. Curiosidade, surpresa, desejo, repulsa. O riso reprimido numa manhã de Maio, a palidez da pele, o calor das coxas entreabertas. O volume do ventre em cada gravidez, sensível ao tato, ao cheiro, acessível à língua entre as suas pernas. Forcei-me a abrir os olhos. À minha volta, a sala foi ficando vazia, num ruído de vozes e arrastar de cadeiras. Os empregados retiravam a louça, substituíam as toalhas e refaziam as mesas. Dei-me conta de um deles, imóvel, demasiado próximo do meu rosto para que eu o conseguisse ouvir. Procurei a carteira, tirei o cartão de crédito e dei-o. Consegui assinar o recibo que me apresentou. Levantei-me, agarrado à cadeira, voltei-me para a porta.

    Lá fora, continuava calor. Apoiei-me no pilar de ferro que segurava o toldo. Quase não conseguia respirar. Tentei ajustar a respiração à temperatura. Parecia possível respirar menos vezes, mas de um modo mais profundo. Ou, ao contrário, mais depressa, mas de forma superficial. Era o mesmo, transpirava só com o esforço de inspirar. Fixei os dois ou três degraus até o terreiro e larguei a mão. Tive tempo de me tornar a agarrar. Abri os olhos devagar. Desci apoiado ao corrimão. Tinha bebido duas garrafas de vinho, de um modo metódico e deliberado. Depois mais alguns copos. Se me concentrasse, talvez conseguisse chegar ao carro. Dei por mim caído no chão do olival. Levantei-me, limpei a terra da boca, e comecei a caminhar. Movimentos rápidos. Era a única forma de permanecer de pé. Fixava um ponto ao acaso, alguns metros adiante, e as pernas moviam-se de um modo mecânico. Tropeçava, caía, continuava, apoiado nas mãos. A transpiração escorria-me pelo rosto e colava-me a camisa à pele. Abri-a com ambas as mãos. Os botões saltaram. Ainda uns metros de terra lavrada, depois apenas rochas e uma vegetação rasteira de cardos e arbustos lenhosos. Tinha a roupa rasgada, os dedos em sangue. A língua dura. Vasculhava a sombra dos maciços calcários como se aí se pudesse esconder uma fonte ou um resto de umidade. Não escondia. A encosta tornou-se mais abrupta. Voltei para trás.

Começava a anoitecer. Ao fundo, via-se o restaurante. Avancei a direito. Tentava apenas proteger o rosto, de cabeça baixa, os braços erguidos diante do corpo. Escorregava pelo declive, com o corpo quente e insensível, a roupa rasgada. Tateava o vazio e resvalava pela encosta, com os ramos a roçarem-me a pele. Precisava de chegar ao carro. Regressar a casa, voltar a vê-la, encontrar água. Uma escassa estratégia de sobrevivência. Fechar os olhos e procurar-lhe o corpo. Pendurar-me nas suas mamas, enrolar-me no seu ventre. Nem ponto de partida nem ponto de chegada, apenas condição. Não fundamento, não garantia, não objetivo. O acumulado de dúvidas só me permitiria reconhecer o erro, nunca a verdade. Restava repeti-lo. Visto por outros olhos, dito noutra língua, manipulado por mãos mais hábeis, mas o mesmo.

O restaurante parecia mais próximo. De repente tropecei, com a ponta aguçada de um ramo seco a roçar-me o peito e a resvalar em direção à garganta. Desviei-me a tempo de evitar que se cravasse. Ajoelhei-me nas pedras, as mãos na garganta, tentando assegurar-me de que não perdia muito sangue. Tirei um lenço e comprimi-o contra o pescoço. Permaneceu quase seco. Sentei-me e procurei nos bolsos. Chaves, carteira, telefone. Continuei. Quando cheguei ao restaurante, havia mais de vinte viaturas estacionadas. Não me atrevi a entrar. Sabia que não tinha água no carro. Olhei em volta, à procura de uma torneira. Nada. Cheirava a terra úmida. Contornei os edifícios e dirigi-me para as traseiras. Alguns arbustos, uma mancha de relva recém-regada. Os aspersores já estavam desligados. Parte da água da rega tinha escorrido para o alcatrão. Havia duas ou três poças. Ajoelhei-me junto da poça maior, debrucei-me e comecei a beber. Sorvia a água, engolia-a, erguia a cabeça para respirar, recomeçava, com a boca colada ao alcatrão. Tinha um sabor a terra, combustíveis e óleo de fritos. Por fim, encostei a cabeça aos joelhos e fechei os olhos. Ouvia-se o exaustor, vozes, o entrechocar de louça, o ruído da autoestrada. Bebi mais dois goles e fui para o carro. Estava quase lúcido.

Parei numa estação de serviço alguns quilômetros antes de chegar a Sevilha. Fui ao quarto de banho e tentei lavar-me. Tinha a pele coberta de cortes. Mãos. Rosto, braços, pescoço. Um rasgo transversal do peito até a garganta. Seria superficial. A camisa estava rasgada e manchada de sangue e de terra. Faltavam-lhe dois botões. Sacudi o pó e a lama das calças, limpei os sapatos. Lavei as mãos e o rosto. Umedeci o cabelo. Passava das onze quando desci a Avenida de Andalucía, cortei para a Luis de Morales e segui para o apartamento. Não cheguei a parar. O carro dela continuava lá. Por detrás das persianas, era visível a luz na janela da sala. Vesti o casaco antes de entrar no hotel. Apertei-o. Evitei ver-me no espelho do elevador.

Durante três dias quase não saí do hotel. Passei por uma farmácia, na primeira manhã. Não tornei a beber. Descia para as refeições e regressava ao quarto. Despia-me, tratava das feridas, ficava à janela a olhar para a cidade, oito pisos abaixo. Ligava a televisão. As mãos e os braços começavam a cicatrizar. No peito, a ferida continuava aberta, ameaçando infectar. O rapaz telefonou-me na manhã do quarto dia, antes das oito. Falou pouco. Constatou que eu não tinha voltado. Não perguntou por quê. Não disse se estavam sozinhos, eu não perguntei. Ficou calado durante uns segundos, com a respiração pesada, e acabou por dizer que queria falar comigo. Parecia constrangido, mas calmo. Sugeriu que poderia ir ter comigo ao hotel. Respondi que não seria necessário. Eu iria vê-los. Era suficiente que tivesse ligado. Desliguei o telefone e fui até o espelho. Teria de fazer a barba. Precisava de cortar o cabelo. Disfarçar as cicatrizes. Tomei banho, desinfectei as feridas, vesti-me. Uma camisa de mangas compridas, apenas dobradas nos pulsos. Mesmo com os botões apertados até a penúltima casa, era visível uma crosta escura que subia pela garganta.

Avancei pelas ruas ainda frescas e parei junto do carro dela. Espreitei para o interior. Passava das nove quando abri a porta do apartamento. O rapaz estava à minha espera. Levou o indicador aos lábios e apontou para o quarto. Elas ainda não tinham acordado. Na sala, mantinha-se a desarrumação. Cheirava a tabaco e a perfume. Na cozinha, a louça acumulava-se em cima da banca. Perguntei se a empregada tinha voltado. Abanou a cabeça. Fixou as minhas mãos, depois o pescoço. Disse-lhe que não era nada. Continuou a olhar.

"Foi ele",

perguntou. Dir-se-ia que ele próprio se sentia o responsável. Eu deveria ter rido, desvalorizando a possibilidade, mas olhei para ele, triste e comprometido, e respondi que não. Tinha caído, algures na serra. Não fez mais perguntas. Estava embaraçado. Disse que tinha de preparar o café da manhã e dirigiu-se para a cozinha. Tirou o leite da geladeira, abriu o armário e contou as chávenas lavadas. Só havia louça para três pessoas. Eu disse-lhe que já tinha comido. Desocupou a mesa da sala, procurou a toalha, estendeu-a. Distribuiu os pratos e as chávenas, dois copos. Evitava olhar na minha direção. De cada vez que voltava à cozinha, via as horas no mostrador do fogão. Nove e dezasseis. Nove e dezassete. Nove e dezanove. Lavou a cafeteira, encheu-a de água e de café, colocou-a sobre a placa do fogão. Não o ligou. Foi ao quarto de banho. Nove e vinte e nove, quando voltou. Chamei-o e dirigi-me para o terraço. Fechou a porta da sala, atravessou a cozinha e parou à porta, apoiado na ombreira.

"Telefonaste-me."

Baixou mais os olhos, olhou para trás, na direção da sala e dos quartos. Tentou ver as horas. Teriam passado menos de dois minutos.

"Nunca mais vieste", respondeu, por fim, enquanto amarrotava a camisola com a mão direita. Depois puxou-a para as pernas e alisou-a contra a pele. Perguntei-lhe se alguém lhe sugerira que me ligasse. Disse que não. Tinha sido ele.

"Pede-lhe que fique", acrescentou. Voltou-se outra vez na direção da sala.

"Ela precisa que ela fique."

Referia-se à irmã. Não falou de si. Do que ele próprio queria ou precisava. Baixou-se para os vasos alinhados contra a parede. Sardinheiras, duas ou três variedades de cactos. Aloés. Agaves. Ainda não os havia regado. Olhou para o regador, mas não se mexeu. Tinha as pernas ao sol. O resto do corpo estava na sombra. Havia alguma coisa que ele precisava de admitir para si mesmo antes de poder dizer. Admitir, no mínimo, que haveria alguma coisa para dizer. Não o diria. Pegou no regador, pô-lo debaixo da torneira e abriu-a. Logo a seguir ouviu-se o som da campainha. Fechou a torneira e correu para a sala. Aguardou que eu chegasse para abrir a porta. O toque não se repetira. Era a empregada. O rapaz esperou que ela entrasse e espreitou lá para fora. Estava sozinha. A mulher parou no meio da sala. Cumprimentou com um aceno constrangido e olhou para o corredor. Permaneceu ali, calada, com um saco de compras na mão esquerda e a carteira apertada contra o peito. Olhava para os pés do rapaz. Os pés, as pernas, o espaço exposto entre os pés descalços e o princípio dos calções. Levantou a cabeça, apertou mais a carteira e fixou a minha garganta durante dois segundos. Seguiu para a cozinha sem reação aparente. Olhara para mim apenas o suficiente para me evitar. Eram nove e trinta e cinco. Perguntei ao rapaz a que horas é que costumavam tomar o café da manhã. Virou-se para a porta do quarto e encolheu os ombros. Sentou-se no sofá. Na cozinha, não se via ninguém. O saco das compras permanecia em cima da mesa. Vinda do terraço, uma massa de ar quente atravessava o compartimento e misturava-se na sala com a corrente do ar condicionado.

Eram quase dez horas quando elas acordaram. Ouviu-se a porta do quarto, passos pelo corredor. A seguir, o som de água a correr no quarto de banho. Minutos mais tarde, a voz da menina e, depois de uma pausa, a resposta da mãe. Regressaram ao quarto. O rapaz levantou-se, avançou pelo corredor e disse que o café da manhã estava quase pronto. Voltou para a cozinha e espremeu as laranjas. Não pareceu ocorrer-lhe dizer à empregada que o fizesse. Levou o sumo para a mesa. Pôs o café a fazer. Trouxe a cafeteira. Ainda demoraram quase dez minutos. Ela trazia uma saia justa e uma blusa sem mangas. Vinha vestida para sair. Sapatos, perfume, batom. A menina tinha um vestido curto que eu nunca lhe vira. Umas sandálias novas. Cheirava ao perfume da mãe. Deixou que esta se adiantasse, seguindo-a à distância de meio metro. Parava quando ela parava, avançava quando ela avançava. Esperou que ela se sentasse, puxou a cadeira para mais perto e sentou-se ao seu lado. Só então olhou para mim, com uma expressão incrédula. Dir-se-ia não me ver há muito tempo. Sorriu para si própria, baixou os olhos e voltou-se para a mãe. Era o mesmo sorriso com que esta, um minuto antes, me havia olhado. Um sorriso forçado que desaparecera quando reparara na ferida que se prolongava para o interior do peito. Perguntara se eu comeria com eles, mas virara-me as costas antes que eu pudesse responder.

O rapaz aqueceu o leite, trouxe-o, sentou-se ao lado da irmã. Pegou no pão, indeciso, tornou a pousá-lo e disse alguma coisa ao ouvido da menina. Esta, de repente atenta, o olhar imóvel, voltou-se para a cozinha. Depois para ele. Murmurou meia dúzia de palavras quase inarticuladas. Repetiu-as até que o irmão a compreendesse ou que elas se organizassem o suficiente para formar uma frase. Ele respondeu que não, ao mesmo tempo que abanava a cabeça. A seguir, virou-se para a mãe e apontou para a porta da cozinha. Disse que a empregada tinha voltado. Ela não ficou surpreendida. Espreitou, sem se levantar, olhou para mim de relance e endireitou-se. Mais tarde haveria tempo para pensar nisso. Começou a comer. Leite, café, sumo de laranja, pão. Principiou pelo leite. Depois o café. Amoleceu o pão no copo de sumo e engoliu-o quase sem mastigar. Repetiu a operação. Não tinha mudado. Os mesmos hábitos desde os vinte anos. Por vezes, durante dias, não comia mais nada. Saltava refeições e repetia a dieta. Acumulava tensão. Café, leite, sumo de laranja. Chá. Acordava calma, mas ao longo da manhã o olhar tornava-se atento, de uma acuidade quase cruel, o discurso solto, a resposta pronta. Depois, por qualquer pretexto, elevava a voz numa objeção agressiva. Ia-se embora. Desfazia-se em lágrimas.

Aproximei uma cadeira e sentei-me ao seu lado. Pareceu não me sentir. Pegou no cesto do pão e estendeu-o à filha. Ficou a vê-la desfazê-lo em pedaços para dentro do leite. Acabou de comer antes que a menina tivesse decidido levar à boca uma só colher do pão ensopado que tinha na chávena. Evitava voltar-se na minha direção. Olhava para a filha, para o rapaz, num movimento consciente que media a abertura do ângulo de visão. Mais vinte centímetros para a sua esquerda e teria de me ver. Parava antes disso. A menina continuava sem comer, com as mãos suspensas e os olhos presos ao peito da mãe. Comeria quando esta lhe dissesse para o fazer. O rapaz afastou-se da mesa, virado para mim. O comportamento da irmã incomodava-o. Era uma adoração sem critério. Deixava-se ficar imóvel, o mais perto que a mãe lhe permitia, de rosto levantado, olhos abertos e uma quase completa ausência de reação. Não ria, não chorava, não expressava nada que fosse apreensível como um sentimento. Estava apenas presente e constatava, diante de si, a presença da mãe. Dir-se-ia ser suficiente. Não reivindicava demonstrações de afeto, não as produzia. Pedia-lhe apenas que a deixasse ali ficar. Que ali permanecesse. Só quando a mãe reparou na chávena ainda cheia e lhe disse que começasse a comer é que ela pegou na colher. Terminou depressa. Pousou a colher e levantou o rosto. A mãe estava distraída. Apertava, sem ver, a ponta dos dedos da mão esquerda. Do polegar para o mindinho, pressionando a base da unha. Em seguida, a mão direita, com a esquerda, do mindinho para o polegar. E novamente a esquerda, tateando os dedos e rodando a aliança. Olhou para a menina, quase colada a si, depois para o rapaz, respirou fundo. Disse-lhes que fossem lavar os dentes e que a esperassem no quarto. Levantaram-se, relutantes, e afastaram-se pelo corredor.

Indicou a cozinha e disse-me que fechasse a porta. Esperou que eu me tornasse a sentar. Olhou-me de frente e perguntou, num tom que pretendia neutro mas já era agressivo, se eu me iria demorar. Fiquei calado, eu estava a meio metro da sua mão, mais outro meio até o peito, à pele, aos mamilos duros sob o tecido. Quatro anos. Reserva, ressentimento. Uma distância diretamente proporcional àquilo que cada um sabia ou recusava saber do outro. Em ambos os casos, o suficiente para que não pudesse ser ignorado. Continuamos calados. Ouviam-se vozes algures na rua. Do terraço, mais débil, um som de água a correr. A mulher estaria a regar os vasos. Raramente o fazia. À minha frente, Lisa parecia não estar à espera da minha resposta, mas preparada para a contrariar. Respondi, por fim, que não tinha mais para onde ir. Aquela era a minha casa. Ela sabia isso. Fixei-a,

"Nem sequer mudaste a fechadura."

"Não acreditava que pudesses voltar."

Era uma explicação. O desinteresse poderia ser outra. A negligência. A indiferença. A determinação consciente de não querer saber. Ou outra coisa. Ficou calada a olhar para as mãos, pressionando as unhas com o polegar. O cabelo caía-lhe para frente e encobria-lhe o rosto. Levantou os olhos.

"A resposta é não", disse, e olhou-me de frente.

"Nunca", acrescentou, segundos depois, expelindo o último ar que lhe restava nos pulmões. Baixei a cabeça. Eu não tinha perguntado nada. Não iria perguntar.

"Não me respondas", continuou, com o dedo apontado,

"Não sabes o que me responder. Eu não saberia."

Permaneci calado. O que quer que eu soubesse não lho iria dizer. Pelo menos agora. Levou as mãos ao rosto e tapou os olhos com as pontas dos dedos. Afastou a cadeira, mas permaneceu sentada. Debruçou-se sobre a mesa. No decote da blusa, era visível a renda do sutiã. Um corpo conhecido. A textura da pele, a massa dos músculos, o volume dos membros. Coxas, ventre, sempre mais larga depois de cada gravidez. A carne menos firme, mas mais acolhedora. Levantou a cabeça e abriu os olhos. Endireitou-se,

"Não olhes para mim dessa maneira."

"Eu não olho."

Umedeceu os lábios.

"Incomoda-me que penses que sabes quem eu sou."

"Eu não penso nada."

Talvez fosse verdade. Havia pouco para pensar, se a isso correspondesse um encadear de razões e não uma determinação cega que faz da consciência a simples constatação, tardia e desfasada, de uma decisão prévia, irrefutável porque sem suporte lógico. Eu não pretendia justificar-me. Sabia o suficiente para poder duvidar. Sabíamo-lo ambos. Apoiou as mãos na mesa e levantou-se. Procurou as horas. Olhou em

volta, a louça suja e a casa desarrumada. Talvez tivesse alguma coisa para fazer. Mandar-me embora, pôr aquilo em ordem, arrumar a casa e limpar o lixo, dar banho às crianças. Ir embora dali. Caminhou para a cozinha, abriu a porta e chamou a empregada. Não elevou a voz. A mulher aproximou-se, vinda da varanda. Tinha as sandálias molhadas. Atrás de si, um rasto úmido pelo pavimento. Há meses que elas não se veriam. Cumprimentaram-se à distância, com um sorriso. Pelo menos na minha presença, nenhuma pediria explicações, nenhuma as daria. Levantei-me e contornei a mesa. Lisa ficou a olhar alternadamente para mim e para a mulher, atenta como se nunca a tivesse visto. A blusa cheia no decote apertado, a saia pelo meio das coxas, os olhos azuis. Desviou o rosto, num murmúrio áfono. Avançou pelo corredor, entrou no quarto de banho e lavou as mãos. Saiu com elas ainda úmidas. Chamou as crianças e disse-lhes que iriam sair. Pegou na carteira e voltou-se para a empregada. Perguntou-lhe pelo filho. Ela quase não lhe respondeu. Afastou-se dois passos, enquanto dizia que ele estava melhor. Não indicou de quê. Lisa não lho perguntou. Deu a mão à menina e dirigiu-se para a porta. Abriu-a, hesitou por um momento e voltou para trás. Apontou para a sala com um gesto. Queria aquilo arrumado. A sala, os quartos, as camas. Havia roupa para lavar. Calou-se. Ela estava habituada a dar ordens, mas o que dizia soava forçado, pouco mais do que uma afirmação de autoridade. Atrás de si, o rapaz reparou que eu os seguia e deixou a porta entreaberta. Descemos juntos no elevador. Ela puxou a filha contra as pernas. Penteou-a com os dedos. A criança mantinha os olhos fechados. Abriu-os quando o elevador chegou ao térreo. Estremeceu, sem se afastar da mãe. Paramos à porta do prédio. Deixou que as crianças se afastassem e perguntou-me se eu os poderia ir ver nessa noite. Ela iria para casa ao fim da tarde,
"Só trouxe roupa para quatro dias."
Não respondi. Era um critério. A roupa. O marido. Não o diria. Indicou as crianças com um movimento dos olhos e disse que teríamos de falar. Regressaria a Sevilha daí a dois dias. Repetiu que precisávamos de falar. Uma voz seca. Olhou em volta à procura do carro. Estava atrás de si. Virou-se devagar. Ao fundo da rua, Amir aproximava-se. Passos lentos, um andar vertical. Nenhum de nós se mexeu. Ele hesitou diante de Lisa. Cumprimentou-a com um tom sério e grave. Ninguém lhe respondeu. Voltou-se para mim, depois para ela, disse que tinha estado doente. Apontou para o peito. Já se sentia melhor. Estava mais magro, com os olhos fundos e os ossos marcados no rosto moreno. Dir-se-ia mais alto, reservado, com um olhar baixo que lhe explorava o corpo. Os

seios, as coxas. Só depois olhou para o rapaz, a menina, escondida atrás dele. Ignorou-os. Parecia à espera de um convite. Eu não lhe disse nada. Ele desistiu. Virou-se para o rapaz, apontou para a porta do prédio e pediu que lha abrisse. Subiu sem se despedir. Lisa seguiu-o com o olhar.

"Não confio nele", disse. Olhou para as crianças e calou-se.

"A mãe tem o que merece", acrescentou, segundos depois. Procurou a chave do carro e estendeu a mão para Laura. Despediu-se com um gesto e sentou a criança no banco de trás. Esperou que o filho se sentasse ao lado da irmã, entrou no carro e afastou-se na direção do centro. Em cima, na janela do quarto, a mulher retirou-se ao reparar que eu a estava a ver. Fiquei ali parado ainda alguns minutos. Quando, ao fim da tarde, voltei para os levar a jantar, eles estavam sozinhos. Passava das oito, nem Lisa, nem Amir, nem empregada. A casa estava mais arrumada. O chão tinha sido aspirado, o lixo recolhido. Não havia louça suja na cozinha. As toalhas do quarto de banho tinham sido mudadas, as camas feitas de lavado. No quarto, a menina brincava com as coisas que a mãe havia deixado. Embalagens de cosméticos, perfumes, uma escova de cabelo. No terraço, por entre a roupa a secar, havia peças dela. Duas blusas, um vestido, uma saia. Cuecas, sutiãs. Algodão branco ainda úmido, rendas esparsas. Perguntei ao rapaz se Amir ainda estava quando eles tinham voltado para casa. Respondeu que não, incomodado. Não insisti. Regressamos já depois das onze. Deitei-os e fiquei na sala à espera de que adormecessem. Meia hora mais tarde, fui até o terraço, fechei a porta e liguei-lhe. Ela não atendeu. Tentei novamente dez minutos depois. Já tinha o telefone desligado.

V

"Tive de aprender a dizer que não", disse. Recuou na cadeira e abriu os olhos. Olhou-me de frente. Tendo pedido ao corpo aquilo que talvez só a consciência pudesse satisfazer, ou tendo pedido à consciência aquilo que só o corpo poderia realizar, o que obtivera não chegava para produzir um esboço de compreensão. Não que em si mesmos corpo e consciência não pudessem ser satisfeitos e justificados, bastaria adequar a coisa e o nome, o critério e o objeto. Era anterior a isso. Havia, entre a coisa e o nome, entre a atribuição da posse e a apropriação, um intervalo que não deixava lugar para mais do que o reconhecimento da falha.

Demasiado próximo, mas não o suficiente, demasiado distante, mas não o necessário. Distância e proximidade determinadas apenas pelo movimento recíproco de atração e de repulsa. Um produto da perda, sempre definido de forma reativa e tendo por garantia a consciência do ilícito, do gesto que, marcando uma margem, não assume o centro, que constata a lei, mas não a reconhece. Com a mesma neutralidade com que poderia reportar-se ao registo anônimo de costumes já desaparecidos.

Fiquei com as crianças durante o resto da semana. Ia dormir ao hotel, depois da uma da manhã, voltava antes que tivessem acordado. Ela tinha dito ao rapaz que regressaria daí a alguns dias. Esperávamo-la, mas era algo de que nenhum de nós falava. Durante esses dias, a empregada quase não veio. Evitava-me. Passava às vezes pelo apartamento, quando supunha que não estivesse ninguém. Punha a roupa na máquina, pendurava-a a secar. Aspirava a cozinha, esvaziava a máquina da louça. Não era visível outra atividade. Encontrei-a na sexta-feira, já depois das seis, à saída do prédio. Só me cumprimentou porque não conseguiu esconder-se. Baixou os olhos e encostou-se à parede, à espera de que eu passasse. Saiu sem voltar a olhar para mim. Fiquei a vê-la no passeio, com os movimentos presos, como se pretendesse evitar que o peso dos passos se repercutisse no corpo, balançando-lhe os seios ou alargando-lhe as nádegas. Olhou para trás quando chegou ao fundo da rua. Nessa noite, já tarde, alguém tocou à campainha. A menina tinha acabado de adormecer. O rapaz estava deitado, mas ainda acordado. Tocou uma segunda vez. Amir. Estava à porta do apartamento. Teria ficado à espera de que alguém entrasse ou saísse do prédio para poder entrar e subir. Só mais tarde me ocorreu que ele próprio poderia ter a chave, e que tocara apenas para prevenir a presença de terceiros. Eu, Lisa. Ficou calado quando me viu. Hesitou, acabou por dizer que ia a passar e que se lembrara de subir. Era mentira, mas não precisava que eu acreditasse. Bastava-lhe que pudesse parecer verosímil. Tinha um ar ansioso, o rosto cavado e os olhos sombrios, ainda mais magro do que três dias antes. Estava transpirado, os botões da camisa desapertados, teria vindo a correr. Pela porta entreaberta penetrava o calor acumulado nas escadas, uma massa de ar sobreaquecido onde se confundiam o cheiro das paredes velhas e o odor do óleo do elevador. Levou a mão ao rosto e limpou a testa. Secou-a nas pernas, manchando o tecido com a transpiração. Espreitou para o interior da sala, por detrás de mim, mas recusou entrar. Manteve-se imóvel, o olhar desviado e os músculos contraídos, numa mistura de desejo e de desdém. Não queria admitir que tinha algo para pedir. Algo a perder, preferindo perdê-lo. Disse que voltaria no dia seguinte e dirigiu-se para as escadas, contornando a caixa do elevador. Esperei até ouvir bater a porta no térreo. Quando me voltei, o rapaz estava no meio do corredor. Perguntei-lhe se sabia o que é que o outro queria. Mordeu os lábios, com um ar incomodado.

"O mesmo", disse. Voltou para o quarto e encostou a porta. Ouvi-o sentar-se em cima da cama. Fui até a janela e confirmei que ele tinha saído. Vi-o desaparecer ao fundo da rua. No quarto, o rapaz permanecia acordado. Pouco depois, a irmã acordou para beber água e deitou-se a seu lado, na cama grande. Fui vê-los meia hora mais tarde, antes de sair. Estavam os dois despidos, pálidos e magros na penumbra do quarto. O rapaz ainda não tinha adormecido. Manteve os olhos fechados, com uma respiração regular mas forçada. Fingi acreditar. Senti-o revolver-se na cama assim que me afastei.

Telefonou-me no domingo de manhã. A empregada. Perguntou se me poderia ver nessa tarde. Aceitei. Disse-lhe que estaria no apartamento. Recusou. Recusou igualmente que eu passasse por sua casa. Disse que apanharia o metro. Encontramo-nos numa esplanada do Prado de San Sebastián. Esperei-a do outro lado da avenida. Vi-a subir as escadas do metro e cortar para o jardim. Atravessou-o devagar e sentou-se de costas para o parque, na mesa mais afastada. Ao fundo, havia alguns turistas, mas a maior parte das mesas estava vazia. Aproximei-me por detrás e contornei a esplanada. Ela trazia a mesma roupa com que eu a vira na sexta-feira anterior. Blusa cavada, saia curta, sandálias gastas. Um aspecto cansado, quase de desleixo. O cabelo caído, o decote aberto sobre o sutiã. À distância, parecia possível adivinhar-lhe o cheiro. Uma amálgama de roupa usada, transpiração e do odor dúbio do baixo-ventre. Uma mulher sozinha. Parecia mais velha. A pele baça, olheiras fundas. Limpou a testa com um lenço de papel, puxou o cabelo para os ombros. Olhou em volta, de olhos vazios. Estaria à espera de me ver chegar do lado da avenida, só reparou em mim quando eu já estava junto da sua cadeira. Hesitou em levantar-se, mas não se mexeu. Sentei-me à sua frente. Cumprimentou-me e não disse mais nada enquanto não ficamos sozinhos. Esperou que o empregado viesse, registrasse o pedido e regressasse com duas garrafas de água. Depois, levantou os olhos, baixou-os, disse que me queria agradecer por ter vindo.

"*Não quero equívocos*", acrescentou, mas não esclareceu que equívoco pretendia evitar. Evitar-se a si mesma, talvez. Ou talvez alguém a tivesse enviado e ela própria não soubesse porque é que ali estava. Não tinha nada para dar, não tinha nada para pedir. Ficou calada, como se tudo aquilo em que conseguisse pensar se tivesse esgotado naquelas palavras, na constatação de que as coisas se lhe escapavam por entre as mãos, ameaçando voltarem-se contra si mesma. Bebeu devagar. Pegava no copo, bebia, pousava-o, tornava a pegar-lhe minutos depois. O silêncio não a incomodava. Olhava para mim, a espaços, como poderia olhar para um desconhecido que tivesse encontrado na fila do supermercado. Verificava que eu estava ali, baixava o rosto, temendo comprometer-se. Despejou o que restava da água e levou o copo à boca. Chamou o empregado, pediu outra garrafa. Apertou-a entre as mãos, sem beber, umedecendo os dedos na condensação. Voltou-se para mim,

"*Diga-me o que é que eu faço.*"

A pergunta, se era uma pergunta, não identificava a resposta. Pedia alguma coisa, sem indicar aquilo que pedia. Se pedia, a mim, ou se me designava como mediador. Se o queria para si ou para quem o queria. Não respondi. Não havia no seu tom nada que indicasse intimidade. Dir-se-ia apenas à espera de uma ordem. Ir ou ficar, fazer ou não fazer, sem espaço para dúvidas ou hesitações. Continuou a mover os lábios enquanto rodava a garrafa, falando sozinha ou prolongando o eco do que acabara de dizer. Ela sabia que eu estava ali, mas parecia não se dar conta da sua própria presença. Os lábios úmidos, o decote, as pernas estendidas por debaixo da mesa. Suspirou fundo e afastou o cabelo com a mão direita. Tinha um hematoma no pulso. A marca dos dentes de um animal ou de uma criança. Continuou a rodar a garrafa entre as mãos, já sem olhar, fixando o pulso mordido. Massajou-o com a ponta dos dedos. Disse que tinha sido o filho.

"*E aqui, e aqui.*"

Apontou para o ombro, depois para o peito, as pernas. Ele tornava-se violento. Protestava por tudo, ameaçava-a, tentava bater-lhe. Insultava-a. Passava noites fora de casa.

"*Acho que você sabe.*"

Ela já estava habituada, mas era mais do que isso. Havia o meu filho, a menina. Ele começava a ficar perigoso. Ninguém podia confiar nele, cada dia mais parecido com o pai. Sabia o que viria a seguir. Tinha-o visto antes. A dificuldade era, depois de os deixar entrar, conseguir que tornassem a sair. Era inútil pretender convencê-los. Não compreendiam a palavra não. A única alternativa era obrigá-los a ir embora. Expulsá-los. Pô-los na rua como se faz aos cães. Mas mesmo isso se revelava inútil. Arranjavam sempre maneira de voltar.

"*É pena que não se possa abatê-los.*"

Calou-se. Havia nela a capacidade de transformar em coisa consumada aquilo que, apenas intuído, lhe surgia como ameaça. Era uma forma de consciência que agia por antecipação, prescindindo dos fatos, e enunciando algo que, na ausência de um nome, seria apenas suscetível de rejeição ou de crença.

"*Vou devolvê-lo ao pai.*"

Levantou as mãos e limpou-os com as pontas dos dedos. Estavam secos.

"*Não aguento mais. Eu tentei. Desisti de tudo o que poderia desistir. O resultado é o mesmo. Ele morde-me com os olhos. Ainda prefiro as noites em que não dorme em casa ou em que só chega depois das três da manhã. Deito-me sozinha e fico a olhar para o teto, às escuras, não à espera de o ver chegar, mas de que não venha. Que nunca mais venha. Antes sozinha do que maltratada. Eu estou sempre sozinha, de qualquer modo.*"

Calou-se, por um momento, e olhou na direção da copa das árvores.

"*Acho que já reparou.*"

Manteve-se imóvel, os olhos fixos nos ramos.

"*Agarre nos miúdos e leve-os daqui. Fuja enquanto pode. Já sabe que é inútil continuar à espera.*"

Não era apenas pelo seu filho. Era a própria mãe deles. Estariam melhor longe dela. Com o tempo acabariam por se habituar. Antes comigo do que a mendigar umas migalhas de afeto, quando calhava e se ela não tivesse outra coisa para fazer. Franziu a boca numa expressão de censura e prosseguiu no mesmo tom. Um registo mecânico, como se aquilo lhe tivesse sido ditado por outra voz e ela estivesse ali para cumprir uma obrigação, com a mesma e relutante ineficiência com que arrumava a casa ou cuidava das crianças.

"*Eu própria*", continuou, "*diga-me o que é que eu estou aqui a fazer.*"

Calou-se. Alguma coisa mais próxima de uma proposta do que de uma pergunta. Afastou a cadeira e virou-se para a avenida. Não era uma pergunta. A sê-lo, não suporia a resposta. E esta, a ser uma resposta, não se referia à pergunta. Afastou o copo, levou a garrafa à boca e esvaziou-a. Pousou-a em cima da mesa.

"*O pai mandou-me porque o queria na Europa.*"

Apontou para o céu branco de calor, as palmeiras, a cidade, a torre almóada da catedral, ao fundo.

"*Não sei se isto é Europa.*"

Abanou a cabeça em sinal de dúvida e pegou na carteira. Não diria mais nada. Talvez estivesse à espera de uma reação. Não me mexi. Ficamos ainda mais alguns minutos. A avenida estava quase vazia. Algumas viaturas que se acumulavam a montante, ao ritmo dos semáforos, até a abertura do verde seguinte. Depois, mais dois ou três carros, sem pressa, num percurso prescrito pela sucessão de sentidos proibidos ou obrigatórios, semáforos verdes, vermelhos, perdas de prioridade. Com as lojas encerradas e quarenta graus à sombra, a cidade dir-se-ia evacuada dos seus habitantes, compelidos a um movimento de migração em direção ao litoral, a sul, levando consigo apenas o que pudessem transportar e deixando para trás as ruas desertas e as casas fechadas.

Ela chamou o empregado e pagou. Ofereci-me para a levar a casa. Não recusou. Seguiu-me até o carro. Abri-lhe a porta, mas ela esperou que eu entrasse para se sentar. Recuou o banco e desceu o vidro, queixando-se do calor. Tornou a subi-lo. Desceu-o novamente, pouco depois, ignorando o ar condicionado. Abrandei quando, na Avenida de la Buhaira, passamos em frente do meu hotel. Ela sabia que eu ali morava. Desviou os olhos e baixou a cabeça, sem uma palavra. Olhar para o edifício de vidro parecia implicar algo que ela teria de recusar, ou a que ela, se eu lho exigisse, não poderia dizer que não. Ficou calada até pararmos diante da sua casa. Estremeceu. O filho estava à porta, voltado para nós. Fixou o carro, sem expressão. Olhou para mim, para a mãe. Virou-nos as costas e entrou. Ela continuou sentada, o cinto apertado, os olhos fechados e a cabeça inclinada para trás. O sol batia-lhe de frente. Não se mexeu. Eu quase não lhe sentia a respiração. A mão dela apertava o pulso mordido, rodando-o devagar. Era o único indício de que não tinha adormecido. Eu via-a de perfil. O rosto vermelho, os poros dilatados, a contração das pálpebras, a transpiração. Ficou ali durante alguns minutos. Por fim, abriu os olhos, limpou o rosto com um lenço de papel e disse-me que a levasse dali. Um fio de voz, mas calma. Dirigi-me para a circular externa. Alguns quilômetros depois, já na autoestrada, disse-me que voltasse para trás. Tinha de ir para casa. Um registo impessoal. Não perguntei por quê. A respiração elevava-lhe o peito e abria-lhe o decote durante dois segundos. Tornava a fechar-se, abria-se novamente. Saí na primeira cortada e inverti a marcha. Deixei-a à entrada da rua. Pediu-me desculpa antes de sair. Disse que não voltaria a acontecer. Limpou os olhos, apesar de secos, e abriu a porta do carro. Afastou-se de cabeça levantada, o cabelo solto, as nádegas largas, os passos medidos sobre o passeio. Não se tratava ainda de avaliar a distância que separa a derrota da humilhação.

Vi-o ao fim da tarde. Olhou-me como se eu tivesse traído a sua confiança. Não me dissera antes o que é que pretendia, não me diria agora o que é que eu comprometera. Estavam os três no sofá, a televisão ligada. Laura na ponta, depois o irmão, depois ele, descalço, apenas com os calções vestidos, expondo na pele sedosa a cicatriz que lhe atravessava o ventre. Via-se a camisola caída à entrada do corredor. Voltou-se para a televisão, num movimento ostensivo. A menina levantou-se assim que me viu. Disse-lhes que fossem mudar de roupa. Lavar-se, calçar-se. Iríamos sair. Amir seguiu-os. Apanhou a camisola e entrou com eles no quarto de banho. Saiu quando eles saíram, hesitou um momento, à espera de aprovação. Eu disse-lhe que viesse. Ele desceu connosco. Manteve os olhos baixos. No restaurante, sentou-se na extremidade da mesa, de frente para mim, mas o mais afastado que o espaço permitia. Esperou que eu escolhesse. Não protestou quanto à carne de porco. Comeu depressa e ficou a olhar para os outros dois. A menina mastigava a custo uma mistura de sumo e arroz que o irmão lhe preparara. Permaneceram em silêncio. Preferiam não falar. A espaços, o rapaz olhava para Amir e desviava os olhos antes que o outro o visse. Era um obstáculo demasiado grande para poder ser ignorado. A irmã evitava voltar-se na direção dele. Depois do jantar, ficou parado em frente do restaurante, tentando adivinhar se poderia regressar connosco. Virou-se para o rapaz, à espera de uma palavra, depois para mim. Acabou por dizer que ia para casa. Ninguém o contrariou. Despediu-se e caminhou até uma paragem de autocarro. Ficou a olhar para os horários, depois recuou e encostou-se à parede, à espera. Quando chegamos ao fundo da rua, tinha desaparecido. Não passara qualquer autocarro. Insisti em que voltássemos para casa.

    Passava das dez, o céu ainda não estava completamente escuro, mas eles pareciam cansados. Não protestaram. Lavaram os dentes e deitaram-se. Apaguei-lhes a luz. Adormeceram depressa. Deixei-os depois da uma da manhã. Quando, no dia seguinte, voltei ao apartamento, Amir já lá se encontrava. A sua mãe ainda não tinha vindo. Eram oito e vinte, estavam os dois acordados, no sofá da sala. Chamei o rapaz para o terraço e perguntei-lhe a que horas Amir tinha chegado. Respondeu que cedo, sem especificar. Pareceu-me inútil insistir. Não pretendia fazê-lo mentir. O outro teria ficado à espera de me ver sair para subir e dormir com eles. Fui até o quarto. A menina continuava deitada. A luz atravessava as frinchas da persiana e iluminava-lhe o rosto. Magra, de olheiras cavadas, com o lençol puxado para o peito e o cabelo espalhado pela almofada. Estava despida, por debaixo do lençol.

Não acordara ainda quando, duas horas depois, a sua mãe chegou. Os rapazes tinham saído, a empregada não viera. Eu estava na varanda. Avancei até a porta da cozinha. Ela ficou imóvel, na sala vazia. Pousou a mala, voltou ao elevador e trouxe uma segunda. Fechou a porta. Tirou os óculos escuros, foi até a janela e fechou as persianas. Descalçou os sapatos e aproximou-se da mesa. Deixou cair as chaves. A carteira, os óculos de sol. Virou-se para mim e disse que eu já me poderia ir embora.

Não exatamente ressentimento. Anos antes, eu tê-lo-ia tomado como consequência do medo. Agora, nem isso. Constatava a agressividade, a expressão premeditadamente dura com que por antecipação ela procurava desfazer-se daquilo que poderia acontecer. Desfazer-se, sobretudo, daquilo que já tinha acontecido, modelando a memória com os mesmos instrumentos com que pretendia produzir o futuro. Produzi-lo enquanto coisa. Rosto, corpo, mãos, exigindo que o tempo fosse maleável o suficiente para poder ser manipulado. Eu confiava apenas no peso da inércia. Bastava-me que ela fosse igual a si própria. Sem dor nem consciência da transformação.

Parou no meio da sala. Limpou as mãos à saia. Olhou para as malas, depois para o corredor, espreitou pela porta da cozinha e perguntou pelas crianças. Foi até o terraço, voltou para trás, prosseguiu para o quarto. Entreabriu a porta e entrou. Demorou dez minutos. Eu ouvia-lhe a voz, num murmúrio arrastado e relutante. Voltou com a filha ao colo. Sentou-se no sofá e cobriu-a com a camisa de noite. Não a vestira, limitara-se a tapá-la, mais por pudor do que pela temperatura, a pele marcada do sono e dos lençóis. A criança não abriu os olhos. Escondeu o rosto no pescoço da mãe e apertou-se contra ela. Esta olhou para mim e perguntou a que horas se tinha ela deitado. Disse-lhe que cedo. Fixou-me com uma expressão de dúvida e levou a mão à testa da criança. Levou-a depois à sua própria testa. Não tinha febre. Cobriu-a melhor com a camisa de noite e pediu-me que desligasse o ar condicionado. Procurei o comando, desliguei-o. O compartimento começou a aquecer. Ela puxou a criança para si e dobrou-se sobre ela. Encostou o rosto ao da filha. Tornou a pôr a mão na sua testa. Retirou-a. Dobrou-se mais, com o corpo contraído num movimento oscilante que se diria destinado a produzir a força e o atrito necessários a um processo de dissolução. Atravessei a cozinha até o terraço. Um dia quente, o céu limpo mas desbotado.

Voltei-me para trás. Ao fundo, na penumbra da sala, visível apenas o contorno dos móveis. A mesa, cadeiras, uma ponta do sofá. Mais próxima, a cozinha, com o chão sujo e a louça espalhada pelo balcão. Encostei-me à parede, de frente para os telhados. O esforço de organização que construía a cidade ao nível da rua dava ali lugar a uma amálgama de volumes que mal remetia para uma ordem ou para uma função. Era um padrão reconhecível. Ocupar o espaço, delimitá-lo, modelá-lo no uso, deixá-lo desfazer-se, a meio caminho entre a desordem das ruínas e o sentido da história.

Dez minutos depois, quando voltei para dentro, a menina tinha adormecido. Lisa olhava para mim, sem mover os olhos ou a cabeça, como se desde que eu saíra tivesse estado a fixar o vazio que eu viria ocupar. Uma expressão fria. Sentei-me à sua frente, afastado o suficiente para a ver de corpo inteiro. Mantinha a filha sobre as pernas, com os joelhos separados e os pés descalços. Ao sentar-se, a saia tinha subido até o meio das coxas. Era quase possível adivinhar-lhe, ao fundo, o branco das cuecas. Ela reparou no meu olhar, mas não se mexeu. Fazia um esforço para não fechar as pernas. Aproximei mais a cadeira. Ela indicou-me a porta.

"Vai-te embora."

A voz neutra, mas sem convicção.

"Vim para vos levar."

"Ninguém quer ir contigo."

Apontou para a criança. Nem ela, nem ele. De si, nem sequer falou. Afastou o cabelo do rosto. Olhou em volta. As pernas da filha, o sofá, o corredor, a cozinha.

"Esta é a casa deles."

Baixou mais os olhos e não continuou. Era uma constatação amarga. Aquela casa era a única coisa que eles poderiam ter por garantido. Nem pai, nem mãe, nem cuidado, nem afeto, nem proteção. Unicamente um espaço. Uma casa quase vazia. Dois quartos, uma sala, quarto de banho, cozinha, uma varanda sobre os telhados. A chave da porta e o aparelho de televisão. O telefone. Nove e quatro anos de violência e de abandono, aprendendo a pedir apenas aquilo que sabiam poder obter. Sentei-me ao seu lado, na ponta do sofá. Entre nós, os pés da menina. Revolveu-se no sono sem abrir os olhos e colou a boca à saia da mãe. Branca, pequena, a pele amarfanhada, dir-se-ia a personificação da culpa. Uma forma de culpa. Aquela que reverte não sobre a causa, mas sobre a consequência, atribuindo à vítima aquilo que o agente rejeitou para si mesmo. E ela própria recusando-se a aceitar, ou vendo-lhe negada, a língua com a qual talvez conseguisse acusar aqueles que a condenavam. Apontá-los a dedo, no mínimo. Dar-lhes um nome. Esperei que olhasse para mim e

tentei dizer-lhe que aquilo não poderia continuar. Uma voz calma. Sem pedir nem acusar. Não poderiam, eles, pelo menos. Indiquei a criança,
"Ela precisa de fazer terapia da fala."
"Já fez. Duas vezes por semana durante mais de um ano. Aquilo que aprendia lá dentro, esquecia-o ao atravessar a porta. Não fala porque não quer."
Acrescentou que preferia não saber porque é que ela não queria. Passar-lhe-ia com o tempo. Teria de ser ela própria a decidir. Quanto a mim, seria inútil que eu pretendesse usar as crianças para a pressionar. Não era pressionável. Já não era. Eu poderia levá-los, se eles quisessem ir. Mas era claro o que perderiam. Não os aceitaria de volta. Nunca os iria ver. Eu ficaria preso a eles até que crescessem. Para si, talvez fosse mais fácil se eu os levasse, tinha escolhido e não pretendia arrepender-se. E se algum dia o fizesse, não tencionava dizer-mo. Não respondi. Contra aquilo não havia nada que eu pudesse dizer. Debrucei-me sobre a criança e estendi a mão.
"Não me toques."
Recuou no sofá. O rosto duro. Ergueu a menina. Por debaixo da cabeça da filha, uma mancha alastrava-lhe pela saia. Transpiração e baba. Acima, a blusa colava-se-lhe ao ventre. Era possível adivinhar-lhe o corpo. A roupa interior, a pele, o peito dilatado pela respiração. Não me via. Não deixava que eu a visse. Repetiu-me que não lhe tocasse. Tentou levantar-se. Segurei-lhe o braço.
"Larga-me."
Abanou a criança até a acordar. Logo a seguir, o rapaz abriu a porta da rua. Entrou, deixou-a entreaberta. Atrás de si, Amir. Este não chegou a entrar. Parou na soleira, cumprimentou-me, cumprimentou Lisa, enquanto o seu olhar descia para a menina sobre as suas pernas. Ou para as próprias pernas, entreabertas sob a saia subida. Ela fechou-as e ele desviou os olhos. Virou-se para mim e perguntou pela sua mãe. Talvez eu a tivesse visto. Um tom irônico. Despediu-se com um gesto e puxou a porta. O rapaz ficou parado, fixando, ao fundo, a luminosidade da varanda. Vinha transpirado, a cheirar a tabaco. Não disse nada. Parecia temer que alguém lhe pedisse que se explicasse. Ninguém o fez. Despiu a camisola a caminho do quarto de banho.
Ao fim da tarde passei pelo apartamento. A casa estava vazia. As malas estavam no quarto, à direita da porta, mas continuavam fechadas. As camas não tinham sido feitas. Na cozinha, à louça do café da manhã somavam-se os restos engordurados de embalagens de pizza. Latas de suco. As janelas estavam fechadas, as persianas corridas, o ar condici-

onado desligado. Cheirava a azedo e a comida estragada. O conteúdo da geladeira tinha sido removido para a lava-louças. Sobras de comida, fruta demasiado madura, legumes apodrecidos. Faltava apenas deitar tudo para o lixo. Estaria ali à espera da empregada. De que ela o fizesse ou não o fizesse. Era uma provocação, fútil e arbitrária. Perguntei-me o que poderia Amir ter contado ao rapaz, o que poderia este ter contado à mãe. Tirei a camisa e recolhi o lixo. Pus a louça na máquina, limpei a mesa, a banca. Aspirei o chão. Fiz as camas, arrumei a sala. Abri as janelas. Despi-me e tomei banho. Demorei-me no chuveiro, com a água fria a escorrer-me pelo corpo, quase incapaz de estender a mão para a pele. Não cheguei a ensaboar-me. Fechei a torneira, esfreguei-me com a toalha. Vesti-me. Sequei o cabelo. Pendurei a toalha a secar. Levei o lixo para o contentor. Quando subi, fechei as janelas e liguei o ar condicionado. Reguei os vasos. Esperei-os no terraço.

    Chegaram já depois das oito. Tinham ido às compras. Roupa, brinquedos, revistas. O rapaz vinha à frente com os sacos, a menina ao colo da mãe. Deixou-se escorregar para o chão, correu para o sofá. Lisa fechou a porta, tirou os óculos. Atravessou a sala em direção ao quarto. Não demorou. Espreitou para a cozinha e perguntou se eu tinha visto a empregada. Respondi-lhe que tinha acabado de chegar, não vira ninguém. Olhou-me com uma expressão séria. Precisava de falar com ela. Estava a pensar em despedi-la.

    "Não quero o filho aqui."

    Deu a mão à menina, levou-a para o quarto de banho. Ouviu-se o chuveiro. Chamou o rapaz. Era a sua vez. Vestiu a filha, esperou que ele terminasse. Disse-lhe que se vestisse e fechou a porta do quarto de banho. Vi-a sair, pouco depois, com o cabelo apanhado e a toalha enrolada no peito. Regressou vestida, passados minutos. Cheirava a perfume. Em redor do rosto, algumas madeixas conservavam-se úmidas. Procurou os sapatos, calçou-se, calçou a filha. Pegou na menina ao colo e olhou para mim,

    "Vamos."

    Aguardou que o rapaz avançasse à sua frente e saiu sem voltar a olhar. Agarrei nas chaves, peguei no casaco e segui-os. Estavam à minha espera no elevador.

    Dois metros à frente, na beira do passeio, o rapaz. Depois as duas, de mão dada, reunidas tanto pela maternidade como por alguma coisa mal protegida pela pele branca do interior das coxas. Carne, órgão, identidade, função. Uma imposição interior, a face visível do interdito. Visível, audível, palpável. Ou um pouco menos.

Sentou-se, cumprimentou o empregado, escolheu a comida para si e para as crianças. Esperou que eu pedisse e levantou-se para ir ao quarto de banho. Disse-me que escolhesse o vinho. Levou consigo a filha. O rapaz ficou a vê-las. Chamou o empregado. Hesitou, voltado para mim, mas acabou por lhe dizer que não valeria a pena trazer comida para a irmã. Bastaria uma taça de arroz branco. Leite. O empregado olhou para mim. Confirmei. Pedi-lhe que sugerisse o vinho. Aproximei-me do rapaz e perguntei-lhe o que é que Amir lhe tinha dito. Pareceu confundido.

"Nada. Ele nunca me diz nada."

Calou-se, fixando o corredor onde mãe e filha tinham desaparecido e evitando olhar na minha direção. Parecia perguntar-se o que é que eu sabia. O que é que eu supunha que ele pudesse saber. De mim. De si, de Amir, da irmã. Da mãe. Do que quer que houvesse para saber. Elas demoraram. Lisa serviu-se do vinho assim que se sentou. Reparou no meu copo vazio.

"Continuas sem beber."

"Não bebo."

Fixou-me com uma expressão de dúvida e levou o copo aos lábios. Deixou que o rapaz preparasse a comida para a irmã. Viu-o encher até meio a taça de arroz, despejar o leite, misturar com a colher e entregá-la à menina. Não comentou. Viu-a começar a comer. Só então ela própria pegou nos talheres. Pousou-os pouco depois, quase sem ter comido. Estendeu a mão para o vinho. Esperou que olhássemos para si. Eu, os filhos.

"O pai quer levar-vos com ele."

A mesma voz neutra, com o copo imóvel diante da boca. Pousou-o sem chegar a beber. Fitou o filho, forçando uma reação.

"Com ele, para onde."

Ela apontou para mim. Disse-lhe que me perguntasse. Debruçou-se para a mesa, aproximou o copo dos lábios e bebeu devagar. O rapaz voltou-se para mim, em seguida para a mãe, a irmã. Não repliquei. Baixou os olhos. Ela insistiu,

"Pergunta-lhe."

Ele não perguntou. Baixou mais os olhos e engoliu em seco. Ao seu lado, Laura revolvia o arroz e o leite, com movimentos imprecisos que faziam a papa transbordar para a toalha. Levava a colher à boca, engolia sem mastigar. Lambia a colher de ambos os lados. A intervalos, olhava para a mãe e enchia-a novamente. Eu acabei por falar,

"Para casa."

Não poderiam continuar a viver sozinhos. Ele abanou a cabeça, surpreendido. Pousou os talheres.

"Não estamos sozinhos."

Ninguém lhe respondeu. Ninguém lhe perguntou com quem contava ele para não se sentir sozinho. A empregada, Amir, a mãe, duas vezes por mês. A irmã. Não certamente eu. Não disse mais nada. Largou os talheres e ficou a olhar para as mãos até que o empregado recolheu a louça suja e serviu o segundo prato. À minha direita, ela continuava a beber. A cada gole, dir-se-ia respirar com mais facilidade. Mantinha uma postura de provocação, agora apenas impertinente. Olhou de frente para o filho. Disse-lhe que poderiam fazer aquilo que quisessem. Ir ou ficar. Não disse ir com ele ou ficar comigo. Apenas ir ou ficar, como a equação simples entre o movimento e a imobilidade. O rapaz continuou calado. Por fim, levantou o rosto.

"Mas ir para onde. Para Portugal", perguntou. Havia na sua voz um tom de incredulidade que se diria denunciar não só o sem sentido dessa possibilidade, como o receio de que ela pudesse ser inevitável. Não respondi. Lisa acenou com a cabeça,

"Para Portugal."

Uma pronúncia equívoca. A primeira palavra em português, a última quase em castelhano. O *o* acentuado o suficiente para fazer dela uma palavra esdrúxula. Dir-se-ia o nome de um país estrangeiro. Um lugar improvável.

"Podemos não ir", perguntou, após olhar para a irmã.

"Podem não ir",

respondeu a mãe. Indicou-me com um gesto, como se se tratasse de recordar algo previamente acordado. Não contestei. Não havia acordo. Nenhuma discussão, nenhum argumento, nenhuma decisão. Nunca. A única regra fora, em cada momento, supor implícitos o desejo ou a aversão. Constatar a ausência do outro, esperar, permitir a sua presença enquanto tal pudesse ser suportável. Sabíamo-lo ambos. Qualquer decisão tinha sido sempre unilateral. O rapaz permaneceu calado e ela não insistiu. Talvez já fosse suficiente. Pegou nos talheres e começou a comer. Durante alguns minutos ninguém disse nada. O rapaz mastigava sem vontade, remexendo a comida no prato antes de conseguir engolir o que pusera na boca. À sua frente, Laura tinha terminado a papa. Pegou no copo, despejou-o na taça e mexeu a água com a colher, raspando os restos de arroz presos à porcelana. Levou a taça à boca até a esvaziar. Limpou as sobras com os dedos. Pousou-a, pousou a colher, saltou da cadeira e contornou a mesa. Parou junto do irmão. Ele debruçou-se. A

irmã aproximou a boca da sua orelha e murmurou alguma coisa, apontando para a mãe. Ele disse-lhe que sim. Esperou que ela se tornasse a sentar. Hesitava. Voltou-se para mim,
"Ela quer saber se pode ir com a mãe."
Lisa sorriu. Puxou a filha para si e passou-lhe a mão pelo cabelo. A menina não se mexeu. Mantinha os olhos fixos, quase sem pestanejar. Aquilo ainda não era uma resposta. Soltou-se da mãe e fixou-a, imóvel, de lábios contraídos. Mantinha a distância. Lisa, com a mão suspensa no lugar onde estivera a sua cabeça, acabou por se afastar. Recuou a cadeira. Teria de servir como resposta. Pegou no copo do vinho. A criança esticou o indicador na direção da mãe e começou a chorar, enquanto na sua boca balbuciava alguma coisa que não chegou a ser frase. Uma expressão agressiva. O que começara como um pedido tinha-se transformado numa acusação. Voltou as costas à mesa e correu em direção ao quarto de banho. A mãe acompanhou-a com os olhos. Esvaziou o copo, levantou-se, compôs a saia e pegou na carteira. Seguiu-a.

Regressaram dez minutos depois, a criança ao colo. Tinha o rosto seco, os olhos úmidos. Olhou para o irmão e inclinou a cabeça para o ombro da mãe. Esta sentou-se, deixou-a escorregar para as pernas e perguntou se já tínhamos pedido a sobremesa. Estava mais amável. Tentou sorrir. Apertava a menina contra o peito e embalava-a, num quase inconsciente vaivém. Encheu o copo e olhou para mim durante uns segundos. Levou o vinho à boca e voltou a olhar. O gesto repetiu-se, num alternar não previsível de dúvida e de convicção, cada uma delas dependente da outra, definida por semelhança e contraste. Pousou o copo, comeu três colheres do gelado, afastou o prato. Perguntou ao rapaz se queria terminar. Ele recusou. Ela continuou a beber, conservando o copo nos lábios até ter engolido. Depois, talvez tendo estado à espera de ter no corpo o álcool suficiente para contrariar a sua própria reserva, debruçou-se e pegou-me na mão. Puxou-a para si, espalmada contra a toalha. Estendeu o indicador e percorreu-me as cicatrizes com a ponta do dedo, num gesto ambíguo o suficiente para poder ser tomado como natural.

"Foi ele", disse. Não reagi. Ela virou-se para o filho,
"O teu avô."
Outra vez hostil. Baixou os olhos para a menina,
"O vosso avô", disse, quase inaudível. Apertou-a mais. Pegou no copo. Pousou-o. À nossa volta, o restaurante começava a esvaziar-se. Apenas duas mesas ocupadas. Olhou-me de frente,
"Foste ao funeral."

Uma pergunta agressiva. Deslocada no tom e na intensidade.
"Fui."

Soou como uma confissão. Eu admitia a culpa com a vergonha de quem reconhece ser aquilo que é.

Eu tinha ido ao funeral. Um dia de Novembro, limpo e morno. No átrio da prisão, o vento revolvia o pó em espirais incapazes de ultrapassar os quatro metros de altura dos muros. Conduziram-me à morgue e deixaram-me sozinho. O guarda deixou a porta entreaberta e esperou do lado de fora. Fiquei ali durante duas horas. O corpo, coberto por um tecido cinzento, estava pousado numa laje de mármore. Havia seis iguais, duas a duas, de cada um dos lados do corredor central. O compartimento, quase asséptico, exalava um odor ácido a lixívia ou desinfetante. Pendurado à direita da entrada, havia um caixilho de alumínio com as regras de utilização. Ao fundo, no enfiamento da porta, um relógio de mostrador branco e numeração romana. Acima, via-se o negativo de um crucifixo. O objeto teria sido removido recentemente. Sobre a parede, mantinha-se o contorno, preservado pela diferença de tonalidade. Não levantei o tecido.

Sentei-me de costas para o corpo, diante da janela que dava para o muro exterior da prisão, uma parede branca sobre a qual caía a sombra do edifício. A linha dos telhados, duas torres de vigia, o vértice da cúpula, a cada momento mais esmagado pela projeção, à medida que o Sol se aproximava do meio-dia. Permaneci imóvel, voltando-me às vezes para constatar o avanço dos ponteiros no mostrador do relógio. Acima, cruciforme, a mesma ausência de Deus ou do homem colada à parede. Deus, homem, não coisa ou criação, mas reação. Menos do que uma existência. A reação do espaço diante do vazio, a reação do som diante do silêncio. Atrás de mim, na superfície firme da laje de mármore, talvez se abrisse uma oportunidade. No mínimo, talvez fosse possível empurrar o tempo contra as suas próprias paredes. Delimitá-lo no espaço e evitar o vazio. Subverter depois a anterior cadeia de acontecimentos. Eu supunha conhecer o preço. Humilhação e abandono. Voltei-me para trás. Ele poderia morrer, eu poderia matá-lo, apagá-lo do mundo e da memória, mas ele continuaria a ter existido. Era essa existência que, desprovida de peso e de densidade, se transformava agora num estado definitivo. Alguma coisa diante ou contra a qual se poderia produzir o movimento seguinte. Na aparência livre, mas tão condicionado por ela como a sombra pela luz ou o crime pela lei.

Faltavam dez minutos para o meio-dia quando os funcionários da agência funerária chegaram com a urna. Esperei-os no pátio. Segui-os no carro até o cemitério.

"Não havia mais quem pudesse ir."

Ela apertou os lábios, com ar de dúvida. Afastei a cadeira e não disse mais nada. Eu não pretendia defender-me. Endireitou-se. Puxou a criança para o peito, numa tentativa tardia de a proteger.

"Não merecia outra coisa."

Continuei calado. Eu poderia concordar, discordar, mas em qualquer dos casos isso dependia pouco da minha vontade. Peguei no copo dela e bebi um gole, demorando o vinho na boca. Permanecia o sabor. Água estagnada e metal oxidado. Sangue.

"Confirmaste, ao menos", perguntou. Abanei a cabeça. Já não se fazia questão. Lembrei-me do volume magro, o tecido cinzento, o corpo abandonado à impunidade dos mortos. Não havia ali nada. Nada, ninguém, nem o que eu esperara nem o que eu temera. Não era sequer suficiente para permitir a dúvida. Somado, aquilo que ali estava mal chegava para construir uma explicação.

"Mas o que é que isso altera", respondi. Ela inclinou os olhos para as pernas da filha.

"Eu sei. Não altera nada."

Olhei para o relógio. Passavam vinte minutos das dez. Chamei o empregado e pedi a conta. Ninguém se levantou. Ela tinha-se debruçado sobre a filha, o rosto pousado na sua cabeça. Do outro lado da mesa, o rapaz olhava alternadamente para mim e para a mãe.

"Do que é que estão a falar."

Lisa olhou para ele com um sorriso forçado. Não estávamos a falar de nada. Pelo menos de nada que ela soubesse. Virou-se para mim.

"Não sei se alguém sabe",

continuou, já sem sorrir. Sabia-o ela, parecia-me claro. Sabia-o eu. O rapaz fixou-me. Não havia muito que eu lhe pudesse dizer. Recuei a cadeira. Não insistiu. Levantou-se e disse que esperaria lá fora. Afastou-se, contornando as mesas pelo percurso mais longo. Esperei que ele desaparecesse e debrucei-me para Lisa. Recuou, primeiro, em seguida aproximou-se, num movimento quase involuntário. Inclinou-se sobre a menina, de olhos fechados. Afastei-lhe o cabelo. Não se viam vestígios da agressividade de dez minutos antes. Senti-a reter a respiração, imóvel, com o corpo preso. Dir-se-ia ser a filha a única coisa nela que respirava. Um sopro curto e superficial, uma pequena contração do peito. Estremeceu e inspirou fundo.

"Não",
murmurou, sem se afastar. Um balbucio grave, quase onomatopeico. Não, tal como poderia ser sim, talvez, agora, nunca, nada. Antes ou depois. Alguma coisa que, na ordem do corpo e da carne, se inscrevia a sangue nos livros da lei. Perguntei-lhe se só sabia dizer aquilo. Respondeu que não era fácil. Só lhe sobrava isso.

"Tive de aprender a dizer que não",
disse. Recuou na cadeira e abriu os olhos. Olhou-me de frente. Não havia nela nenhuma certeza. Nenhuma dúvida. Cada uma delas tão inútil como pretender mudar de rosto, de língua ou de identidade.

"Sabemos o que somos",
acrescentou. Não sabemos quem somos, ou sabemos como somos, mas apenas aquilo,

"Sabemos o que somos."
Menos uma identidade do que uma adjetivação.

VI

"Não aceito que um livro me diga o que eu devo ou não devo fazer."
Isto não chegava a ser uma confidência. Não pedia ajuda, não tentava comover-me. Bastava-lhe uma testemunha. Alguém capaz de ver aquilo que ela preferia ignorar, alguém capaz de lhe assegurar a realidade do que ela própria intuía, sem se dar ao trabalho de o confirmar. Repetiu que não sabia ler. Não pretendia aprender. Importava-lhe pouco o que era permitido ou proibido. Bastava-lhe poder em cada momento tentar fazer aquilo que sabia. Não dizia tentar fazer aquilo que queria. Só o que sabia, medindo ao mesmo tempo a sua vontade e a resistência das coisas. Não desejava forçá-la. Iria até onde pudesse ir. Porque era preciso, apenas. Não contestei. Ela sabia o que tinha a fazer. Poderia fazê-lo ou não, mas havia um critério.

Tinha sido eu a procurá-la. Telefonara-lhe a perguntar pelos rapazes. Durante três dias eu não vira ninguém. Acordava cedo, desligava o telefone e saía da cidade ainda antes das oito. Regressava depois das onze da noite. Subia para o quarto, tomava banho, tentava adormecer. Lisa telefonou-me no terceiro dia. Eu tinha acabado de chegar ao hotel.

Ela já me havia ligado três vezes. Cumprimentei-a. Houve uma pausa e depois, num tom irritado, perguntou-me onde é que eu estivera. Não respondi.

"Quero saber se posso ou não posso contar contigo."

Também não respondi. Nunca se trataria de saber se sim ou se não. A seguir, noutro tom, perguntou se o rapaz estava comigo. Disse-lhe que não estava e que não estivera. Calou-se por um momento. Ele passara a noite fora de casa. Ela não o via desde a manhã anterior. Saíra com Amir depois do café da manhã, não voltara para dormir. A empregada também não sabia do filho. Dizia que não sabia.

"É possível que ela esteja a mentir."

Definitivamente, não se podia confiar nela. Era necessário que eu fosse procurar o rapaz. Ela própria iria à polícia se ele não aparecesse nas próximas horas.

"Começa por perguntar pelo marroquino. A mãe há de saber."

Desci até a recepção. Ninguém me procurara. Voltei para o quarto e liguei à empregada. Demorou a atender. Não pareceu surpreendida. Há duas noites que não via o seu filho. Não sabia do meu. Perguntei se sabia onde eu os poderia procurar. Calou-se. Disse que seria preferível que falássemos. Iria ter comigo. Esperei-a à entrada do hotel. Faltavam vinte minutos para a meia-noite. O ar continuava quente. Na avenida, um vento sujo de poeira e fumo que soprava em rajadas. Quando parava, sentia-se o cheiro a pasta de azeitona das indústrias dos arredores. Para lá dos muros do jardim, os ramos das palmeiras entrechocavam-se com um som metálico. A princípio apenas um arranhar que se confundia com o ruído do trânsito. Tornava-se mais forte com o recrudescer do vento.

Ela demorou dez minutos. Vi-a sair do táxi e dirigir-se para a porta. Caminhou na minha direção. Tinha um vestido claro. Mais nova, na aparência, menos descuidada. O cabelo lavado, sandálias abertas, um decote que lhe descia até o princípio dos seios. Perguntei-lhe se queria ir para o bar. Olhou para dentro do hotel, depois para a avenida, disse que não. Uma expressão séria. Não insisti. Indiquei-lhe os sofás ao fundo do átrio, esperei que se adiantasse e segui-a. Avançou devagar, com a carteira apertada contra o ventre. O espaço estava vazio. Três homens parados junto da porta lateral, o funcionário por detrás do balcão da recepção, quase demasiado afastado para que as suas feições fossem distinguíveis. Vindo do bar, um ruído de vozes. Evitou olhar para os elevadores. Sentamo-nos ao canto, um em frente do outro. Ela apoiou-se na borda do sofá, virada para a entrada, a carteira sobre as coxas. Com um movimento mais brusco, os nossos pés tocar-se-iam. Os joelhos. Permaneceu calada. Tinha o cabelo caído para o rosto. Puxava-o para trás com a mão direita. No gesto, o peito pressionava o vestido, forçando os botões superiores. Endireitava-se, o cabelo tornava a cair. Não o atou. Pousou a carteira no chão e voltou-se para mim,

"*Deve saber que eu fui despedida.*"

Um registo apagado. Tive de me debruçar para a conseguir ouvir.

"*Ou talvez não saiba. É a mesma coisa.*"

Continuou no mesmo tom, sem esperar que eu respondesse. Trabalharia apenas até o final da semana. Tinha sabido há dois dias. Disse que não o lamentava. Há muito tempo que já não estava lá a fazer nada. Não era dela que as crianças precisavam. Agora começava a sentir-se livre. Daí a alguns dias, o filho iria para Marrocos. Supostamente três semanas. Já não regressaria. Não lho podia dizer, mas deixá-lo-ia com o pai. Quanto a si, depois veria o que poderia fazer. Ir-se-ia embora de Sevilha. Pegou na carteira, tornou a pousá-la, debruçou-se mais na minha direção. Não lhe faltava trabalho. Ela mesma já se deveria ter despedido. Tinha consciência do que fazia e do que não fazia no apartamento. Não era má vontade ou indolência, não era nada contra os meus filhos, simplesmente não conseguia. Ela própria ficara surpreendida. Depois habituara-se. Mas não lhe pediam mais. Não sentia, de resto, que as crianças lhe fossem sentir a falta.

"*Nem as crianças, nem ninguém*", disse. Olhou para mim. Parecia procurar uma reação. Averiguar nos meus olhos qual o desfasamento entre aquilo que os outros e ela própria viam de si mesma. Desviou o rosto. Estendeu as mãos, com as costas para cima, depois as palmas. Uma pele branca e seca, de traços vincados, as unhas curtas, os dedos magros e compridos. Pousou-as nos joelhos. Talvez a princípio ainda tivesse sido útil. Mas a menina nunca havia gostado de si. O rapaz poderia compreendê-la, se quisesse. Nunca tentara. Ela não os culpava, tinham sido abandonados. Nunca lhes poderia dar aquilo que a mãe lhes havia tirado. Sobretudo com o seu filho por perto. Ficariam melhor se ambos se afastassem. Ela e o filho. Junto dele estavam sempre expostos ao conflito. Não era possível estar com ele sem estar contra alguém. Não havia meio-termo. Ou estavam com ele, ou contra ele, e mesmo com ele não se podia confiar. Era uma luta triste.

"*Eles perdem sempre. Ou ela, ou ele, ou os dois. Tenta seduzir um deles para conquistar o outro. E nunca perde.*"

Só faltava saber o que é que ele agora pretendia obter. Apenas por ingenuidade se poderia acreditar naquilo que o filho dizia. No que dizia, no que prometia. Garantia sempre o que imaginava que esperassem de si, mas de má-fé. Sob reserva desde que abria os olhos pela manhã até o momento em que os fechava.

"*Tão perigoso como o pai*", afirmou, após uma pausa.

"*Mordem primeiro quem lhes dá a mão.*"

Calou-se. Depois, pretendendo tranquilizar-me, disse que não estava em causa o meu filho. Não era a primeira vez que os dois desapareciam por uma noite. Já tinha acontecido. Acabavam sempre por regressar. Também agora haveriam de aparecer. Hesitou, entreabriu os lábios para falar, mas continuou calada. Pegou na carteira e fixou-a durante um momento. Levantou os olhos. Não era só isso.

"*Sabe que eu não sei ler*",

disse. Não a tinham ensinado no tempo próprio, e mais tarde ela mesma não quisera aprender. Reconhecia os números, algumas palavras, o necessário para atravessar a cidade. Havia coisas que não via, outras que não compreendia, mas não lhes sentia a falta. Nem das letras, nem das contas, nem dos livros.

"*De qualquer modo o mundo não cabe num livro*",

acrescentou. De um livro, sabia-se sempre onde é que começava e onde é que acabava. Do mundo, talvez nem o tamanho. Surpreendia-se sempre que subia para o avião. Baixou os olhos, sem vergonha nem orgulho. Sabia o que não queria com a mesma consciência com que constatava aquilo que não tinha. Havia pouco que eu lhe pudesse dizer. Ela continuou calada, depois abriu a carteira e retirou um papel. Estendeu-mo. Disse-me que o lesse. Era a página rasgada de um caderno escolar, com desenhos inábeis e uma caligrafia infantil. Apontou para a palavra acima da imagem. Laura. Disse-me que virasse a folha. No verso, outra imagem e outra palavra. Lisa. Desenhos obscenos. Formas femininas toscamente desenhadas. Pernas abertas e genitais expostos. Na imagem maior, uma mancha densa de pêlos púbicos, seios pendentes de mamilos negros. Na mais pequena, a simples sugestão de uma fenda dilatada. Em ambas, sobrepostas às imagens, a figura de um falo que as penetrava até o ventre. Os traços vincados até perfurar o papel. À direita de cada uma, algumas palavras numa ilegível caligrafia árabe. Esperou que eu olhasse para si e perguntou se eu compreendia. Não o árabe, mas as imagens. Apontou para a mais pequena. Disse que tinha tentado examinar Laura, mas esta não deixara que ela lhe tocasse. Seria inútil perguntar. A ela ou ao irmão. Tentara falar com a mãe. Nem sequer a ouvira. Aproveitara para a despedir. Quase a compreendia.

"*Mantenha-os afastados.*"

Era a única coisa que tinha a pedir. Apenas mais alguns dias. Repetiu que o filho iria para Marrocos na semana seguinte. A partir daí ser-lhe-ia indiferente o que ele pudesse fazer. Já há muito que lá deveria estar. Nunca deveria ter vindo. Ainda pensara que a escola o poderia mudar. Ensinar-lhe alguma coisa, torná-lo mais próximo. Isso que em cada um depende tanto do que lhe ensinaram como daquilo que lhe proibiram. Obrigá-lo a pedir, obrigá-lo a agradecer. Já não se referia apenas à tentativa de fazer do filho igual a si na pele e na carne, mas espanhol. Ou nem sequer espanhol, nem sequer cristão. Ela só pedira que o ensinassem a sentir vergonha de si mesmo. Agora já lhe bastaria que ele não mostrasse os dentes a quem o alimentava. Mas nem isso. Nem fé, nem afeto, nem decência, nem amor. Agora, o que quer que ela tivesse a fazer já não passava pelo filho. Mandava-o embora sem hesitações. Não lhe sentiria a falta. A única culpa era a que já transportava consigo. Levou a mão ao rosto, contornando as pálpebras com o indicador. Sentia-se gasta. Ninguém tinha aprendido nada. Ela própria não tinha nada para lhe ensinar.

"*Não me lamente*",

disse. Ergueu-se no sofá, sem se levantar. Tinha os olhos úmidos e as pestanas coladas pelas lágrimas. Limpou-se com as costas das mãos, secou-as ao vestido. Limpou os lábios. Perguntou-me as horas. Passavam poucos minutos da meia-noite. Pediu desculpa e disse que não tinha vindo para falar de si. Indicou-me o papel que eu conservava na mão, rude e impudico. Não parecia incomodada com as imagens. Mantive-me calado, com os olhos fixos algures entre a sua boca, as suas pernas e o peito apertado. Tinha o vestido subido até o meio das coxas. Eu sentia-a respirar, de mamas nuas por debaixo do sutiã, como se a ausência de um alfabeto a devolvesse à sua natureza, à condição de carne. Quente e animal. Não desviou os olhos, retendo a respiração, até que eu lhe perguntei se sabia dos rapazes. Esfregou os lábios, impaciente. Parecia desiludida. Apontou lá para fora com um gesto de indiferença e abanou a cabeça. Do seu, não queria saber, mas talvez imaginasse onde os procurar. Baixou o rosto e deixou cair a mão sobre as pernas, repuxando o tecido. Apertou os joelhos, desceu o vestido. Tirou-me o papel das mãos, olhou-o uma última vez e amarrotou-o como se enfim tivesse tomado consciência da sua própria nudez. Por debaixo da roupa ou por debaixo da pele. Atirou-o para o chão. O papel rolou até aos pés de uma mesa, três metros adiante. Levantou-se para o apanhar. Alisou-o de forma sumária e dobrou-o em quatro. Guardou-o na carteira. Disse que estava pronta. Não se tornou a sentar. Levantei-me e pedi-lhe que me deixasse o papel. Hesitou, mas entregou-me. Guardei-o no bolso do casaco. Esperou que eu avançasse e seguiu-me até ao carro. Sentou-se, prendeu o cinto, disse-me que fosse até a Calle Santo Domingo de la Calzada. Não explicou por quê.

Rodeei o hotel, entrei na avenida, cortei para a Eduardo Dato e avancei pelo Nervión. Conduzia devagar. Havia pouco trânsito. A mulher parecia não ver. Olhava em frente, como se confrontada com uma superfície demasiado opaca ou demasiado transparente. Continuei até a Gran Plaza, contornei a rotunda e voltei para trás. Cortei à direita, na Calle Santo Domingo. Abrandei. Viam-se as mulheres, sul-americanas na sua maior parte. Poucas espanholas. Colombianas, brasileiras, uma ou outra africana. Adivinhava-se-lhes a língua pela cor da pele, pelas curvas da carne, pelas rugas dos olhos. Castelhano das Antilhas, português do Brasil, castelhano dos Andes, francês do Senegal. Era uma geografia de conquista e de colonização que se espalhava pela rua, numa mesma herança de sangue, gramática e corrupção. Mantinham-se atentas aos carros que passavam. Não perguntei nada. Eu supunha saber do que estava à procura. Ao meu lado, ela não tinha pronunciado uma palavra. Eu via-a olhar para aquelas mulheres com a mesma mistura de impudor e de repugnância com que olharia para a sua própria nudez. Ou nem a nudez, mas a pertença a uma população arcaica de fêmeas disponíveis e transaccionáveis, qualquer que fosse o preço e quem quer que vendesse. Espólio ou encargo de conquistadores, cada uma era a prova de que nem sempre é claro quem são os vencedores e de que, repetida, a derrota pode acumular miséria e humilhação suficientes para reverter o passado. Faltaria saber o que é que dos conquistadores corre no sangue dos conquistados. Como é que uns e outros se igualam e se diferenciam diante da língua e diante da lei. Língua e lei já não propriedade de uns e imperativo de outros, mas condição comum de posse e de espoliação.

Mulheres agressivas. Nenhuma delas exigiria de mim nada de muito diferente da que eu tinha ao meu lado. Não exatamente dinheiro, mas a determinação capaz de ultrapassar a reserva de bichos e de fêmeas, algo cuja propriedade requer sempre em troca mais do que o seu valor facial. A carne em troca da carne, mas sobretudo tempo, poder, proteção. A capacidade de mandar e de ser obedecido. Talvez eu estivesse disposto a pagar. Mas não o desejava o suficiente. Encostei no cruzamento com a Luis Montoto e perguntei-lhe por que é que pensava que eles poderiam estar ali.

"Às vezes vêm para cá."

Um tom seco. Há muito que aquilo se lhe havia escapado das mãos. Ficou alguns minutos calada. Depois respirou fundo e disse que teríamos de continuar. Liguei o carro. Eu ainda estava à espera de que ela me indicasse a Macarena, El Cerzo, La Plata ou qualquer outro dos bairros periféricos onde, em edifícios sobrelotados, se misturava uma população de emigrantes, excluídos e espanhóis pobres.
"*Carretera Amarilla.*"
Não era o caso. Continuamos durante mais uma hora. Carretera Amarilla, Las Américas, Alcosa, Plaza de la Mata, um roteiro da prostituição na cidade. Não lhe perguntei o que é que ela sabia, como é que ela o sabia. Não confirmei, sequer, se estávamos realmente à procura dos rapazes. Ela queria mostrar-me alguma coisa, queria vê-la ela mesma através dos meus olhos. Não perguntei o quê. Conduzia depressa entre as ligações, com os vidros fechados e o ar condicionado ligado. Abrandávamos quando avistávamos as primeiras mulheres. Víamos como avançavam dois passos em direção ao carro, hesitavam, recuavam quando nos viam prosseguir. Contornávamos as viaturas paradas, perscrutando a sombra entre os candeeiros, os vãos das portas, as esquinas dos edifícios e os troncos das árvores. Ninguém. Homens apressados, as mesmas mulheres, distribuídas em função de relações de domínio e de precedência. Não havia vestígios dos rapazes. Nenhum de nós tornara a falar neles. Ambos, ao mesmo tempo à espera de os ver e de os não ver. Ao fim de meia hora, eu já não sabia o que é que ali estava a fazer. Se à sua procura, se numa cada vez mais penosa confirmação de que lá não estavam. Por si, ela quase já não olhava. Identificava os lugares e baixava os olhos até sentir pelo acelerar do motor que a rua tinha terminado. Indicava outra e mantinha-se de olhos fixos no exterior, a cabeça levantada e o tronco direito, enquanto percorríamos as avenidas vazias. Acabou por pedir que a levasse a casa.
"*Já vimos aquilo que havia para ver.*"
Virou-se para mim com um movimento pronunciado. Talvez se preparasse para falar, mas permaneceu calada. Sabia que o que dissesse a iria expor ainda mais. Inscrito na língua ou no interior moldável das suas coxas, havia algo que não saberia dizer. Pedia-me que fosse eu a fazê-lo. Que a avaliasse e lhe indicasse um preço. Tentaria negociar. Manteve-se ali, com o tronco a oitenta graus, as pernas dobradas, o decote entreaberto e os olhos levantados na minha direção. Quando paramos diante da sua casa, ela tinha voltado à posição inicial.
"*Não lhe digo que entre*",

disse, e apontou para a janela iluminada. O filho tinha regressado. Pegou na carteira, levou a mão ao cabelo. Mandaria o meu filho vir ter comigo, se ele lá estivesse. Não era impossível. Agarrou no manípulo da porta, mas ficou imóvel. Disse que me ligaria no dia seguinte. Não respondi. Ela baixou a cabeça e respirou fundo, esforçando-se por reprimir as lágrimas. Bateu a porta do carro, entrou no prédio. Minutos depois tornou a sair. Conservou-se à distância. Segundo Amir, o meu filho já estaria em casa. Uma voz cansada. Obriguei-me a agradecer-lhe. Quase não me ouviu. Na janela, em contraluz, via-se o vulto de Amir. Logo a seguir, o meu telefone tocou. Lisa. O rapaz tinha chegado a casa há quase uma hora. Já se havia deitado.

Dirigi-me para o apartamento. As mesmas avenidas, agora no percurso inverso. Demorei-me. Estacionei ao fundo da rua. Passavam dez minutos das duas da manhã. Mantinha-se o vento. O cheiro a lixo incinerado. Azeitonas esmagadas. Parei diante do edifício. As janelas tinham as persianas descidas. Subi no elevador até o terceiro piso, prossegui pelas escadas. Abri a porta sem ruído. A sala estava às escuras. Cheirava a tabaco. Para lá do terraço, a luminosidade baça do céu da cidade. Avancei pelo corredor e entreabri a porta. O quarto estava quente, com as janelas fechadas e as persianas corridas, o ar condicionado desligado. Viam-se os vultos, três corpos deitados na cama grande. A menina, ao meio. Mais próxima, a mãe. O rapaz, do lado de lá, de costas para a irmã. Ouvia-se a respiração de Lisa. Procurei o sofá e sentei-me. Debaixo de mim, roupa amarrotada. Levantei-me e soltei-a. Uma saia, uma blusa, o sutiã. Cheiravam a perfume e a transpiração. Mantive-os na mão, linho, seda, algodão. Um volume maleável, mas que se escapava se o tentava moldar. Demasiado vazio para que pudesse ter memória do corpo. Esperei que os olhos se habituassem. Começava a adivinhar as formas e as feições. O rapaz, com a camisola do pijama e as pernas cobertas pelo lençol. A menina, com a camisa de noite subida até o peito. De Lisa, dobrada sobre a filha, eu via-lhe as costas, as pernas nuas, o tecido das cuecas por debaixo da camisa de dormir.

Tudo quanto eu tinha cabia naquela cama. Um lugar estreito. Uma presença pálida que sobrepunha os três corpos sem chegar a coincidir com nenhum deles. Ao mesmo tempo três, um e nenhum. Nem carne nem consciência, nem coisa nem nome. Estado, condição, lugar de nascimento, filiação, idade. Por um momento pareceu possível que eu me deitasse no meio deles. Poderia despir-me, pousar a roupa, dirigir-me à cama e abrir um espaço entre a menina e a mãe. Estender-me imóvel contra a sua pele. Talvez ela nem sequer acordasse ou me sentisse com a indiferença de quem reconhece um hábito. Eu poderia apertar-me contra ela, apertá-la contra mim, esmagá-la, penetrá-la, mordê-la, mas não conseguiria agarrá-la. Não me caberia na boca como não me cabia na pele. Permaneci sentado.

Durante alguns anos eu ainda pretendera que as consequências seriam tão moldáveis quanto as causas, e que seria possível agir como se mais adiante se pudesse abrir um espaço de neutralização, um momento em branco capaz de absorver e devolver, dissolvidas, as ondas de choque produzidas pelos acontecimentos anteriores, permitindo começar outra vez, sem heranças, dívidas ou encargos futuros. Talvez aquele momento, sentado diante deles, fosse o que de mais próximo eu teria dessa neutralização. Desejava garantir a impunidade. O mesmo desejo que acompanha, como uma sombra, a atávica ameaça da lei e da culpa.

Às três da manhã, Laura começou a ficar agitada. Revolvia-se na cama, num murmúrio. Meia dúzia de sílabas. Quase algumas palavras, mastigadas no sono. Acalmava-se e recomeçava, dobrada sobre si mesma, com os joelhos fletidos e os braços encolhidos a proteger o rosto. Distendia-se, tornava a contrair-se. Acabou a gritar, o corpo num espasmo. Lisa levantou-se, apoiada num cotovelo. Puxou-a para si. A criança calou-se quase sem chegar a acordar. A mãe ajeitou-lhe a almofada, puxou-lhe o lençol para os pés e afastou-se para a borda da cama. Procurou o comando do ar condicionado, ligou-o. Esperou uns minutos e tornou a desligá-lo. Deixou-se cair, voltada na minha direção, a cabeça erguida como se tentasse fixar-me no escuro. Manteve-se imóvel, o rosto apenas uns centímetros acima da almofada. Ou talvez novamente a dormir, com o corpo deslocado e a cabeça mais alta. Eu não conseguia ver-lhe os olhos. Não sabia se me vira. Se sabia, se sentira. Pareceu-me que ela permaneceu hirta durante muito tempo, a respiração suspensa, expirando por fim para retomar, mais calma, o ritmo regular do sono. Não pediu que me aproximasse. Não me repeliu. Entre a inconsciência do sono e o corpo dos filhos, sobrava pouco espaço para a sua própria carne. Menos do que a distância da boca até o interior das coxas. Menos do que o intervalo entre as duas margens do colchão. Quase nada. Saí sem ruído.

Não o antecipara, mas não fiquei surpreendido. A alguns metros do sofá onde horas antes a mulher se sentara, encontrava-se o filho. Tinha adormecido com a cabeça caída para o peito e as pernas esticadas sobre a mesa de madeira. Estava ali há quase duas horas, segundo o recepcionista. Insistira em ficar à minha espera. Parei a alguns metros e olhei para o elevador, quase disposto a subir e a deixar que o funcionário

o fosse sacudir e o expulsasse do hotel. Sentei-me à sua frente, a olhá-lo. Não acordou. Talvez tivéssemos alguma coisa em comum. A falta de fé, no mínimo. A desconfiança que dizia mais respeito a cada um de nós do que aos outros ou às coisas. Mas aquilo que em mim talvez fosse um ponto de chegada constituiria nele o ponto de partida. Era um rapaz sem idade. Já não uma criança, ainda não um adulto. O rosto delicado, mas retraído, os lábios entreabertos sobre os dentes brancos, os maxilares marcados. Duro, mesmo quando adormecido e exposto. Uma promessa de violência. Pousadas uma sobre a outra, as mãos pareciam ser a única coisa pacífica ou infantil. Estava vestido com um cuidado pouco habitual. Na camisa lavada, ainda eram visíveis os vincos do ferro de engomar. Chamei-o em voz baixa. Abriu os olhos, pestanejou, retirou as pernas de cima da mesa. Procurou parecer que não tinha adormecido. Ergueu-se no sofá.
"*Onde é que esteve.*"
Não respondi. Não teria resposta, qualquer que fosse o seu direito à pergunta. Endireitou-se no sofá e alisou a camisa, enquanto tentava ver as horas no mostrador do meu relógio. Não procurou justificar-se. Olhou em volta e apontou para a porta do elevador,
"*Quantas vezes é que já levou a minha mãe.*"
Manteve o olhar, quase desinteressado. Encolheu os ombros, levantou o braço e ergueu um dedo,
"*Uma, duas, três.*"
Abriu a mão inteira,
"*Cinco.*"
Baixou a mão e disse que não queria saber. Tanto melhor para mim. Quanto a ela, fez um gesto de impotência, eram todas iguais. Havia pouco a fazer. Era para isso que serviam. Por si, já tinha desistido. Elas não aprendiam. Não sabiam aprender, mesmo que se lhes enfiasse a verdade pelos olhos dentro. Pelos olhos, pela boca, pelas coxas. A culpa nem seria delas, simplesmente não conseguiam. Falava depressa, com uma dicção descuidada. Dir-se-ia temer que eu me fosse embora sem o ouvir. Uma voz entrecortada. Levantou o rosto para confirmar que eu o ouvia e continuou. Em Marrocos, ao menos, não fingiam que eram capazes. Na Europa era pior. Não havia nada a fazer, repetiu, já tinha desistido. Tinha tentado, mas era inútil. Talvez eu já soubesse. Costumava sair à procura das mulheres da rua. Era preciso que alguém fizesse alguma coisa. Ele, dois marroquinos, espanhóis, ciganos. Nunca menos de sete ou oito. Encontravam-se no María Luisa ou em outro parque, cortavam umas canas e iam à procura delas. Não eram difíceis

de encontrar. À porta dos hotéis, na Santo Domingo, Las Américas, La Alameda. Depois da meia-noite havia pouca gente. Avançavam com as canas escondidas, cercavam as mulheres isoladas e espancavam-nas. Se tinham tempo, despiam-nas, abriam-lhes as pernas, obrigavam-nas a tocar-lhes. Depois deixavam-nas ir. Escondiam-lhes a roupa, mas ele não permitia que as roubassem.

"*Não sou um ladrão.*"

Faziam uma ou duas mulheres e fugiam antes que alguém pudesse reagir. Estava cada um por si. Era o contrato. Não havia concessões. Quem não podia, não podia. Por vezes corria mal e alguém era apanhado. A polícia, os homens delas. Levou a mão ao peito da camisa, tateando os botões e a cicatriz escura. A princípio doía, mas valia a pena. Ao fim de uma semana já não se notava. De resto, não era ingênuo. Ainda tinha muito para aprender, mas não era ignorante. Elas não iriam mudar. Nunca se lava aquilo que já nasceu sujo. Falava num tom grave, procurando avaliar o efeito antes de continuar.

"*Sei com o que posso contar*", sublinhou. Bastava-lhe ver o que tinha em casa. Poderia até ter começado por aí. Inclinou-se para mim e perguntou se eu sabia do que é que ele estava a falar. Ficou à espera de resposta. Eu não me perguntava por que é que ele me contava aquilo, verdadeiro ou não, por que é que, fosse para ameaçar, fosse para pedir, me esperara a meio da noite. Com os olhos da mãe e o corpo do pai, havia nele uma duplicidade que a cada momento o fazia duvidar de si mesmo, mas avançar sem hesitações, com a obsessão de quem não acredita em mais nada. A determinação do acossado. Ergueu a cabeça numa expressão de desafio e olhou em volta como se procurasse alguém. À sua frente, apenas o átrio vazio, o ruído da rua, para lá das portas de vidro duplo. Não respondi e ele prosseguiu no mesmo tom, mas menos confiante.

"*Sabe como é que me chamam na escola.*"

Abanei a cabeça. Fixou-me por um instante e olhou para as mãos. Não mo iria dizer. Não era nada de que se orgulhasse. Ao mesmo tempo um nome e um insulto. Recusava-se a responder por ele. E, no entanto, se não se revia no olhar dos outros, receava que eles pudessem estar certos. Talvez fosse esse, aliás, o seu próprio olhar.

"*Somos todos iguais. É isso que me querem ensinar na escola. Só não me dizem iguais a quem. Iguais a mim. Iguais a si. Iguais aos árabes rançosos de pés descalços e cabeça no tapete. Iguais às mulheres, com o sangue a escorrer-lhes por entre as pernas.*"

Apontou para mim, com o indicador esticado. Eu não era melhor. Tinha apenas mais dinheiro. Poderia fazer o que quisesse. Ficar ou ir embora.

"*Comprar quem quiser*", continuou, com um gesto na direção do elevador.

"*Não se ria*",

disse. Um tom ofendido. Eu nem sequer sorrira. Ele fechou os olhos, recuou no sofá e inclinou a cabeça para trás. Ficou calado durante alguns minutos, com a respiração ofegante e a cabeça encostada ao espaldar e os olhos no teto. Depois esfregou os olhos e pôs-se de pé. Tinha as pupilas brilhantes, as pálpebras vermelhas. Era uma fragilidade consentida. Aceitava mostrá-la diante de mim, mas nunca o faria diante do rapaz ou das mulheres. Sobretudo delas, porque era delas que se tratava. Não seria apenas a manifestação precoce de uma inútil e quase vil obsessão pelo corpo feminino. A mesma que, a ele como ao menos impulsivo dos homens, o acompanharia por toda a vida, sem prazer nem promessa de satisfação, sem reciprocidade, sem compreensão, quase sem objeto. Não era ainda isso. Ou não era apenas isso. Antes o esboçar de uma identidade, a afirmação da sua pertença a um lugar e a uma imagem de mundo. A um mundo onde, definido o lado de cá e o lado de lá, cada um dos termos se exigia e se excluía sem possibilidade de conciliação. Posse, pertença, apropriação, expropriação. Proximidade, distância. Sabia-se ameaçado. Porque, apesar de tudo, o único nome que faria sentido no papel dobrado que eu tinha no bolso não seria o de Laura ou de Lisa, mas o da sua própria mãe, a única garantia de que pertencia ao lado de cá do estreito. A única coisa cuja posse valeria a pena vir reclamar. Mesmo que apenas para, logo a seguir e depois de despida, a poder repudiar. Permaneceu de pé.

"*Dê-me o papel.*"

Não pedia. Indicava-me apenas que era o momento adequado para que eu o fizesse. Pareceu-me razoável. Faltava saber o que é que ele estaria disposto a dar em troca. O que é que eu tinha para pedir. Seria, de qualquer modo, uma transação inútil, viciada como num contrato em que nenhuma das partes confia na outra e em que o preço é sempre inflacionado, tentando cobrir por antecedência as margens de risco e proteger as perdas que, sabem os dois, são as cláusulas não declaradas. Disse-lhe que tinha acabado. Com os dois, o rapaz e a irmã. Eu não o queria lá em casa. A sua mãe tinha sido despedida e ele não voltaria. Com ou sem ela. Não os procuraria, no apartamento ou em outro lugar.

Ficou a olhar para o chão, enquanto atrás de si alguém atravessava o átrio até a recepção e depois, com passos pouco firmes, prosseguia até ao elevador. Um casal. Seguiu-os com os olhos.

"Sei muito bem que ela foi despedida", disse, *"não precisa de me dizer quem eu sou."*

Sabia bem quem era. O filho da empregada. O mestiço mal-educado a cheirar a camelo e a bedum. Em Marrocos chamavam-lhe espanhol. Ali, nem sequer marroquino. Mas pelo menos, concluiu, com uma expressão de desprezo, não tinha nada a esconder. Ninguém o apontava a dedo. Não reagi. Seria inútil discutir com ele. Procurei o papel no bolso do casaco e entreguei-lhe. Não o abriu. Segurou-o com a ponta dos dedos, tentando reduzir ao mínimo a superfície de contato entre a pele e a folha dobrada. Agarrou-a em seguida com ambas as mãos e rasgou-a em pedaços, forçando o papel até o ter reduzido a uma amálgama de fibras vegetais. Comprimiu-o na mão direita e olhou-me uma última vez. Desviou os olhos. Não havia nenhum compromisso, nenhuma garantia. Perguntei-lhe se queria que eu o levasse a casa. Respondeu que não, com um ar ausente. Talvez não tencionasse ir dormir a casa.

Depois de mais de um mês, o quarto continuava tão impessoal como no momento em que eu ali chegara. Pedira apenas que retirassem o espelho que havia em frente da cama. Estava quase vazio. Eu não deixava objetos sobre os móveis, desfazia-me do jornal antes de subir para o quarto, guardava os livros nas gavetas. Passava lá pouco tempo, a maior parte à noite. Por vezes, durante dias, só ia ao hotel para dormir, tomar banho, mudar de roupa. Acordava, vestia-me, descia. Era raro ir até lá a meio da tarde. Se o fazia, não me demorava. Mesmo com a porta fechada, o quarto continuava a ser um espaço público, parte de um edifício percorrido por uma população anônima e em trânsito. Duzentos quartos, doze pisos. Portas por detrás de portas, para além das quais as pessoas acreditavam a sós, deitando-se no espaço horas antes ocupado por outros, em lençóis que circulavam ao acaso pelas diferentes camas, dia após dia, depois de uma passagem pela lavandaria. Haveria mulheres, crianças, mas eu já não via nada. Não pretendia ver.

Faltavam vinte minutos para as quatro da manhã. Fechei a porta, pousei as chaves, a carteira, fui ao quarto de banho e lavei o rosto com água fria. Desliguei as luzes. Na avenida, os semáforos acendiam e apagavam sem que ninguém chegasse a parar ou a avançar. Aproximei-me. A janela abria a quarenta e cinco graus, menos do que o necessário para fazer passar o corpo ou me debruçar para o exterior. Com o compartimento às escuras, o vidro desaparecia e a cidade surgia mais próxima.

À esquerda, a torre da catedral, os telhados do centro, depois os blocos de apartamentos do Nervión, abaixo, as árvores do La Buhaira. Laranjeiras, palmeiras, ciprestes. Oliveiras. Do outro lado da avenida, a água do tanque, uma massa escura que parecia sugar a luz dos candeeiros. Como a avenida e o próprio hotel, o jardim ocupava parte daquilo que, na Sevilha islâmica, fora um palácio rodeado por pomares. À época só a confiança no tempo e nas armas poderia autorizar a edificação de pavilhões califais fora do perímetro das muralhas. Em volta das construções, tanques e canais de irrigação. A terra permanecera como campo agrícola durante mais de sete séculos até ser retalhada pela expansão urbana. Se havia memória, poucos a reconheciam.

 Fiquei à janela, debruçado sobre o jardim, enquanto o céu se fazia mais claro e os volumes adquiriam profundidade. As luzes dos candeeiros foram empalidecendo até serem desligadas quase meia hora depois do momento em que ainda seriam úteis. Na avenida, alguns carros mantinham os faróis ligados. Ao longe, já não se distinguia a cor dos semáforos. A oriente, a luz baça e suja que antecedia o nascer do Sol. Um amanhecer desagradável. Fechei a janela. Teria de me deitar, dormir algumas horas, regressar ao apartamento. Teria de repetir tudo. Teríamos de repetir tudo. A simples exigência de repetição indicava que ninguém tinha aprendido nada. Puxei as cortinas, mas não cheguei a fechá-las. Ao fundo, por entre as alamedas de laranjeiras, era visível um vulto. Amir. Caminhava devagar em direção a uma fonte. Inclinou-se para a água. Ele não deveria estar ali. Os portões do parque eram fechados à meia-noite e reabertos às oito. Talvez não fosse difícil saltar as grades. Ele saberia como. Não tinha de justificar o seu direito ao espaço, bastava-lhe ocupá-lo. Avançou devagar, contornando um tanque, e aproximando-se do hotel. Por nascimento ou por conquista, o poder e a propriedade são sempre arbitrários. Encontrar causas não é reconhecer legitimidade, tal como conhecer a lei não é obedecer-lhe. Fundada na força, na memória ou na fé, a proibição não delimita mais do que o espaço da própria infração. Condiciona o conflito, não o resolve. É o traço comum ao livro, à lei e à transgressão. Dizer que não, primeiro, por hábito ou por estratégia, continuar depois, já sem critério nem objetivo, demarcando na língua um estado negativo, o necessário apenas para impor a ordem ou prolongar as proibições, e obedecendo tanto ao propósito de modelação do mundo quanto a um desejo de ocupação do espaço e da consciência.

 Lá em baixo, cada vez mais nítido, o rapaz continuou ao longo da grade, medindo os passos e expondo-se ao olhar das poucas pessoas que àquela hora atravessavam a avenida. Parou um instante e espreitou para fora. Não havia ninguém. Prosseguiu em seguida, com a lentidão da posse ou da impunidade. Séculos de interditos não eram suficientes para garantir, se não a obediência, pelo menos o medo.

VII

A perda não pode redimir a posse. Em nome de Deus ou do sangue, dos seis ou sete mil homens que em Abril de setecentos e onze atravessaram o estreito em direção à península já pouco restava quando, cinco séculos mais tarde, retiraram diante dos exércitos cristãos. Cinco séculos, sete, oito, o tempo necessário para expatriar a língua e a memória. A conquista não é simétrica da perda, nem o tempo pode, apenas por si, medir o que perdura ou o que se esquece. Os restos de vocábulos privados de sintaxe, o sangue diluído no sangue, o território repartido. No caos provisório entre duas ordens, a ameaça não é a devastação, mas a sua inutilidade. É um trabalho penoso. Não apenas pesado, nos lugares onde as coisas se acumulam como resistência, mas sobretudo baixo, incômodo, sujo, mal pago.

Telefonou-me depois do meio-dia. Uma voz atenta e amável. Disse que me queria ver, indicou a hora e o lugar. Três da tarde, em Triana. Cheguei vinte minutos adiantado. Deixei o carro por detrás do Palacio de San Telmo e dirigi-me para a ponte, quase surpreendido com a frescura do dia. Estava calor, mas no canal do rio sentia-se o vento que soprava do delta, com um cheiro úmido a terras alagadas e campos de algodão. Ao longo das margens, o verde da vegetação prolongava-se para a água e delimitava, acima, uma linha irregular contra o tijolo dos edifícios. Atravessei a ponte por entre as viaturas paradas no semáforo e debrucei-me para montante. É um rio morto. O desvio do leito para oeste da cidade reduziu-o a um espelho de água estagnada. Com o porto transferido para jusante, ficou vazio.

No meio do canal, alguém nadava em direção à Puente de Triana. Talvez um rapaz, magro, com uma camisa clara. Ocorreu-me que poderia ser Amir, mas era mais velho. O cabelo crescido, os braços compridos. Avançava sem som, com gestos descoordenados e batidas fortes que projetavam água sem garantir o avanço. O tecido encharcado e colado ao tronco parecia dificultar-lhe os movimentos. Prosseguia em esforço.

Três braçadas e o ritmo abrandava até se transformar num esbracejar ineficaz e inconsequente. O homem recomeçava. Só podia confiar em si próprio. As paragens tornaram-se cada vez mais frequentes, até que se deixou ficar completamente imóvel. Depois, vindo da margem direita, uma pequena lancha avançou ao longo do cais e dirigiu-se para o meio do canal. Duas pessoas. Bombeiros ou polícias do porto. Içaram-no. A lancha apontou para o cais. Era um homem mais velho do que me parecera. Saltou para a margem e ficou imóvel no paredão de pedra, a roupa colada ao corpo, os olhos fixos na faixa de água que acabara de abandonar. Teria mais de sessenta anos, alto, magro, um pouco curvado. Conversou com os polícias. Recusou alguma coisa e subiu descalço as escadas que conduziam à avenida. Parou ao cimo e voltou-se para o rio uma última vez. Prossegui até a Plaza de Cuba e cortei para a Calle Betis.

Um restaurante caro, sobranceiro ao rio. A sala estava cheia. Três mesas vazias. Para lá da parede de vidro, via-se o centro da cidade desde a Torre del Oro até a praça de touros. Pelo meio, a emergir dos telhados, a torre da catedral. Em baixo, as águas paradas. Confirmei a reserva e sentei-me na recepção, sem saber, de fato, de quem é que eu estava à espera. Com que objetivo. Quais as condições, o preço, o nível de risco. Havia pouco a perder. Nunca mais do que aquilo que eu já tinha perdido. Conhecia-lhe os hábitos, poderia, com alguma confiança, antecipar o movimento seguinte. Mas apenas até o momento em que ela se sentasse diante de mim. Levantei-me e parei junto da porta exterior. Voltei para trás. Um espaço amplo, pouco iluminado. Ouvia-se o ruído da sala. Conversas a meia-voz, os talheres contra a porcelana, a fricção da roupa contra a minha pele. Havia pouco que eu pudesse fazer. Ameaçar ficar, ameaçar ir embora e levar as crianças. Ameaçar segui-la. Em qualquer dos casos falharia o objetivo. Voltei para o sofá, virado para a rua. Pedir-lhe que ficasse comigo. Com ou sem as crianças. Que ficasse comigo, qualquer que fosse o critério, a haver um critério. A nossa carne, o nosso sangue, os nossos filhos.

Passavam mais de vinte minutos das três da tarde quando ela chegou. Tinha um ar seguro. Esperei que se aproximasse. Baixou os olhos quando me viu, levantou-os e dirigiu-se para mim. Parou a menos de dois metros. Trazia um vestido claro que descia em folhos até os joelhos. No peito, um laço apertado abaixo dos seios. Nas costas, o tecido solto, com a arrogância de gesto apenas possível nos produtos suficientemente caros. Havia nela um cuidado excessivo, o perfume, a maquilhagem, os sapatos. Quer o tivesse feito por mim, por si ou por simples afirmação de força, resultava deslocado. Era uma encenação inútil. Eu estava disposto a aceitá-la por muito menos. Segui-a até a sala. Viesse para impor ou para negociar, para perguntar ou para responder, permanecia entre nós aquilo que ela talvez quisesse ter ultrapassado. A mesma luz cega, a fome, a falta, tudo à espera de a qualquer momento emergir da sombra, violento e sem reservas. Sorriu para o empregado e constatou que estava atrasada. Pediu que aproximassem as duas cadeiras e sentou-se de costas para a cidade.

Tirou o telefone da carteira, tornou a guardá-lo. Voltou-se para a sala, fixando as pessoas. Precisava de saber se conhecia alguém, se alguém a conhecia. Primeiro as mesas mais próximas, depois as mais distantes. Apenas por precaução. Um gesto de mulher casada. Olhou mais atentamente para uma das mesas, mas desinteressou-se. Pegou outra vez no telefone e confirmou as horas. Disse que teríamos tempo. Inclinou-se para mim. Teria de regressar a casa ao fim da tarde, continuou. Córdova. Bastava-lhe uma hora. Nem precisaria de mudar de roupa. Fiquei a ouvi-la. Havia na sua voz o tom de superficialidade que poderia adotar numa festa diante de desconhecidos. Talvez desejasse que o fôssemos. Sem compromissos, no mínimo. Era a primeira vez que estávamos sozinhos nos últimos quatro anos, por isso preferira um lugar público. Aquele restaurante era quase uma montra, demasiado exposto para permitir qualquer intimidade. Teríamos tempo, ali ou noutro lugar, por agora bastava-me que ela ali estivesse. Prosseguiu, com uma futilidade que ela própria saberia ser forçada. Debruçou-se sobre a mesa e corrigiu o alinhamento dos copos. Recuou meio centímetro o da água, centrou o do vinho branco, avançou o do tinto, prolongando uma linha oblíqua que partia da sua mão direita. Estendeu o braço e corrigiu os meus. Em seguida os talheres.

"Há coisas com as quais vale a pena ser exigente", disse. Riu-se e endireitou-se na cadeira. Compôs o cabelo. Escolheu a comida e esperou que eu indicasse o vinho, enquanto contava, quase a despropósito, que tinha comprado o vestido no sul da França no mês anterior. Continuei calado. Desejava mostrar-me que teria mudado mais do que aquilo que eu poderia supor ou do que ela própria poderia ter antecipado. Aquela seria agora a sua vida. Com a atenção fácil dos homens e a simpatia das mulheres, entre viagens a Madrid, Londres ou Paris, dias de praia no Mediterrâneo e invernos na neve. Longe de mim e das crianças. Quatro anos antes, eu vira-a começar a transformar-se naquilo que agora pretendia ser. Segura de si mesma, satisfeita com isso, medindo o mundo a partir da sua vontade. Em paz com o corpo e com a moral. Sem ilusões. Era deliberado, o casamento fora apenas a consequência de uma opção anterior. Sabia o que queria e o que lhe era permitido que quisesse, obtê-lo-ia mesmo que para tal tivesse de rejeitar parte da sua própria vida. Talvez fosse esse o preço do resgate. Acumular primeiro a culpa suficiente, em seguida desfazer-se dela, usando-a para se projetar para o lado de lá.

Calou-se enquanto serviam o primeiro prato. Olhou para a comida, desatenta. Pegou no copo de vinho, sem comentar que o meu permanecia vazio. Esperei que começasse a comer e perguntei pelas crianças. Apenas isso. Onde é que tinham ficado. Pousou os talheres com uma expressão de enfado e respondeu que estavam em casa. Tinham almoçado, deixara Laura pronta para a sesta. Ficara com o irmão. Eu saberia que ela despedira a empregada,

"Estão melhor sozinhos do que com ela e o filho."

Viria uma ama na semana seguinte. Procurara numa agência, tinham-lhe indicado três. Contratara uma delas no dia anterior. Ficaria a dormir no apartamento. Falara com ela, pedira referências, havia garantias. Queria evitar os erros que cometera com esta. Tinha fechado os olhos enquanto pudera, mas era um caso perdido. Ela era simplesmente destituída. Sobrava-lhe em mamas o que lhe faltava em inteligência. Completamente incapaz. Nem das mamas sabia servir-se. Às vezes tentava, mas era inútil. Apontou para mim,

"Tu conhece-la. Tão oferecida que ninguém a quer."

Continuou a falar da empregada, num tom que pretendia superficial, mas que era quase grosseiro e que comprometia aquilo que dizia.

"Durante muito tempo tive pena dela, depois compreendi que é apenas uma encenação. O desleixo, o descuido, o silêncio, o sofrimento. É uma desculpa fácil para a ignorância. Supõe que pode manipular os outros fazendo-se de vítima. Precisa sempre de um agressor, até o filho lhe serve. Encontra sempre alguém. Em casa ou na rua."

Parecia empenhada em afastar quaisquer devaneios que eu pudesse ter relativamente à mulher. Nenhuns. O que ela dizia poderia ser verdade, mas a isso faltava pelo menos outro tanto. Escolhia uma perspectiva, era consequente com ela. Mas somente isso. Deixei-a falar. Acerca da mulher eu já sabia o suficiente. Pegou no copo de vinho. Conservou-o na boca até o ter quase vazio.

"Nunca tive ilusões."

Tinha sido sua advogada, uma pequena parte do que sabia dela deveria ter bastado para a recusar como ama. Dera-lhe uma oportunidade, mas há muito que ela a desperdiçara. E afinal talvez nem fosse assim tão estúpida, apenas disfuncional.

"Ela sabe o que faz. Promete sempre mais do que o que tem para dar."

Prosseguiu ainda durante alguns minutos, com uma versão azeda daquilo que a mulher me havia contado. Uma história sem nada de comovente. Apenas ridículo e estupidez. Inépcia. O tom foi-se tornando mais acre, como se tentasse de uma vez por todas desfazer-se da mulher.

"Promíscua como poucas."

Acrescentou que nem valia a pena falar do resto. Fixou-me por um momento e perguntou se eu queria que me contasse como a tinha conhecido. Disse-lhe que se calasse. Esboçou uma resposta, mas suspendeu o que ia a dizer. Desviou os olhos, num gesto de desdém. Ficava-lhe mal aquela expressão de mulher despeitada. Perguntei-lhe se falara com o filho dela. Interrompeu-me. Recusava-se a responder. Baixou a cabeça e engoliu em seco. Pediu desculpa. Ficamos calados. Estávamos lado a lado, demasiado próximos para medir a distância, mas distantes o suficiente para permitir a dúvida. Nenhum de nós capaz de se colocar no lugar do outro. Conservou-se imóvel, observando alguma coisa ao fundo da sala. Tinha os lábios contraídos. Um princípio de rugas em redor dos olhos. Largou os talheres e afastou o cabelo. Levou a mão ao rosto, pousou-a sobre a mesa. Uma mão pequena, de unhas aparadas com verniz transparente. Procurei-lhe os olhos. Eu poderia perguntar-lhe, sem esperar resposta, se um erro consciente e consentido se pode prolongar o suficiente para se tornar parte daquilo que somos. Se isso que somos é consequência da decisão e da vontade ou o resultado de uma repetida e irreparável soma de hesitações. Eu poderia perguntar, mas sabia a resposta. Pelo menos a sua. Avancei a minha mão, tateando a toalha até lhe encontrar a ponta dos dedos. Recuou o cotovelo, mas manteve a mão sobre a mesa. Cobri-a com a minha. Era um volume reconhecível. Mais dura ao tato do que ao olhar, com as falanges curtas e descarnadas, os tendões contraídos, a pele macia. O polegar, o indicador, o anelar, empurrei mais a mão, penetrando como o meu dedo a reentrância entre o anelar e o médio. Depois forcei-lhe os dedos, à procura do espaço entre a toalha e a palma da mão. Um côncavo úmido e delicado.

"Por favor."

Retirou a mão devagar e endireitou-se na cadeira. Bebeu de um gole todo o vinho que restava no copo. Tinha os mamilos duros por debaixo do vestido. Pegou nos talheres, mas tornou a pousá-los sem chegar a comer. Atrás de si, soprando de sul, o vento impelia para montante as águas superficiais, como se, tendo invertido o sentido da marcha, o rio produzisse agora, alheio aos movimentos profundos que tarde ou cedo o conduziriam ao mar, o duplicado de um momento anterior. Baixou mais os olhos. Recuou a cadeira e continuou a comer. Um ar distraído, a atenção dispersa pela sala. À nossa volta, o som dos passos sobre o mármore, as vozes entrecortadas das conversas nas outras mesas. Almoços de negócios, casais de turistas de meia-idade, gente discreta. Aqui ou além, o timbre mais agudo de uma gargalhada. O empregado veio, levantou os pratos, trocou os talheres, trouxe o segundo prato, serviu-lhe o vinho. Regressou depois, levantou o segundo prato, trouxe a sobremesa. A sala começava a ficar vazia. Permanecíamos calados. Um silêncio desagradável a princípio, depois apenas lúcido. O tempo necessário para repor as coisas uns milímetros mais próximas dos termos em que poderiam ser manipuladas. Uma mudança de escala capaz de converter a questão na língua ou na unidade de medida da resposta, ainda sem que esta estivesse assegurada. Nada que coubesse no campo armadilhado de dúvidas e de ressentimentos. Tratar-se-ia apenas de perguntar o que é que nós entretanto tínhamos aprendido. Um com o outro, um contra o outro, sem sabermos se com a consciência, se com o corpo, mas sentindo que desde o princípio parecera ser este o único verdadeiro vínculo. Inclinei-me e estendi a mão para o seu braço, o ombro, os lábios, o peito. Afastou-me.

 A mesa estava limpa, conservando apenas os copos, uma garrafa de água, a garrafa de vinho no balde de gelo. Os guardanapos outra vez pousados sobre a toalha. Ela estava à espera de alguma coisa. Que eu pedisse, que eu protestasse. Precisava, no mínimo, de um pretexto para me poder desmentir. Para poder recusar. Mas mesmo nisto haveria pouco a dizer. Parecia ter passado o momento em que seria possível perguntar ou responder. Restaria pedir e ir embora, conservando aberta aquela sugestão de intimidade. Nada do que se perdera seria recuperável, tal como nada do que acontecera poderia ser apagado. Fosse isso condição ou consequência. Conservei-me calado. Há mais de uma hora que estávamos ali, há quase vinte minutos que tínhamos pronunciado a última palavra. Pouco depois, o telefone dela recomeçou a chamar. Durante aquele tempo já havia tocado duas vezes. Recusara a chamada. Agora, olhou para mim, tirou-o da carteira e atendeu. Uma voz neutra mas íntima e um movimento de recuo sobre a cadeira. Falava com um castelhano quase irrepreensível. Disse que se tinha atrasado. Iria sair. Chegaria depois das seis. Despediu-se com um murmúrio e desligou. Pousou a carteira sobre os joelhos. Olhou para mim. Pior do que pedir o impossível é impor o provável sob a forma de súplica. Desviou os olhos e repetiu que estava atrasada,

"Tenho de ir."

Deveria estar em casa antes das sete. Havia um jantar. Poderia faltar a tudo menos a isso. Era o mínimo que o marido lhe poderia exigir. Impusera-a à família e à comunidade, devia-lho em troca. Aliás, ela própria precisava de lá estar. Talvez fosse essa a única garantia de que tinha uma vida para além daquilo. Esboçou um gesto na direção da cidade atrás de si. Mas mesmo em Córdova continuava a sentir-se estrangeira. Infiel.

"Sinto-me uma intrusa", disse. Era uma opção consciente. Se tinha prescindido de separar dever e vontade, podia pelo menos assumi-lo. O dever. Aceitava as imposições exteriores.

"Ele é religioso", perguntei. Hesitou antes de responder. Estendeu a mão para o copo, apertou-o entre os dedos. Abanou a cabeça,

"Casou comigo."

Mais do que cristã pelo batismo, pagã, herege, infiel à sua própria fé. Levou o copo à boca, mas reparou que estava vazio. Estendeu-mo para que eu lho tornasse a encher. Disse que seria impróprio que eu o acusasse. Nada do que tinha acontecido era culpa sua. Nem sequer o fato de ela ter deixado as crianças.

"Fui eu que me recusei a levá-las. Ele tê-las-ia aceite como suas. É estéril. Disse-mo da segunda vez que nos encontramos. Eu estava grávida da Laura. Terá sido isso que viu em mim, a barriga de seis meses."

Apesar disso, tinha sido por ele que ela deixara os filhos em Sevilha. Por ele ou a pretexto dele. Queria simplesmente ir-se embora dali. Ficou a olhar para os dedos, rodando a aliança no anelar esquerdo. Tirou-a e mostrou-ma na palma da mão.

"Queres saber por quê. Precisamente por ele. Estrangeiro, estéril, judeu. O contrário do que tu és."

Desviou os olhos e tornou a pôr a aliança. Tinha mostrado mais do que pretendera. Uma coisa perversa como um critério incompatível com o seu objeto. Pegou na carteira e viu as horas. Permaneceu sentada. Disse-me que seria inútil que eu ali continuasse. Viria uma ama. No princípio de Agosto ela própria iria com eles para a praia. Seria um bom momento para eu me ir embora. Depois começaria a escola. Quanto mais depressa me fosse embora, melhor. Calou-se, à espera de uma reação, mas era duvidoso que ela mesma acreditasse no que dizia. Encolheu os ombros e pediu-me que passasse pelo apartamento. Eles estavam à minha espera. Dissera-lhes que jantariam comigo. Concordei. Esperei uns segundos e apontei para o telefone,

"O que é que ele sabe acerca deles."

Olhou-me de frente enquanto, quase sem desviar os olhos, guardava o telefone na carteira.

"Tudo."

Uma resposta rápida. Faltava saber qual a abrangência daquele tudo. O que é que ele excluía ou o que é que ele deturpava para que as partes pudessem ser compatíveis. O que é que significava saber. Aproximei a cadeira e debrucei-me sobre a mesa,

"Deixa-me levá-los. Diz-me o que é que queres em troca, mas deixa-me levá-los."

Esfregou os olhos com a mão direita, enquanto contraía os lábios numa expressão de dúvida. Talvez já tivesse desistido de acreditar no que me iria dizer.

"Só me ocorre pedir aquilo que já tenho. Nem sequer é muito."

Fixou-me. Muito ou pouco, era mais do que eu lhe poderia oferecer. Olhou para a sala à sua frente e ficou calada. Insisti.

"Deixa-me levá-los."

"Não. Não sei se não posso, se não quero, mas não os quero contigo."

Era uma forma de vontade. Mas aquilo que ela rejeitava só em parte cobria o que eu lhe pedira. Ela sabia-o. Pousou a carteira nos joelhos e esperou que o empregado se aproximasse. Pedi a conta. Ela seguiu-o com os olhos. Viu outra vez as horas. A sala estava agora completamente vazia, com as cadeiras arrumadas e as mesas já prontas para o jantar. Ao fundo, os empregados esperavam apenas que saíssemos.

"O que é que vais fazer."

Talvez fosse esse o único motivo por que ela ali estava. Perguntei-lhe o que é que queria que eu lhe dissesse.

"O que é que vais fazer. Agora. No próximo mês. No próximo ano."

Uma pergunta clara. O que faria eu de mim. Sem ela, sem as crianças, sem verdadeiramente nada a que pudesse chamar vida.

"O que é que queres que eu faça."

"Quero que te vás embora. Tens a casa, as terras. Há de haver mulheres."

Ela precisava pelo menos de outros quatro anos. O tempo de ver as crianças crescerem, confiando na sua própria capacidade de esquecer. Um processo simples de substituição, em que cada acontecimento fazia pressão sobre os anteriores, submergindo-os sob camadas de memória. E depois outros quatro anos, à espera de um dia me ver aparecer acompanhado de outra mulher, com outras crianças. Fiquei calado a ouvi-la, enquanto quase o conseguia imaginar, com a falta de congruência que por vezes a vida demonstra, numa subtração cuja única regra é a da redução a zero. Mas nunca eu.

"Fica comigo. Uma noite. Depois eu vou-me embora."

Recuou na cadeira e apoiou as mãos sobre a mesa como se se preparasse para sair. Conservou-se sentada.

"Não respondo", disse. Virou-se para trás. Com a luz mais oblíqua, a massa dos telhados do outro lado do rio ganhava uma profundidade de claro-escuro. Em baixo, no meio do canal, o mesmo homem avançava com braçadas imprecisas que pareciam confiar mais no movimento das águas do que na mobilidade do seu próprio corpo. Um depois do outro, cada braço erguido o suficiente para permitir que sob si a água se dirigisse para montante. Uma persistência animal. Uma obrigação que ele próprio se impunha. De uma ponte à outra. De onde ninguém estava até onde talvez ninguém o esperasse. Ela seguiu-o durante uns segundos, sem comentar. Voltou as costas ao rio e baixou os olhos. Vi-o desaparecer por detrás dela, para emergir, depois, do seu lado esquerdo, e prosseguir, imóvel, braçada após braçada. Ela permaneceu quieta, de perfil, o cabelo caído pelos ombros, o pescoço comprido, o peito apertado pelo tecido. Os braços nus, as mãos cuidadas. Eu conhecia-lhe o corpo. Era apenas parte do problema. Conhecia-lhe a dor, a alegria, o desejo. Parecia possível sair dali com ela para um quarto de hotel. Apenas uma vez, mais uma vez, outra vez a primeira, esperando que o tempo a tivesse transformado o suficiente para parecer a mesma. Com a mesma timidez, a mesma confiança.

"Lisa."

Continuou calada. Era uma resposta. Nenhum de nós sabia se valeria a pena insistir. Na proposta ou na recusa. Nunca nenhum de nós soubera quais os termos em que aceitar ou recusar poderia constituir uma forma de escolha, espaço da vontade e do desejo, ou a resposta passiva a uma obrigação, medo ou ameaça. Continuávamos sem saber. Poderíamos indicar o ponto de partida, gradual mas identificável no tempo e no espaço, poderíamos em cada momento reconhecer o ponto de chegada, mas nenhum de nós saberia dizer quando é que aquilo se tinha transformado num conflito. O que é que, aquém ou além de qualquer sentimento, se tinha transformado numa forma de poder, numa agressão imposta pelo corpo contra a consciência, ou pelo coração contra a própria vida, corrompendo os anos e as expectativas. Havia poucas memórias felizes. Corrompendo-as, as discussões permanentes que acabavam na cama sem que eu lhe perguntasse se era consentido. Ao fim

de alguns meses, e com ela grávida, a violência parecia ser o único contato possível. A forma mais visível de ocupação do espaço. Reduzidos à pele, exteriores àquilo que, de olhos nos olhos, nenhum de nós saberia aceitar, a agressão constituía uma espécie de resposta. De um para o outro, e de ambos para si mesmos, agente e vítima envolvidos numa conivência que se media pela intensidade da raiva e da dor, segundo uma violência onde seria difícil distinguir o desejo da repulsa, o agredido do agressor. No dia seguinte, outra vez o silêncio, ainda que mais amável, com um resto de confiança. Isto na gravidez do rapaz. Eu tinha ido embora quando faltavam três meses para o bebê nascer. Fizera-o por ambos. Por ela e pela criança. Regressara a tempo do parto. Ficara alguns meses e tornara a partir. Depois, três anos mais tarde, quando eu a tinha procurado, parecíamos mais calmos. Ela estava quase feliz por me voltar a ver, orgulhosa de me mostrar a criança, já crescida. Um rapazinho sério que me aceitou sem fazer perguntas. O cabelo castanho, os olhos grandes e quase conscientes de alguma coisa que, de fato, lhe escapava. Durara menos de um ano. O tempo de recuperar tudo quanto aqueles três anos haviam deixado em suspenso. Recuperá-lo no mesmo lugar, com a mesma mistura de desejo e de aversão. A mesma violência, quotidiana e premeditada. Agora com um espectador retraído e balbuciante, imóvel perante um homem a quem, segundo o sangue, devia chamar pai, e a quem cada vez mais apenas o ligava o medo. Por fim fora ela que me expulsara. Estava grávida de seis meses. Uma gravidez que, como antes, nenhum de nós se preocupara verdadeiramente em evitar. Eu vira-lhe os enjoos, os seios mais pesados, os mamilos escurecidos, sentira-lhe o ventre a endurecer, sem que entre nós tivesse havido uma única palavra, nem sequer de constatação. Depois dos cincos meses, ela começara a comprar roupa para o bebê. Uma menina. Tornou-se ainda mais agressiva. Na cama, adormecia a chorar. Na manhã seguinte, nunca me era claro que a noite anterior tivesse sido consentida. Ela acabara por me ameaçar com a polícia.
"Lisa."
"É inútil."
Levantou-se e dirigiu-se para o quarto de banho. No rio, o homem já quase não nadava, limitando-se, a espaços, a agitar os braços de um modo maquinal. Estava mais a jusante do que quando eu o vira pela primeira vez. Chamei o empregado, paguei. Fiquei à espera dela. Quando voltou, eu continuava no mesmo lugar. Disse-lhe que esperasse. Olhou para a porta, hesitou, sentou-se na borda da cadeira. Debruçou-se sobre

a mesa. Olhou-me de frente. Uma expressão dura e desiludida, como se se acusasse daquilo que me exigia,

"Quero que te vás embora."

"Não vou sem ti."

Ficou imóvel durante uns segundos, depois levantou-se e encaminhou-se para a saída. Aquilo era mais do que estava disposta a admitir. Acompanhei-a até o carro. Tinha parado o vento. Ela evitava olhar na minha direção. Mantinha entre nós um metro de distância. Já era novamente a mulher segura de duas horas antes. Entrou no carro e esperou que eu me afastasse o suficiente para poder fechar a porta. Desceu o vidro. Acendeu um cigarro,

"Estou tão ou tão pouco arrependida quanto tu. Mas agora acabou. Hás de ter alguma coisa parecida com uma vida. Eu tenho."

Fechou o vidro, ligou o motor e arrancou sem voltar a olhar para mim.

Tudo o resto fazia parte do contrato. Há muito que deixara de ser opcional. Qualquer que fosse a forma que assumisse, estava apenas em causa o como e o quando. O que é que nos faltava para sermos quem éramos, o que é que estava a mais. Esperar talvez que o próximo problema pudesse suscitar a sua própria resposta, equívoca como confessar que se está a mentir, que se continua a mentir. Mas nenhum de nós estava.

Estacionei em frente do prédio. Faltavam dez minutos para as sete da tarde. Eu demorara-me na rua, passara pelo hotel. Era quase hora de os levar a jantar. Teria preferido não ter de os ver, hesitei, mas acabei por subir. Ouvia-se o som da televisão. A porta do apartamento estava entreaberta. Fechei-a, chamei o rapaz. Ninguém respondeu. A sala tinha as persianas corridas e o ar condicionado no máximo. Espreitei para a cozinha, desliguei a televisão, chamei outra vez e avancei para o corredor, já irritado. Quase tropecei nela, caída por detrás do sofá. Baixei-me devagar. Apoiei um joelho no chão. A criança esvaía-se. Segurei-lhe a cabeça, abanei-a e colei o meu rosto ao seu peito. Respirava devagar. Chamei-a em voz baixa e tornei a abaná-la. Permaneceu imóvel, de olhos fechados, nua, o corpo frio. Uma poça de sangue sobre o soalho. Tirei uma almofada do sofá e coloquei-lha sob a cabeça. Corri pelo apartamento. Os quartos, o quarto de banho, a cozinha, o terraço. Estava vazio. Debrucei-me para o pátio. Ninguém. Voltei para a sala. Agarrei-lhe as pernas, passei a mão por debaixo do tronco e levantei-a. Não tinha peso. Apertei-a contra mim e dirigi-me para o elevador. Cheirava a urina, a sangue e a lágrimas. Tinha os lábios inchados, os mamilos mordidos. Um hematoma na nuca. Um fio de sangue por entre as pernas. O elevador demorava menos de trinta segundos desde o quarto andar até o térreo, naquele momento esses segundos pareceram-me intermináveis. Deitei-a no banco de trás, cobri-a com o meu casaco e telefonei para as emergências. Indicaram-me o Virgen de la Macarena. Demorei seis minutos. Entreguei-a no hospital já sem a certeza de que ainda respirasse. Fiquei a olhar para a porta, quieto e tenso como se o meu corpo se tivesse transferido para uma consciência espasmódica que latejasse contra a madeira. Ao mesmo tempo contra o presente, o passado e o momento seguinte. Atrás de mim, alguém me perguntou se eu estava ferido. Respondi que não. Tinha as mãos úmidas, os braços e a camisa manchados de sangue. O rosto. Indicaram-me o quarto de banho. Não me mexi. Levei a mão ao bolso, tateando o telefone. Era quase a única coisa que eu poderia fazer. Dizer, contar, pedir-lhe que não me deixasse sozinho. Não cheguei a pegar-lhe. Declararam a morte vinte minutos depois da entrada no hospital.

    Lá fora, o carro continuava mal estacionado, a porta entreaberta e o banco sujo. Sentei-me, liguei-o e avancei meia dúzia de metros. Deixei-o em cima do passeio com o motor a trabalhar. Permaneci ali até à chegada da polícia. O sol batia-me de frente. Baixei os vidros. Sentia-me calmo. Lúcido como a constatação de um fato consumado. Faltava-me ligar-lhe. Só atendeu à terceira tentativa. Protestou, impaciente. Já tínhamos dito tudo o que havia a dizer. Eu não tinha o direito. Esperei que se calasse e disse-lhe que estava à porta do hospital. Demorou a reagir.

    "Quem", murmurou. Em seguida, repetiu o nome que eu lhe dissera como se o traduzisse para uma língua estrangeira e perguntou por quê.

    "Os rapazes."

Acrescentei que estava morta. Indiquei-lhe o hospital e desliguei. Ligou-me dois minutos depois. Deixei o telefone tocar até que ela desistisse. Eram oito menos cinco. Tentei telefonar à empregada. Ninguém atendeu. A polícia demorou mais quinze minutos. Estacionaram à minha frente, como pretendessem impedir-me de fugir. Esperei que se aproximassem e saí do carro. Pediram-me que os acompanhasse. Paramos à entrada das urgências. Conferiram a minha identidade e conduziram-me a uma sala vazia no interior do hospital. Uma mesa, quatro cadeiras, uma maca encostada a um canto. Pediram-me o número de telefone da mãe da criança e entregaram-no a um terceiro polícia, uma mulher entretanto chegada, que se afastou com o papel. Sentaram-se do outro lado da mesa, com uma expressão grave. Não sabiam se me lamentar ou se me acusar. Eu tinha pouco para contar, mas talvez fosse difícil que acreditassem. O parentesco dúbio, os erros de castelhano, o sangue que me empapava a camisa. A frieza do relato. Insistiram, fazendo-me repeti-lo. Fiquei calado quando me perguntaram se eu tinha alguma suspeita. Acabei por indicar Amir. Amir e, após uma pausa, o próprio irmão. Tinha desaparecido. Pediram-me o nome completo de ambos, fotografias, que eu não tinha, e deixaram-me sozinho. Regressaram os três. Disseram-me que os seguisse. Avançamos até o carro da polícia. Fizeram-me sentar no banco de trás. Ninguém admitia que me acusavam, mas mantinham-se reservados. Conduzi-os até o apartamento. Continuava vazio. As persianas descidas e o ar condicionado ligado. Havia poucos sinais de violência. O sangue no meio do corredor, a roupa espalhada pelo chão do quarto. A cama desfeita. O cheiro a urina junto do sofá.

Passei parte da noite na esquadra da polícia. Comunicaram o desaparecimento do rapaz, enviaram alguém a casa da empregada. Não havia aí ninguém. Lá dentro, disseram-mo depois, as luzes permaneciam apagadas. Hesitavam. Queriam prevenir uma possível fuga. Quando eu insisti que precisava de mudar de roupa, um polícia acompanhou-me ao hotel. Esperou à porta do quarto e conduziu-me de volta à Comisaría. Deixaram-me sozinho numa sala anexa à recepção. Anoitecia. Na avenida, para lá das grades das janelas, os carros já circulavam com as luzes ligadas. Permaneci de pé junto da janela, tentando refazer o que tinha acontecido e repetindo, em voz baixa, a meia dúzia de frases, sempre as mesmas, com as quais eu o havia contado aos polícias. Tinham-me retirado o telefone. A única coisa que eu poderia fazer era ficar à espera, sem saber exatamente de quê. Que encontrassem os rapazes, que trouxessem Amir, a cabeça baixa, algemado e as mãos ainda manchadas de sangue. Que trouxessem o irmão, com os olhos cegos de tanta vergonha. Que trouxessem Lisa, a empregada. Que trouxessem Laura, para, pelas suas próprias palavras, explicar o que acontecera. E se não com as palavras, com o corpo, a boca, os olhos de evidência e de compreensão.

Lisa chegou pouco antes da meia-noite. Vinha com o marido. Era a segunda vez que eu o via. A primeira, depois de casados. Aproximei-me da porta. Ele cumprimentou-me, quase demasiado reservado para me ver. Estava ali para proteger a mulher. Para a proteger de mim, em primeiro lugar. Lisa evitou olhar na minha direção. Passaram à minha frente e seguiram para um gabinete ao fundo do corredor. Vinte minutos depois, alguém me veio chamar. Sentei-me ao seu lado, diante da secretária do comissário. Ela tinha mudado de roupa, vestia agora uma blusa e uma saia cinzentas. Tinha as pálpebras secas. Fixou-me com estupefação, sem saber o que sentir ou em quem confiar. Tinha estado no hospital. Disse-me depois que mesmo diante do corpo tivera dificuldade em acreditar. Não acusava ninguém, mas nada do que ela dissera à polícia afastara as suspeitas que pudessem alimentar acerca de mim. Ela própria tinha dúvidas. Disse que estivera a almoçar comigo, mas que me deixara pouco depois das cinco. Permaneci calado. No caos que irrompera no meio da tarde, aquilo era a única coisa que de fato me feria, quase a única coisa que eu conseguia sentir. Saber que ela achava possível que por impulso ou por premeditação, por represália ou por ressentimento, eu lhe tivesse violado a filha. Violado, agredido, esmagando-lhe o crânio e transportando para o hospital um corpo quase morto. Sentir-se-ia cúmplice, por ato ou omissão. Culpada simplesmente por me ter aceitado na sua cama, há muitos anos e para sempre. O marido chamou-a em voz baixa. Ela inclinou-se na sua direção e abanou a cabeça. Primeiro uma vez, numa reação imediata, a seguir novamente, segundos depois, de um modo claro e consciente. Olhou para o polícia e depois para mim, sem esclarecer o objeto da negação. Ficamos calados. O polícia saiu, voltou, tornou a sair. Esperei que ela olhasse para mim e disse-lhe que era inútil preocupar-se comigo. Não tinha sido eu,

"Só espero que o marroquino o tenha feito sozinho."

Ela desviou os olhos e continuou calada, como se não tivesse ouvido ou eu tivesse falado para outra pessoa. Talvez não estivesse preocupada comigo. Quando o polícia regressou, o marido dela perguntou-lhe o que é que sabiam dos rapazes. Continuavam desaparecidos. Ninguém no apartamento, ninguém em casa da empregada. Perto da uma da manhã, chegou aquele que parecia ser um superior hierárquico e disse que poderíamos ir embora. Mais tarde seríamos chamados a depor. As patrulhas estavam avisadas, seríamos informados se algum dos rapazes aparecesse. Um de nós deveria esperar em casa. O corpo seria autopsiado no dia seguinte. Alguém teria de tratar do funeral. Calou-se e ficou à espera de que nos levantássemos. Ninguém o fez. Ela olhou para o polícia com um súbito e átono sentimento de pânico. Perguntou se poderia ficar ali à espera. Não tinha mais para onde ir, murmurou. Ele respondeu que sim. Conduziu-nos até uma sala anexa à recepção e disse que ficássemos ali o tempo que quiséssemos. Entramos os três. Primeiro ela, em seguida o marido. Ninguém se sentou. Ela aproximou-se da janela e ficou de costas, com a cabeça inclinada para o vidro. Ele manteve-se a seu lado sem lhe tocar ou falar. Sem um único gesto de intimidade. Olhou-me fixamente durante alguns segundos e desinteressou-se. Telefonou para um hotel, reservou um quarto, mas continuamos ali. Talvez não tivéssemos, de fato, mais para onde ir. Faltava quase tudo. Um lugar, uma história, uma explicação. Uma causa, um crime, alguém a quem culpar, uma urna aberta no meio da sala. Um corpo capaz de transformar a morte em algo mais do que uma abstração. Vinte minutos depois, ela voltou-se para mim e disse-me que lhe contasse o que é que eu vira. Precisava de saber. Tinha uma expressão calma. Sentou-se à minha frente e ouviu-me sem fazer perguntas. Baixou o rosto, levantou-se, voltou para a janela. Minutos mais tarde, disse ao marido que se queria ir embora. Antes de sair, pediu-me que ficasse no apartamento. Vi-os descer as escadas da Comisaría e dirigirem-se para o carro estacionado do outro lado da rua. Esperei que se afastassem e chamei um táxi. Disse-lhe que seguisse para o Virgen de la Macarena. Deixou-me nas urgências. Contornei o edifício até a entrada da morgue. Lá dentro, o corpo da criança. Fiquei alguns minutos a olhar para a porta fechada. Depois, procurei o carro. Continuava no mesmo lugar. No banco de trás, uma mancha de sangue seco.

A polícia encontrou o rapaz às três da manhã, a vaguear descalço pelas vias rápidas da zona portuária. Na mão, apertada contra o peito, segurava ainda a tesoura ensanguentada. Não tentou fugir. Não ofereceu resistência. Não disse nada. Amir, soubemo-lo depois, atravessou o estreito nessa mesma noite e desapareceu algures nas montanhas do Atlas.

VIII

Não me disse como é que começou. Em que momento é que aquilo lhe escapou do controlo, transformando-se numa prova de força. Pelo que foi possível reconstituir a partir do inquérito judicial e do relatório de autópsia, não havia vestígios de violência anterior. Não fora a primeira vez, mas no início seria apenas curiosidade. Despir-lhe a roupa, olhar, experimentar, tatear a promessa de anatomia feminina. A boca, o peito duro, o ventre, as pernas magras. Depois, já não um jogo, mas uma forma de poder, a tentativa de afirmar, diante do outro ou diante de si mesmo, a força sem critério que a violência garante. O rapaz contou-o à polícia uma semana mais tarde, quando, denunciado pela própria mãe, já era clara a implicação de Amir. Só então aceitara contar. Um relato breve em que não pretendia desculpabilizar-se nem incriminar o outro, apenas repor os fatos. Estava cansado de perguntas, não tinha nada a esconder. Assumiria a culpa. Durante cinco dias recusara-se a falar. Não quis ver a mãe, não me quis ver. Quase não comia, começava a chorar se alguém se lhe dirigia. Nunca perguntou pela irmã. Depois, quando acedeu a falar, respondia a tudo com uma frase seca,

"*Fui eu*", em castelhano. Sem lágrimas nem comoção visível. Disse que queria ver a empregada. Conduziram-na ao hospital, deixaram que ficassem meia hora a sós. No dia seguinte, pediu para falar com o responsável pelo inquérito.

Ela tentava fugir. Fechava-se no quarto quando o via chegar, chorava, apelava para o irmão. A princípio Amir era quase delicado. Chamava-lhe bebê, boneca, brincava com ela, deitava-se a seu lado, fingindo-se adormecido. Depois dizia-lhe que se despisse. Despia-a ele mesmo, como parte de um jogo cuja única regra era a obediência. Ela queria obedecer, mas fugia assim que se via despida. Gritava. Ele permitia que ela fugisse, a resistência fazia parte das regras. Seguia-a até a sala e esperava que o irmão chegasse. Precisava de um espectador. De cada uma das vezes ia um pouco mais longe. Depressa passou da pele para as cavidades interiores. Avançava os dedos, a boca, a língua, separava-lhe as pernas, pressionava-lhe os orifícios. Naquela tarde foi até o fim. Talvez fosse a sua última oportunidade. Confirmou que o rapaz os estava a observar e despiu-se. Em cima da cama, a menina continuava a chorar. Tinha-se tapado com o lençol. Não era a primeira vez que o via despido, mas algo nele lhe terá avivado o medo. Saltou da cama quando o viu aproximar-se e correu para a sala. Amir apanhou-a já com a porta da rua entreaberta. Fechou-a com um pontapé e empurrou a criança para o sofá. Gritou-lhe que se calasse. Tapou-lhe a boca e forçou-lhe as pernas. Esperou que o rapaz assomasse ao corredor. Disse-lhe que visse. Mas não conseguia sequer uma ereção e, envergonhado, reagiu com violência. Seria culpa dela. Nem para puta servia. Mordeu-lhe a boca, o peito, as coxas, urinou-lhe entre as pernas. No meio do choro, era audível o nome do irmão. De cada vez que conseguia erguer a cabeça, ela olhava para ele. Este não se mexeu. Fechou os olhos, tornou a abri-los, tão incapaz de não ver como de se impedir de ouvir os gritos. Em algum momento Amir terá reparado na tesoura caída por entre as revistas. Baixou-se para a apanhar. Sentindo-se solta, ela tentou fugir. Saltou do sofá, avançou para o irmão e tentou esconder-se atrás dele. Ele continuou imóvel e ela correu na direção do quarto. Amir agarrou-a no corredor. Deitou-a no chão, segurou-a pelo pescoço e tapou-lhe a boca, para abafar os gritos, enquanto introduzia a tesoura e a sua mão se cobria de sangue. Quando ela o mordeu, ele agarrou-lhe a cabeça com ambas as mãos e bateu com ela contra o soalho.

"Ainda ouço os gritos",

disse, mais de um mês depois, na única vez que falou comigo acerca disso. Não disse em que momento é que ela acabou por se calar, inconsciente, com a cabeça fendida e o sangue a escorrer-lhe. Amir foi lavar as mãos, vestiu-se e saiu sem pressa, contornando o corpo no corredor. O rapaz permaneceu muito tempo no lugar onde estava, encostado à parede, a meio caminho entre o sofá e a irmã. Não disse em que momento é que pegou na tesoura que o outro abandonara e saiu descalço em direção ao rio. Quando eu a encontrei, ela estaria inconsciente há mais de duas horas.

Nenhum deles estava registrado como meu filho. De ambas as vezes, tinha havido alguém a quem a mãe pagara para lhes dar o nome. Homens de passagem. Um francês, no caso do rapaz. Um argentino de ascendência italiana, no caso da menina. Disse que não queria que ficassem com o peso de serem filhos de pai desconhecido. Estivera sempre fora de causa dar-lhes o meu nome. Tinha-os registrado no consulado, eram ambos de nacionalidade portuguesa, embora nenhum deles, um de nome francês, a outra de nome italiano, tivesse alguma vez saído de Espanha. Eu não protestara quanto à paternidade. Agora, a distância protegia-me. Num primeiro momento, eu ainda fizera parte de uma lista de suspeitos. Com a incriminação de Amir, a pressão da polícia e a atenção da imprensa tinham desaparecido. No hotel, ninguém me reconhecia.

A história estava em todos os jornais. O nome da criança, uma fotografia de dois anos antes, obtida talvez no infantário. A fachada do prédio. Amir, dado como desaparecido, sem nome nem rosto, com a proteção de identidade concedida aos menores. Havia fotografias de Lisa à saída do tribunal, o cabelo apanhado, vestido branco e óculos escuros. Tinha sido processada por negligência dolosa. O filho fora-lhe retirado. Regressara a Córdova. Havia fotografias da empregada, o rosto contraído, e um olhar agressivo de animal acossado. Ninguém a acusava, mas ninguém lhe perdoava. O rapaz estava internado na psiquiatria infantil do Virgen del Rocío. Seguiria dali para uma instituição de acolhimento de crianças em risco. Nos primeiros dias, ele não quisera ver ninguém, depois não me deixaram vê-lo. Continuou a recusar-se a falar com a mãe. Mais tarde disse-me que por vergonha. Não teria sido capaz de olhar para ela.

Só ao fim de cinco dias foi possível realizar o funeral. Um advogado do marido dela fora encarregado dos procedimentos legais. Contatara a agência funerária, responsabilizando-se por levantar o corpo na morgue do hospital e o acompanhar até o crematório. Faltavam dois minutos para as três da tarde quando o carro fúnebre parou diante das instalações. O motor permaneceu ligado. Estava apenas eu. Pouco depois chegou o advogado, seguido por outros dois carros. Estacionaram junto da entrada. Os dois últimos traziam jornalistas. Dois em cada viatura. O advogado saiu e dirigiu-se-lhes. Saíram do carro, aproximaram-se da sombra do edifício e ficaram a conversar durante algum tempo. O homem repetia um gesto de negação ou de recusa. Por fim afastou-se e procurou-me com os olhos. Caminhou na minha direção. Tinha me ligado no dia anterior a avisar da hora. Era um homem mais velho do que me parecera ao telefone. Desci o vidro. Ele confirmou a minha identidade e cumprimentou-me. Disse que o senhor Salomon estava um pouco atrasado, mas chegariam a tempo. Eu poderia entrar, se quisesse, ele iria fazer instalar a urna. Dirigiu-se para o carro fúnebre e falou como os funcionários da agência. Pouco depois, o carro avançou até o pórtico de entrada. Os dois homens saíram, abriram a porta traseira e retiraram um volume branco, ainda mais pequeno do que eu estava à espera. Seguraram um de cada lado e encaminharam-se para o interior do edifício. O advogado seguiu-os, voltando-se ainda para tentar entrepor-se entre as máquinas dos fotógrafos e a urna que desaparecia no edifício. A sala e a incineração haviam sido marcadas para as quinze horas. Entre as quinze e as dezasseis.

Desliguei o carro e saí. Fiquei dez minutos ao sol. Estavam quarenta graus, sufocava-se, mas eu não conseguia caminhar até a entrada. O crematório ficava nos arredores da cidade, na vertente de uma colina sobranceira à autoestrada de Madrid. Era um edifício novo e asséptico, rodeado de parques de estacionamento. Ao fundo, para lá das árvores recém-plantadas, via-se o perfil alongado das serras a norte do rio. Pelo meio, os campos queimados pelo calor. Atravessei o pórtico e parei alguns passos depois da porta. Comecei a estremecer. O ar estava gelado. Apertei os braços em redor do corpo e contraí os músculos, tentando impedir-me de tremer. Era inútil, as mãos moviam-se, os maxilares entrechocavam de forma convulsiva. Recuei até a porta e saí. Respirei devagar, voltado para o Sol. Quase perdi o equilíbrio. Uma mancha vermelha invadia-me as pálpebras, com um latejar febril. Desviei o rosto, tapei-o com as mãos. Mantinha-se o pulsar. Caminhei ao longo do estacionamento até recuperar o calor. Ao fim de alguns minutos comecei a transpirar. Fui ao carro e trouxe o casaco. Vesti-o antes de tornar a entrar. Despi-o depois. Estava menos frio do que me parecera da primeira vez. Esperei no átrio. Através dos vidros fumados, dir-se-ia que um crepúsculo precoce tinha descido sobre as colinas. Erva castanha, poeira, terra queimada. Pedra. Ninguém. Quando chegaram, o advogado atravessou o parque e dirigiu-se para o carro. Regressou a seguir, mas durante vários minutos ninguém saiu da viatura. Veio ela sozinha, por fim, rodeada pelos jornalistas. Dois fotógrafos, um operador de câmara, uma mulher com um microfone. Ignorou-os. Abriu a porta, fechou-a, avançou alguns passos. Cumprimentou-me com um sorriso triste, enquanto tirava os óculos de sol. Parecia mais magra, com a pele pálida e os olhos pisados. Esperou pelo empregado e perguntou-lhe onde era a sala. Ele indicou a porta da direita, do outro lado do átrio. Acompanhou-nos. Ela disse-lhe que esperasse ali fora. Demos alguns passos e ficamos imóveis diante da porta. Eu avancei primeiro.

Durante muito tempo foi a última coisa que eu vi antes de adormecer, a primeira depois de acordar. Ou um momento antes. Acordava com isso. De repente, ao abrir os olhos, já estava ali, estéril como um gesto já destituído de intenção. Parei à entrada da sala. A urna estava aberta. Eu não antecipara essa possibilidade. Ela tampouco, recuou dois passos e parou. Continuei. Ao fundo, iluminada pela luz indireta de uma janela de vidros opacos, a figura da criança parecia deslocada. Um fato, uma falta. Nem sequer uma ausência, no negativo de uma presença, mas um vazio. Como se nunca ninguém ali tivesse estado. Nem espaço nem gesto, nem tempo nem vontade. Aproximei-me, lamentando-lhe não tanto a morte, mas que dela restasse apenas aquilo, o corpo pequeno, as mãos sobrepostas, os lábios contraídos, a pele de cera. Um vestido claro que lhe cobria as pernas até os sapatos. Eu não lho conhecia. Uma roupa de festa. Nunca perguntei quem lha teria comprado, se a mãe, se o advogado, se alguém da agência funerária. Estava bonita. Por momentos tive pena de que o irmão não a pudesse ver. Que ela mesma não se pudesse ver. Quieta, o cabelo castanho a enquadrar-lhe o rosto, as mãos imóveis a emergir dos punhos de renda. Não eram visíveis quaisquer vestígios da autópsia. Nos lábios, algumas cicatrizes bem dissimuladas. Contornei o caixão. De mais perto, o rosto tinha uma expressão forçada. O espaço entre os olhos e a boca parecia distorcido por um trejeito de desdém ou de repulsa. Era algo tênue, uma deformação orgânica da carne que antecipava a decomposição, numa espécie de trânsito, imóvel, entre a inércia e a mobilidade.

À entrada, Lisa não se mexera, dois passos para o interior da sala, só o suficiente para deixar que a porta se fechasse nas suas costas. Quase não pestanejava. Respirava com dificuldade. Inspirava de um modo pesado, retinha a respiração até ser obrigada a expelir o ar e a inspirar num espasmo. Não chegou a chorar. Sentia apenas uma perturbação física, disse-mo mais tarde. Como se à sua volta as coisas começassem a tornar-se opacas, demasiado compactadas para que as pudesse distinguir. Podia definir-lhes a textura, os contornos, a espessura, a cor, mas não o nome ou o sentido, num espaço paralelo que se subtraía primeiro à percepção, depois à língua e à consciência. Uma barreira de realidade. Forçou-se a desviar o rosto e avançou alguns passos.

Ficamos um de cada lado da urna. Ela evitava olhar-me. Se levantasse os olhos, ter-me-ia à sua frente. Se os baixasse, a filha. Preferiu a filha. Debruçou-se sobre a criança e estendeu a mão. Retirou-a antes de lhe chegar a tocar. Conservou-a suspensa, entre o peito e a cabeça assente numa almofada branca. Inclinou-se mais. Tinha o rosto a menos de meio metro do da filha, os olhos colados aos olhos dela. Fechou-os, manteve-os fechados. Um minuto, dois, o tempo necessário para produzir a morte. Uma imagem da morte. Depois abriu-os, levantou-se, ficou ali de pé, quase tão imóvel quanto a própria criança. Já não me evitava. Sabia apenas que eu não lhe ofereceria nem consolo nem remição. Continuaria sozinha, com ou sem mim. Por fim, abriu a carteira e viu as horas. Eram quinze e quarenta. Perguntei-lhe se queria que adiássemos. Respondeu que não.

"É tempo suficiente."

Pouco depois, o funcionário da agência funerária entreabriu a porta e disse que teríamos mais quinze minutos. Recuou, sem se voltar de costas, e saiu. Ela olhou para mim.

"Nem precisamos de tanto", disse. Quase não se ouvia. Um sussurro áspero que mal se sobrepunha ao som do ar condicionado. Continuou, rouca, virada para mim, mas como se falasse para si mesma,

"Não vou fazer de conta que não aconteceu. Não te vou culpar. Não quero que me culpes."

"Não está em causa a culpa."

Levantou mais o rosto e olhou-me de frente. Baixou-o para a filha, com uma expressão amarga. Simples decepção, dispensada de ser precedida por qualquer forma de esperança ou de generosidade.

"Está. Desde o princípio. Desde antes do princípio. Já não é acaso, é premeditação. Só não te culpo porque não me quero culpar. Porque não pretendo pedir-te desculpa."

Esperei que se calasse. Não se calou, a cada palavra um pouco mais agressiva. Parecia pretender forçar um conflito. Eu sabia o que viria a seguir. Resposta, reação, e de reação em reação até a violência. Mesmo ali isso seria possível. Era o modo mais fácil de resolver a distância ou o excesso de proximidade. Produzir uma e outra com a mesma falta de pudor de quem, enunciando aquilo de que pode prescindir, indica apenas o que pretende obter. A falta de pudor de quem assume como própria a punição, mas se dispensa dela no mesmo movimento, esperando que a duplicação do erro possa permitir corrigir o gesto.

"Já é mais do que culpa", prosseguiu, "é crime. Nenhum de nós o pediu, mas aceitamo-lo como se não nos pertencesse e o pudéssemos esconder debaixo da cama. Empurramo-lo para lá. Mas entre a responsabilidade e a culpa não há meio-termo. E desta vez não há mais ninguém a culpar."

Fixou a filha, com o rosto baixo e os olhos semicerrados. Não estava comovida, apenas zangada. Um ressentimento contra si mesma, contra mim, contra a própria criança deitada na urna. Fiquei calado. Não tínhamos voltado a falar desde que nos encontráramos na esquadra da polícia. Eu vira-a nas notícias da televisão, à saída do tribunal, vira-a nos jornais. Falara com o advogado, mas não sabia o que é que lhe acontecera ou o que pensara durante aqueles dias. Teria estado em Córdova, embora os cento e cinquenta quilômetros entre as duas cidades já não lhe permitissem afastar-se da filha. Eu não conseguia, sequer, ter a certeza de quem é que estava diante de mim. Conhecia-lhe o nome e o corpo, ambos quase demasiado próximos para que eu os pudesse distinguir dos meus, mas não sabia o que é que ela via quando abria os olhos. O que via de mim, da filha, de si própria. Esperei que se calasse e disse-lhe que era inútil. Não havia naquilo nada de premeditado. Poderíamos ser responsáveis, mas não culpados. Encolheu os ombros,

"Não há diferença. De resto, não sei se estamos a falar da mesma coisa."

Calou-se. Voltei-me para a criança. Durante algum tempo, nas últimas semanas, ela pudera parecer-me uma imagem da mãe. O corpo, o cabelo, os olhos, pouco distintos daquilo que Lisa fora três décadas antes. Quase indistinguíveis, de fato, numa fotografia. Somente mais séria, reservada, já quase consciente de alguma coisa que a mãe precisara de todos aqueles anos para compreender. Eu perguntava-me o que é que dela, do breve e austero fazer de conta de alguns dias antes, permanecia agora. Mais do que a memória, mas menos do que o movimento. Espessa ainda o suficiente para caber na cadeia de causas e de efeitos que a tinha conduzido até ali, mas já incapaz de a prolongar. Não me preocupava o ressentimento ou a culpa, mas a impossibilidade de a retirar dali. Nem a mais violenta convulsão da história se poderia repercutir sobre aquele corpo, mudo e inerte por toda a eternidade.

"Pobre criança", disse, por fim, fixando-me com os olhos úmidos, mas nem sequer comovida. Não disse mais nada, e ficamos à espera de que se esgotassem os últimos minutos. Um diante do outro, a criança pelo meio como algo que sempre ali tivesse estado. Novamente em causa não o quê, mas o como, culpados apenas de não sermos capazes de ignorar a culpa, de não sermos, afinal, inocentes o suficiente para recusar os termos e os critérios que pretendêramos poder ignorar.

Debruçou-se para a filha e tentou soltar-lhe as mãos, libertando-as do gesto submisso e resignado da sobreposição dos dedos. Pegou na direita, na esquerda, e tentou estendê-las ao longo do corpo. As articulações não cederam e os braços permaneceram rígidos, dobrados sobre o peito, parecendo por si mesmos reconduzidos às expectativas que a própria criança, ou porque não quisera ou porque nunca ninguém lhas tivesse explicado, não soubera aceitar. Limitou-se a desfasá-las, a mão direita uns centímetros acima da esquerda, com os dedos entreabertos sobre o tecido de seda. Tinha as unhas escuras. Afastou-lhe o cabelo do rosto, levantou-se e saiu sem se despedir. Pouco depois, entraram os funcionários da agência funerária. Avançaram até o caixão, fecharam-no e entregaram-me a chave. Perguntaram se eu queria assistir à cremação. Realizar-se-ia de imediato. Recusei. Chamaram o advogado. Vi-os levantarem a urna e desaparecerem por uma porta lateral. Fiquei mais uns minutos na sala vazia. No exterior, quando saí, ainda havia dois jornalistas. O carro dela já tinha desaparecido. Ao longe, a atmosfera seca distorcia a linha das serras. Quarenta e quatro graus, segundo o termômetro do carro. No ar imóvel, o cheiro a combustível queimado parecia emergir do solo ressequido como se a própria terra estivesse ameaçada de combustão espontânea.

Contornei a cidade e prossegui para sul. Desliguei o telefone. Não foi premeditado, limitei-me a continuar. Durante três dias não saí do carro. Parava meia hora numa área de serviço, enchia o depósito, comprava água, pão, bebia café, ia ao quarto de banho, lavava as mãos, o rosto, regressava ao carro. Arrancava. Regressava à estrada e prosseguia durante mais quatro ou cinco horas. Avançava em círculos, numa espiral errática de estradas sobrepostas. Nas intersecções, escolhia ao acaso. Cádis, Algeciras, Málaga, Antequera, Córdova, Granada, Antequera, Málaga, Granada, Jaén, Córdova, Antequera, Málaga, Almeria, Granada, novamente Almeria, Múrcia, Albacete, pelas autoestradas e circulares exteriores, contornando as cidades e não vendo delas mais do que as placas de sinalização e os espaços degradados das periferias e das zonas industriais.

    Eu permanecia lúcido. Sabia onde estava, o que não queria. A única dificuldade era manter-me acordado, saber-me acordado, conservar a consciência necessária para poder travar ou acelerar, manter-me na faixa correta, evitar embater na viatura da frente. Era um vocabulário reduzido de gestos, imagens e objetos. Os mesmos, hora após hora, variando apenas o lugar, a luminosidade, o número, a intensidade. No espaço regulado por regras estritas, o comportamento dos outros era quase sempre antecipável. Previsíveis a obediência e a transgressão, a submissão e a infração, uns e outros esboçados diante do proibido pela lei. Mas tarde ou cedo a multiplicação dos interditos não pode senão dar lugar às coisas. E nisto a inocência já não é um simples estado de privação, mas o momento em que, por ausência ou por excesso de imagens, aquilo que os olhos mostram tem o tamanho daquilo que o corpo poderia apreender. Com ou sem palavras.

    Na terceira noite, adormeci na berma da autoestrada. Acordei com o sol a bater-me nos olhos, sem que eu me lembrasse de ter encostado o carro e desligado o motor. Eram seis da manhã. Fiquei uns minutos imóvel. Tinha os pulsos presos e as pernas pesadas. Os olhos em sangue. Pela primeira vez desde há muito tempo incomodou-me estar ali sozinho. Liguei o carro e prossegui até a primeira área de serviço. Lavei o rosto, evitando ver-me no espelho. Dez minutos depois, voltei para o carro. Inverti a marcha na saída seguinte. Demorei cinco horas a refazer de forma linear a distância percorrida nos dias anteriores. Era quase meio-dia quando parei diante do hospital. Não passei da recepção. O rapaz saíra no dia anterior. Ninguém me disse para onde o tinham transferido. Telefonei para Lisa. Não atendeu.

    Passei sem abrandar diante do hotel e dirigi-me para o apartamento. Parei o carro em frente do prédio. Fechei os olhos e respirei fundo. Precisava apenas de conseguir dormir. Deitar-me, adormecer, acordar na manhã seguinte. Desliguei o carro e avancei pelo passeio. Movia-me de um modo mecânico, os olhos inflamados e turvos, a atenção concentrada num raio de dois ou três metros, com a consciência obsessiva que permite ao alcoólico não tropeçar nos seus próprios passos. Subi até o quarto piso e abri a porta. A casa estava na penumbra, quente e abafada, as persianas descidas. Não tinha sido limpa. Cheirava a fruta apodrecida e a urina queimada. No terraço, os vasos começavam a definhar.

Na corda, ainda havia roupa pendurada, a última que a mulher tinha deixado a secar, uma semana antes. Camisolas do rapaz, calções, uma saia, uma blusa, vestidos curtos, roupa interior. Voltei para a cozinha. Espreitei a geladeira, mas não vi nada que pudesse comer. Ovos, pasta de tomate, manteiga. Pacotes de leite no armário, algumas bolachas. Tirei duas, bebi um copo de água. Liguei o ar condicionado, evitei a mancha no meio do corredor e dirigi-me para o quarto. Despi-me, atirei a roupa para a cadeira, fiquei um momento imóvel, nu, diante da cama desalinhada. Fechei os olhos antes de me conseguir deitar. Puxei os lençóis. Adormeci depressa. A meio da noite, acordei com o vento. Rajadas fortes que faziam bater a porta do terraço. Um ruído quase humano. Levantei-me e fui fechá-la, sem conseguir encobrir o vento que penetrava pelas frinchas das janelas e ecoava pelos compartimentos.

Acordei depois das onze da manhã. O ar estava frio. Vesti-me, fui ao quarto de banho, desliguei o ar condicionado. Fiquei no terraço, ao sol, debruçado para o pátio. Comecei a aquecer. A maior parte da roupa que ainda no dia anterior estava pendurada na corda tinha desaparecido. Em baixo, preso por entre os ramos da palmeira, um pequeno vestido. No chão do pátio, mais duas ou três peças. Roupa do rapaz. Desci para o carro e conduzi até o hotel. Já não era hora de café da manhã, ainda era cedo para almoçar. Sentei-me no bar e pedi que me trouxessem água, leite e pão com manteiga. Bebi alguma água e fiquei a olhar para o pão engordurado com a manteiga mal derretida. Há quatro dias que eu quase não comia nada de sólido. Doía-me o estômago e sentia náuseas mesmo antes de começar a mastigar. Desfiz o pão e mergulhei o miolo no leite. O pão dilatou-se até formar uma massa expandida que ocupava de um modo homogêneo o interior da chávena. À superfície, a gordura da manteiga flutuava em círculos transparentes. Esperei que arrefecesse, peguei na colher e levei-a à boca. No estômago, a papa parecia duplicar de volume, dilatando lentamente com a consistência esponjosa da carne em putrefação. Bebi mais água e forcei-me a terminar a chávena. Subi para o quarto. Tomei banho, fiz a barba, vesti-me. Telefonei a Lisa. Não atendeu.

Ao fim do dia, voltei ao apartamento. Dormi ali nas noites seguintes. Telefonava-lhe todas as manhãs, depois de regressar ao hotel. Nunca atendeu. Eu tinha conseguido localizar o rapaz. Estava em Jerez, num centro de acolhimento temporário para menores em risco. Cheguei à cidade ao princípio da tarde e procurei a instituição. Uma vivenda grande numa rua secundária. Muros altos, algumas árvores por detrás. Permitiram que eu o visse durante vinte minutos. As visitas não estavam vedadas, o rapaz não se recusou. Veio acompanhado por uma mulher idosa, seca, de olhar duro. Talvez uma freira. Ele parou à minha frente, enquanto a mulher se ia sentar do lado de fora da porta. Não se aproximou. Estava ferido no rosto, nas mãos e nos braços. Tinha um corte transversal acima da sobrancelha direita, ambas as mãos estavam envoltas em ligaduras. A meio do braço, uma ferida alongada, suturada com mais de dez pontos. Ficou calado, com o olhar fixo algures na janela à sua direita. Recuou quando avancei para ele. Não tentei tocar-lhe. Apontei para uma fila de cadeiras no canto mais afastado. Disse-lhe que se sentasse. Dirigiu-se para lá e sentou-se. Ficamos lado a lado, em silêncio, com uma cadeira vazia entre nós. Ele olhava fixamente para a janela. Ao fim de alguns minutos, voltou-se para mim. Perguntei-lhe se estava bem. Encolheu os ombros e fez um gesto na direção da mulher, do outro lado da porta.

"É pior do que no hospital", disse, "Não consigo estar um minuto sozinho."

Tinha os olhos vermelhos, mas não chorou. Apoiou os pés na borda da cadeira e apertou os joelhos entre os braços ligados. Da parte de trás da casa vinha um ruído de gritos e de gargalhadas. O som de uma bola a embater nos muros. Rapazes.

"Não vou ficar aqui."

"Eu levo-te comigo."

Olhou-me com uma expressão de dúvida, como se não acreditasse que eu o pudesse ou quisesse fazer. Ou talvez simplesmente não quisesse saber. Não estava à espera de alguém que o ajudasse. Insisti.

"Consegues sair."

Respondeu que sim, em voz baixa, olhando para a porta. Mais dois ou três dias. Só fechavam o portão depois das sete da tarde. Havia sempre alguém, mas seria possível passar. Bastaria esperar. Perguntei-lhe se poderia telefonar. Calou-se e acabou por dizer que se arranjaria. Repeti-lhe que me avisasse, eu viria buscá-lo. Desviou os olhos, sem contestar.

"Sabes que não podes voltar para casa."

Baixou a cabeça. Sabia. Não queria voltar. Agora só precisava de sair dali. Qualquer coisa seria preferível. Calou-se. Esperei que olhasse para mim.

"Viste a tua mãe."

Não respondeu. Baixou mais o rosto e escondeu a cabeça no meio dos joelhos. Apertou-a entre os braços. Não me diria mais nada. Não o pressionei. Teríamos tempo. Eu não lhe pedia explicações. Se o fizesse, ele acabaria sempre por dar como causa aquilo que desde o princípio era uma consequência. E eu não sabia, sequer, o que é que ele sabia ou aceitava saber. Ergueu-se na cadeira e pôs-se de pé.

"Eu não fiz nada."

Afastou-se na direção da porta. Era o contrário de uma desculpa ou de uma afirmação de inocência. Era o assumir da culpa, por ação ou por omissão. Não o que fizera, mas o que permitira que acontecesse. Avançou dois passos, parou, disse que me ligaria. Dirigiu-se para a porta. Parecia-me mais pequeno do que eu me lembrava. Os membros magros, o pescoço estreito, os ombros pouco mais altos do que o puxador da porta. A mulher levantou-se e acompanhou-o. Voltou logo a seguir. Pediu-me que esperasse, a diretora queria falar comigo. Chegou pouco depois. Uma mulher nova. Cumprimentou-me de um modo formal e ficamos de pé no meio da sala. Disse que precisava de falar com alguém da família. A mãe não a tinha procurado, apesar de o tribunal não a ter impedido de visitar o filho. Não fazia juízos de valor, não queria justificações, precisava apenas de compreender. Só sabia aquilo que estava nos relatórios. Tinha lido os jornais, mas não era suficiente. O rapaz ficaria ali até decisão judicial, tinham de aprender a lidar com ele. Não seria fácil. Ele não ajudava. Mas nunca o era. A instituição recebia toda a gente. Menores em risco, órfãos, crianças abandonadas, ficavam ali à espera de uma decisão, até serem devolvidos às famílias, encaminhados para adoção ou entregues a uma família de acolhimento. Normalmente apenas uns meses, mas havia casos que se arrastavam. Meses. Anos.

"*Ninguém os quer.*"

Ciganos, africanos, doentes. Fez um gesto de impotência. As primeiras semanas eram sempre as mais difíceis. Depois acabavam por se habituar. Por vezes tentavam fugir, mas a maior parte deles não tinha para onde ir.

"*Isto nunca é pior do que o lugar de onde vêm.*"

Talvez eu soubesse o que lhe dizer. Custava-lhes agarrá-lo. Nunca pedia nada, raramente respondia. Aceitava tudo com demasiada facilidade. Não confiava nas assistentes. Estas não sabiam se poderiam confiar nele. Mantinham-no vigiado.

"*Você viu as feridas.*"

No hospital, tentara atirar-se da janela do quarto piso. Nem sequer a abrira. Correra para ela e lançara-se contra o vidro. Acabara preso entre os estilhaços e o caixilho de alumínio. As enfermeiras tinham-no agarrado antes que ele conseguisse tornar a levantar-se. Assegurou-me que não iriam permitir que se repetisse. Procuravam mantê-lo ocupado. Havia sempre alguém junto dele. Esperei que se calasse e contei-lhe duas ou três coisas. Em parte o que poderia contar, em parte aquilo que ela queria ouvir. Metade omitido, o resto refeito para ser congruente com essa omissão. Não era exatamente uma mentira. Era uma forma de compreensão. Talvez não haja outra. Deixei que a mulher me conduzisse à porta com a promessa de voltar no final da semana. Pediu-me que lhe levasse a roupa do rapaz. Os problemas somavam-se. Já havia demasiadas coisas que lhe faltavam.

Regressei a Sevilha a meio da tarde. Estacionei o carro ao fundo da rua. No apartamento, o ar abafado. A sala ainda cheirava a urina. Fui à cozinha e bebi um copo de água. A porta do terraço permanecia aberta. Espreitei os vasos. O rapaz pedira-me que lhos regasse, mas já era quase inútil. A maior parte tinha secado. Sobravam os cactos, os aloés. De qualquer modo, ele não os voltaria a ver. Atravessei a cozinha, a sala, dirigi-me para o quarto. Na penumbra do compartimento, ela era pouco mais do que um vulto.

"Lisa."

Não respondeu. Estava sentada na borda do colchão, de costas para a porta, com o peito apoiado nas grades do berço. Uma blusa branca, o cabelo caído. Não se voltou. Contornei a cama e sentei-me a seu lado. Peguei-lhe na mão. Ela mal reagiu. Baixou mais a cabeça, contraiu o corpo. Encostei-me a ela e apertei-a pelos ombros, sentindo-lhe o calor, o peso sobre o colchão, a textura da pele no interior da blusa. Primeiro a pele, os dedos magros, a estrutura dos ossos e articulações, as unhas aparadas, a carne mais moldável da palma da mão. Depois a respiração presa, os músculos duros, a transpiração. Como se inspirar e expirar dependessem da atenção e da vontade e só a espaços ela se lembrasse de o fazer, dir-se-ia a cada momento ameaçada de asfixia. Inspirava fundo, expirava, caía novamente na apneia. Eu não disse nada, ela manteve a rigidez. A cabeça caída, o corpo fechado. Não afastou a minha mão. Durante aqueles anos, e mesmo quando, aqui ou além e com a estranheza de quem contempla a vida dos outros, me parecera possível viver sem ela, não existira um único dia em que eu não tivesse antevisto aquele gesto. Pegar-lhe na mão, procurar-lhe a boca, apertar-me contra o seu peito. Despi-la devagar. Agora não me mexi. Ela continuava debruçada sobre as grades. Eu havia feito a cama na primeira noite. Tinha puxado os lençóis, alisado a colcha, tentando devolver-lhes um pouco de ordem. Diante de si, ela tinha apenas o tecido branco, tão vazio quanto a promessa de uma criança que nunca tivesse chegado a nascer. Uma criança acerca de quem, e como acontecera com as outras, ela nunca se houvesse perguntado por que é que a queria. Por quê, por quem, comprometida apenas com o esforço necessário para a conceber, transportar e dar à luz. Ou mesmo aqui limitando-se a esperar o tempo suficiente para que por si própria ela encontrasse a saída, que alguém lha extraísse, ou que de algum modo acordasse um dia de ventre vazio. Puxei-a para mim. Escondeu mais a cabeça por entre os braços e começou a chorar. Deixei que chorasse. Não havia consolo nem havia perdão. Poderia, no máximo, sepultar o que sabia sob uma massa de insensibilidade e de esquecimento. Não era ainda o mal, mas a indiferença que o antecede. Quem quer que aqui fosse a vítima, por quem quer que se repartisse a culpa. E também agora a vítima era ela própria parte do encadeado de fins e de meios, de princípios e de razões, que a iriam condenar. Saber o que era, quem era, não a ilibava da culpa, tal como antes não conseguira prevenir o crime. Levantei-lhe o rosto. Tinha os olhos úmidos e os lábios macios. A boca quente e a pele pegajosa de transpiração. Tirei-lhe os sapatos, desapertei-lhe os botões da blusa, soltei-lhe a saia, o sutiã. Desci-lhe as cuecas. Afastou as pernas e levantou os joelhos, escondeu o rosto contra a almofada. No baixo-ventre, na intersecção entre a linha do umbigo e a projeção das pernas, havia uma pequena cicatriz que eu nunca lhe vira. Abaixo, no côncavo das coxas, os pêlos curtos e ásperos. Uma fenda, uma boca, uma forma de vida.

Ficamos deitados a olhar para a luz filtrada pelas persianas. Afastou-se alguns centímetros, o suficiente para deixar de me tocar. Estendeu as pernas e inspirou fundo. Mesmo imóveis, continuávamos a transpirar. Puxou a ponta do lençol para o interior das coxas e apertou-as. Ergueu-se na cama, apoiada num cotovelo. Fixou-me sem pestanejar. Uma reserva dúbia de mulher adúltera. Sabia o que não queria com a mesma força com que o impunha a si mesma como um dever do corpo ou um direito do coração.

"O que vamos nós fazer", disse. Meia hora antes, ela teria usado a segunda pessoa do singular, recusando aceitar que entre os dois pudesse haver lugar para a primeira pessoa do plural.

"Levamos o rapaz e vamo-nos embora."

"Embora para onde."

"Portugal. Paris. Roma. O que quiseres."

Abanou a cabeça e fechou os olhos. Não dizia apenas que não queria, mas que não pretendia querer. Não apenas que não via, mas que não pretendia ver. Levantou-se, pegou na roupa e dirigiu-se para o quarto de banho. Ouvi correr a água do chuveiro. Vesti-me, abri a janela, esperei-a na sala. Evitou, sem olhar, pisar a mancha de sangue. Contornou o sofá e atravessou o compartimento. Foi até a cozinha, abriu os armários, a geladeira, espreitou para o terraço. Voltou para a sala. Olhou em volta. Mantinha-se a desarrumação, o lixo, os brinquedos espalhados. Parou à minha frente e disse que iria mandar esvaziar a casa. Viria uma empresa de mudanças. Já tinha denunciado o contrato de arrendamento. Não voltaria ali, não tornaria a ver-me. Apontou para o interior do apartamento. Os tapetes, os móveis, as coisas espalhadas pelas prateleiras. Um gesto vago e uma voz severa,

"Leva o que quiseres."

Fiquei calado. Era uma agressão premeditada. Crua e perversa, qualquer que fosse o objeto dessa agressão. Eu, ela própria, nós, com a mesma secura com que poderia, vigiando a porta, subir a saia e levar a mão ao interior das cuecas, friccionando-se de um modo rápido e rude, num misto apreensivo de raiva e de prazer, para depois descer, ir até a cozinha e chamar o marido para jantar, talvez sem sequer lavar as mãos. Eu sabia aquilo com que poderia contar. Sabia-o eu, sabia-o ela.

"E o rapaz."

Demorou a responder. Passou a carteira para a mão direita e desviou os olhos.

"Hão-de entregá-lo a alguém."

Abriu a carteira, retirou as chaves do apartamento, atirou-as para cima da mesa e saiu sem fechar a porta. Não procurei retê-la, não a segui. Fui até a janela e subi as persianas. Vi-a afastar-se ao longo da rua. Cortou à direita no primeiro cruzamento. Teria o carro mais longe. Voltei para o quarto. Fiquei ali durante meia hora. Na cama, mantinha-se uma mancha úmida nos lençóis amarrotados.

Deixei o carro e voltei para o hotel. Mudei de roupa, desci para jantar. Era quase meia-noite quando regressei ao apartamento. Em cima da mesa, as chaves que ela havia deixado. Guardei-as. Despi-me de janelas abertas e luzes apagadas. Lá fora, a névoa quente acumulava-se sobre a cidade, refletindo uma luz baça que se colava ao topo dos edifícios. A casa começava a ficar vazia, evacuada de alguma coisa que, era agora claro, nunca mais voltaria. As crianças, Lisa, o pobre mas confiável quotidiano das semanas anteriores. Uma promessa que, agora, eu duvidava se teria sido cumprida. Talvez tivesse sido.

Demorei a adormecer, e acordei passadas duas horas com os trovões. Pouco depois começou a chover. Levantei-me e fechei as janelas. Durou vinte minutos, o ar quase não chegou a arrefecer. Na rua, a água acumulava-se nas valetas e invadia os passeios. Pela porta do terraço, uma língua úmida penetrava na cozinha. Senti-a debaixo dos pés. Avancei até o limite do toldo, depois mais dois passos, com as gotas grossas a escorrerem-me pela pele. Fiquei a olhar para o pátio, os telhados. Era uma chuva violenta, a primeira desde o princípio do Verão. Uma espécie de indulto. Um perdão sem culpa, sem arrependimento nem promessa de redenção. Quando terminou, atravessei a cozinha, a sala. Não acendi as luzes. Procurei uma toalha e sequei-me. Tornei a adormecer. Na manhã seguinte, o chão da cozinha continuava encharcado. Lá em baixo, ainda havia água nas depressões do pátio.

Tomei o café da manhã no hotel e subi para o quarto. Esvaziei as gavetas e separei a roupa que queria levar. Juntei a que restava num saco do lixo. Avisei na recepção que sairia daí a uma semana. Paguei adiantado. Dirigi-me ao carro e conduzi até um centro comercial. Comprei uma mala para o rapaz. Alguma roupa, sapatos. Procurei um advogado. Marquei para essa tarde. Depois peguei na mala do rapaz e fui ao apartamento. Quando cheguei, as persianas estavam subidos e as janelas abertas. Espalhados pelos compartimentos, acumulavam-se caixotes de cartão. A mulher parou no meio do corredor. Na mão, toalhas ainda dobradas. Amarrotou-as e atirou-as para um monte de roupa diante da porta do quarto de banho. Hesitou, compôs o cabelo, avançou alguns passos e ficou à minha frente, do outro lado do sofá. Tentou justificar-se,

"A sua irmã pediu-me que viesse arrumar isto."

Acrescentou que não fora capaz de lhe dizer que não. Talvez fosse sua obrigação, seria o mínimo que lhe poderiam pedir. De resto, nem sabia bem o que tinha de fazer. Apontou para a sala, os caixotes, as gavetas abertas, as coisas dispersas sem critério aparente. Limitara-se a esvaziar os armários. Seria tudo entregue a uma instituição. Viriam recolher tudo no dia seguinte. Os móveis daí a dois dias. Olhei em volta. Na cozinha, amontoavam-se pratos, talheres, pacotes de alimentos. No chão, o aspirador, vassouras, detergentes, sacos com lixo. Parecia haver mais coisas espalhadas pela casa do que aquilo que o interior dos armários poderia conter. Caminhou até o terraço. Ali, as coisas ainda se mantinham arrumadas. Os vasos encostados às paredes, o banco de verga por debaixo do toldo, o cesto das molas da roupa, o regador pousado à direita da porta. Estava nervosa. Deslocava-se na proporção direta da minha aproximação. Recuava dois passos se eu avançava, parava se eu parava, avançava para mim se eu recuava. Voltei para a sala e fiquei à espera de a ver chegar. Foi até o sofá. Atrás de si, a mancha de sangue no corredor tinha sido limpa. Por duas vezes levantou a cabeça como se fosse começar a falar. Tornou a baixá-la, continuando calada. Esperei que tornasse a olhar e disse-lhe que precisava da roupa do rapaz. Indiquei a mala que tinha trazido. Hesitou, mas encaminhou-se para o quarto do fundo. Regressou com meia dúzia de peças de roupa do rapaz. Deixou-as cair em cima do sofá. Pelo meio, um vestido da menina. Pegou-lhe, indecisa, e perguntou-me se eu queria guardar alguma coisa dela.

"Dê-as à mãe."

Dobrou o vestido e dirigiu-se para o quarto. Parou junto da porta. Estava descalça, tinha uma blusa cavada, aberta no peito, umas calças justas, de um tecido branco por debaixo do qual se marcava o contorno das cuecas. As nádegas, as coxas. Voltou-se para trás e perguntou se eu preferia que ela se fosse embora. Voltaria mais tarde. Compreendia que eu não a quisesse ali. Atirou o vestido para cima da cama e avançou na minha direção. Deteve-se a meio da sala, apoiando as mãos nas costas do sofá. Olhou em volta à procura das sandálias. Calçou-as, inclinando-se o suficiente para expor o decote. Não tentou proteger-se. Esperei que se erguesse e disse-lhe que ficasse. Eu não me demoraria. Endireitou-se, avançou para mim e abriu mais os olhos. Grandes, densos, de um azul profundo que emergia dos séculos como a memória austera de um povo de bárbaros nas terras do império.

"Não me quero desculpar. Mas é o meu filho. Nem sequer culpo o pai. Sou eu. Aquilo que aprendi ou não aprendi, o que eu lhe ensinei ou não ensinei. Talvez eu o pudesse ter tentado evitar."

Forcei-me a prestar atenção.

"Não digo agora, mas há uns anos. Se é que é possível evitar o que há de acontecer."

Levou as mãos ao cabelo e puxou-o para trás como se o fosse prender. Deixou-o cair.

"É sempre demasiado tarde", continuou. Calava-se, recomeçava, com a lucidez de quem é capaz de fazer perguntas, aceitando à partida que não será capaz de compreender as respostas. Baixava os olhos, levantava-os, surpreendida por eu ainda a querer ouvir. Mas eu já não a ouvia. Fixava-lhe a boca, o peito, as coxas, o movimento da carne enquanto ela passava o peso do corpo de um pé para o outro ou levantava os braços e afastava o cabelo. Eu fixava-a e reagia de um modo mecânico. Respondia que sim, que não, esboçava uma expressão de compreensão, tentava não pensar. Ela repetia-se. Reparava no meu olhar e já não desviava o seu. Falava cada vez mais baixo, num tom de intimidade, como se apenas para evitar acordar alguém que dormisse no quarto ao lado. Disse que deixaria Sevilha.

"Já não preciso de me ir embora, mas não quero ficar."
Mantinha-se de pé, diante do sofá, com as pernas afastadas e o braço direito caído ao longo do corpo com a mão aberta na minha direção. A esquerda amarfanhava a blusa acima dos seios. Depois foi recuando ao longo do corredor até se deter diante da porta do quarto. Estava outra vez descalça. Calou-se, o rosto transpirado. Ela própria lugar de expiação, preço ou prêmio de um mesmo mal, categórico e irrevogável como a reparação das perdas ou a repartição do espólio.

"Venha", disse. Desapertou a blusa e entrou no quarto. Atirou-a para o sofá. Sentiu-me aproximar e ficou à espera, de costas, ao lado da cama, com as alças do sutiã demasiado apertadas, a enterrarem-se-lhe na pele. Não lhe cheguei a tocar. Deixei a mala no meio do corredor e disse-lhe que passaria ao fim da tarde para a levar. Quando cheguei à rua, voltei-me para cima. Na janela do quarto, a mulher fixava-me com um olhar perturbado, quase tão perplexa quanto humilhada. Não tinha tornado a vestir a blusa. Recuou para o interior e desceu a persiana. Foi a última vez que eu a vi. Ao princípio da noite regressei ao apartamento. Os armários estavam vazios. Os caixotes acumulavam-se em cada compartimento. No terraço, os vasos tinham desaparecido. Vi-os esmagados no fundo do pátio. Sobre os móveis não havia nada que denunciasse um hábito, um uso ou um modo de vida. A mala estava pousada em cima da cama. O colchão exibia um padrão geométrico de diagonais cruzadas. Duas ou três manchas de tom acastanhado. Talvez houvesse mais alguma coisa. Cabelos caídos pelo chão do quarto, cheiros entranhados, pedaços de pele presos às paredes. Fechei a mala e pousei-a ao lado da cama. Deitei-me vestido.

IX

Não demorou sequer cinco minutos. Eu tinha acabado de o deixar depois de uma curta visita na qual ele não pronunciara mais do que meia dúzia de palavras. Ficáramos sozinhos na mesma sala, agora sem a vigilância da mulher. Eram quase três da tarde. Eu aguardava há dois dias que ele me ligasse. Acabara por ser eu a ir procurá-lo. Quando o chamaram, começou por dizer à funcionária que não me queria ver. Respondi que esperaria. Ele acedeu, meia hora depois. Cumprimentou-me de olhos baixos e sentou-se ao meu lado, deixando duas cadeiras de permeio. Não olhou para mim. Trazia uma roupa que eu nunca lhe vira, sandálias, calções, camisola, tudo com aspecto usado. Já não tinha ligaduras, as mãos estavam cobertas de cicatrizes. Na testa, a ferida parecia mais aberta, como se a crosta tivesse sido repetidamente arrancada. Disse-lhe que o carro estava lá fora. Não reagiu. Perguntei-lhe se ainda se queria ir embora dali. Ele continuou calado, magro, pálido, o cabelo crescido, a olhar para as mãos. Parecia interrogar-se se confiaria em mim o suficiente para me seguir, se confiaria em mim, em si, obrigado a escolher entre o mal menor, e suspeitando que saber o que não queria não lhe bastava para tomar uma decisão. Talvez não quisesse nada, em positivo. Talvez soubesse desde logo que lhe seria negado aquilo que, de fato, pretendia. Poderia optar, mas mais dificilmente decidir. Perguntou para onde iríamos.

"Para Portugal."

"E a mãe."

Não respondi. Eu não lhe podia prometer nada. Eu ignorava, aliás, qual a resposta que ele gostaria de ouvir. Disse-lhe que primeiro era preciso tirá-lo dali. O resto ver-se-ia depois. Não faríamos nada contra a sua vontade. Ficou calado a olhar para a porta e por fim perguntou onde é que eu tinha o carro. Apontei para a janela. Estava ali perto. Na primeira transversal à direita. Levantou-se e disse-me que esperasse lá por ele. Afastou-se ao longo do corredor. Procurei a funcionária. Conduziu-me à saída. Combinei que voltaria no dia seguinte com a roupa. Atravessei o pátio e esperei que a partir da casa alguém me abrisse o portão. Fechou-se automaticamente assim que eu saí. Desci a rua e sentei-me no carro. Minutos depois, ele chegou a correr. Abriu a porta, sentou-se no banco de trás e disse-me que arrancasse. Não explicou como é que tinha conseguido sair.

Apanhamos a autoestrada para Sevilha. Teríamos sempre de passar por lá. Disse-lhe que seria preciso ir ao hotel buscar as malas. Não questionou. Virou-se para trás, nervoso, a confirmar que ninguém nos seguia. Quando nos afastamos das zonas residenciais, debruçou-se para mim e pediu para ir no banco da frente. Parei à saída da cidade. Ele contornou o carro, olhando em redor com desconfiança, e sentou-se ao meu lado. Encostou a cabeça ao vidro, de olhos fechados, e as mãos apertadas na fita do cinto de segurança. Seguimos para norte, atravessando as planícies irrigadas. Manteve-se calado, encostado à porta, o mais longe de mim que o veículo permitia. Eu não tentei que falasse. Haveria tempo, mais tarde, se houvesse alguma coisa para dizer. Tinha vindo comigo, ainda não era claro se aceitaria ficar. Primeiro seria necessário fazê-lo saber que eu não estava à espera de explicações. Não lhas pedia, não lhas daria.

Eu conduzia depressa. Não era provável que alguém já tivesse avisado a polícia, mas tarde ou cedo seria denunciado o desaparecimento de um menor. Rapidamente chegariam a mim. Não haveria controlo nas fronteiras, mas por enquanto sabiam onde me procurar. Quando faltavam vinte quilômetros para chegarmos, perguntei-lhe se compreendia que não poderíamos ficar em Sevilha. Pararíamos apenas para recolher as malas. Respondeu que sim, sem desviar os olhos. Não se mexera desde que tínhamos entrado na autoestrada. Permanecia tenso, as mãos pousadas nos joelhos, o corpo inclinado contra a porta, os olhos fixos na linha contínua de postes que sustentavam a rede metálica ao longo dos taludes. Talvez já nem a visse. Tinha um olhar vago, baço, com uma expressão submissa de bicho encarcerado. Levantou a cabeça quando nos aproximamos da cidade. Encolheu-se no banco. Eram quatro da tarde. Estacionei no parque subterrâneo do hotel. Perguntou se poderia ficar ali à espera. Soltei-lhe o cinto. Disse-lhe que não seria seguro. Não perguntou por quê nem para quem. Esperei que saísse do carro e indiquei-lhe o elevador. Seguiu à minha frente, com passos curtos e movimentos presos. Sentia-se vigiado. No elevador, encostou-se ao canto, quase de costas para mim. Fechou os olhos para não se ver refletido no espelho. À entrada do quarto, estendeu a mão e avançou alguns passos sem se afastar da parede. Olhou em volta como se nunca ali tivesse estado. Disse-lhe que não demoraríamos. Tateou a parede até meio do compartimento, sentou-se na cama. Afastei os cortinados. Em baixo, a avenida, o jardim, adiante, a massa dos telhados, e outra vez, à direita, as avenidas, o jardim. Senti-o respirar mais depressa. Pôs-se de pé, de olhos fixos, inclinando o corpo na direção da janela. Apenas uns segundos, hesitando entre avançar e recuar. Virou-se de costas e pediu-me que a fechasse,

"Não consigo deixar de olhar lá para baixo."

Voltei para trás, puxei os cortinados e o compartimento tornou a ficar escurecido. Ele recuou até o fundo do quarto e ficou aí, de pé, as palmas das mãos apoiadas na parede. Tirei as malas dos armários, indiquei-lhe a dele. Disse-lhe que mudasse de roupa. Aproximou-se. Debruçou-se para a mala e abriu-a. Descalçou as sandálias e despiu-se. Calções, camisola, cuecas. Atirou a roupa para o cesto do lixo. Pegou nas primeiras peças que encontrou e vestiu-as. Dei-lhe os sapatos novos. Calçou-os. Confirmei que as gavetas ficavam vazias e fechei as malas. Amarrei as pontas do saco do lixo com a roupa dele e levei-o comigo. Chamei o elevador e descemos para o estacionamento. Transportei as malas para o carro, guardei-as, abri-lhe a porta. Esperei que ele entrasse, contornei a viatura e sentei-me ao seu lado. Quando saímos do parque, ele perguntou se já iríamos embora. Era quase inaudível. Fechou os olhos, com os punhos contraídos. Tentava não chorar. Limpou as pálpebras com as costas da mão. Pediu para passar por casa. Só queria ver a rua. Atravessaríamos sem parar. Um fio de voz. Inverti a marcha e dirigimo-nos para o apartamento. Paramos diante do prédio. Ficou a olhar para a porta, depois para as janelas, quatro pisos acima. Soltou o cinto, abriu a porta do carro, disse que queria subir. Hesitei.

"Tu não vais querer ver o que lá está."

Insistiu. Era a última vez. Disse-lhe que a casa estava vazia.

"Eu sei", respondeu, talvez supondo a casa sem ninguém. Mas não sabia. Nem sequer eu. Nessa noite eu ainda lá dormira. No dia anterior, tinham levado as caixas, mas permaneciam os móveis. Agora, a porta de entrada era quase a única coisa reconhecível. O som da chave a entrar na fechadura, o movimento do metal, o ruído da porta nas dobradiças. Lá de dentro, fora retirado tudo o que era transportável. Móveis, eletrodomésticos, tapetes, candeeiros. Não havia sequer pó ou lixo, o chão fora limpo depois da mudança. Via-se o verniz mais riscado nos lugares de passagem, junto da porta, em redor do lugar onde estivera a mesa, no contorno dos tapetes. Percorreu os compartimentos, com os passos arrastados e a cabeça curvada. No terraço, perguntou pelos vasos.

"Ela levou-os."

"A Hilda."

Respondi que sim e não deixei que se aproximasse da borda. Voltou para trás. Apenas a cozinha e o quarto de banho conservavam alguma da organização anterior. Na cozinha, haviam desaparecido a mesa, as cadeiras, a geladeira, as máquinas de lavar, mas mantinham-se o balcão, o lava-louça e o fogão. O quarto de banho estava quase inalterado, mas nu e exposto, sugado pelo vazio do resto da casa. Encostou-se à parede e evitou pisar o meio do corredor. Avançou para o quarto. Não parecia possível que ali tivessem cabido duas camas, um sofá, uma cômoda, uma cadeira. Nas paredes, via-se o negativo dos móveis. A tinta mais clara, o estuque raspado onde a cama encostava. O chão arranhado. Abriu o armário de parede, fechou-o, aproximou-se da janela e espreitou pela margem da persiana. Lá fora, a rua permanecia a mesma. O passeio, os carros estacionados, a gravilha que cobria as escavações. Recuou até o meio do quarto e apertou os olhos com as mãos. Encostou-se à parede, parecendo perder o equilíbrio. Abanou a cabeça, num movimento mecânico e repetitivo. Poderia tentar fugir daquilo que era seu, poderia recusá-lo, mas não suportava o seu desaparecimento. Aninhou-se no chão, com o corpo contraído e a cabeça escondida contra os joelhos. Tapou-se com os braços, como se ele próprio tivesse sido removido pela empresa de transportes, deixando para trás um último resto de roupa rejeitada. Mais violento do que a agressão física, mais profundo, porque a incluía, do que a morte da irmã, o despojar da casa, definitivo como a constatação do irreparável, privava-o da última resistência. Não chorava, limitava-se a estar ali, a continuar ali, devolvido ao ventre do abandono. Um estado definitivo. Não ameaça, não suposição, mas espaço. Altura, comprimento, profundidade, numa punição que ocupava ponto por pronto o lugar da culpa. Esperei dez minutos e disse-lhe que teríamos de ir. Apertou mais os braços e não se mexeu. Vinte minutos depois, tive de lhe pegar ao colo e levá-lo assim, dobrado sobre si, os músculos contraídos, as articulações rígidas, uma massa dura de ossos, carne e consciência. Quase consciência. Deitei-o no banco de trás e dirigimo-nos para a fronteira.

Cento e trinta quilômetros por autoestrada até Ayamonte. O percurso mais rápido para sair do país. Disse-lhe enquanto atravessávamos o centro, os dois braços de rio, a periferia. Não sabia se ele me ouvia. Baixei o espelho retrovisor para o enquadrar. Continuava deitado no banco, enrolado sobre si mesmo, com a cabeça encostada aos joelhos e os braços cruzados diante do rosto. Levantou-se dez minutos depois, quando eu lhe disse que tínhamos deixado a cidade, mas manteve os olhos fechados, a cabeça inclinada e os braços apertados contra o peito.

"Quem és tu", a mesma pergunta, agora em voz baixa, que eu formulara oito anos antes, na noite em que, ao chegar à maternidade, o vira pela primeira vez. A mesma pergunta, repetida, que eu mal esboçara quatro anos mais tarde, na noite em que o tornara a ver. Ele começava então a não caber na cama de criança que menos de um ano depois passaria para a irmã. A mãe conduzira-me até ali, relutante e reservada, mas orgulhosa, disposta a abdicar de uma parte de si para a colocar perante mim, para me mostrar o que fora capaz de construir sozinha. Alimentar, vestir, cuidar, ensinar a andar e a falar. Ensinar a ver. Paramos junto da cama, indicou-mo com um gesto. Dormia com as pernas estendidas ao longo das grades de madeira. A transpiração colava-lhe os cabelos à testa. Afastei-os com a ponta dos dedos. Cabelo castanho, escurecido da umidade, recortado contra a pele pálida e o rosto magro.

"Quem és tu", como se ali já estivesse tudo o que aconteceria depois, alheio à minha capacidade de intervir ou de transformar. Já era quanto era, quanto seria, o corpo nu, os olhos fechados, o ritmo acelerado do coração. Quaisquer que fossem as suas opções posteriores, as dúvidas, as convicções, teria apenas um minuto por cada minuto, um possível de entre todos os possíveis. A começar por ali, nome do pai, nome da mãe, sexo, idade, nacionalidade. Não um princípio ou um espaço em branco sobre o qual pudesse modelar o tempo, mas já condicionado, reduzido a si mesmo, opaco como uma vontade exterior e produzindo não uma identidade, nem sequer a soma lúcida de dúvidas ou de erros, mas um movimento caótico que o arrastava consigo, apenas pressentindo esse arrastamento, e incapaz, tanto por falta da distância que só o olhar dos outros pode proporcionar, como por ignorância dos termos segundo os quais poderia converter o conhecimento em domínio, o saber em poder, de transformar em consciência e determinação aquilo que a vontade lhe pudesse sugerir. Bastar-lhe-ia preencher o tempo, ignorá-lo o suficiente para não lhe opor resistência. Medir a distância a partir do lugar de onde vinha não ajudaria muito a que descobrisse para onde poderia ir.

"A mãe sabe que me foste buscar", tinha aberto os olhos e levantado a cabeça. Fixava-me através do espelho retrovisor. Uma voz inexpressiva.

"Não. Ainda não."

Havia mais de meia hora que tínhamos saído. Permaneceu calado, enquanto avançávamos para sudoeste e nos aproximávamos do litoral. Virou-se para a janela, atento, olhando apreensivo para as placas em contagem decrescente com a indicação da fronteira. Já não faltaria muito. Minutos depois perguntou se poderia passar para o banco da frente. Concordei. Disse-lhe que esperasse. Cortei na primeira área de serviço. Ultrapassei as bombas de gasolina, os estacionamentos, parei diante do restaurante. Saí do carro e abri-lhe a porta. Um calor abafado. Trinta e seis graus, o ar seco. Hesitou em sair. Procurou os sapatos debaixo do banco da frente. Calçou-se. Ficou imóvel em frente da porta. Olhou em volta. O restaurante, as bombas de combustível, os campos rasos para lá dos edifícios. Alguns camiões estacionados, caravanas, uma fila de carros na sombra da cobertura de chapa metálica. No extremo do parque, três homens transferiam caixotes de um camião para uma carrinha fechada. Por detrás deles, a mesma malha apertada que delimitava a autoestrada. Ele seguiu-a com o olhar. Voltou-se para a estrada, à esquerda. Do lado de lá da barreira de arbustos que separava as faixas de rodagem, havia uma segunda área de serviço. Chamei-o e indiquei-lhe o restaurante. Perguntei-lhe se queria comer alguma coisa. Respondeu que não, sem olhar para mim. Contornei o carro e abri-lhe a porta da frente. Voltei para o lugar do condutor. Ele seguiu-me num movimento simétrico. Eu pela frente do carro, ele pela traseira. Chegou à porta aberta no momento em que eu cheguei à porta do condutor. Começou a correr no momento em que eu me sentei ao volante. Uma corrida rápida e seca. Passou à minha frente e dirigiu-se para a autoestrada. Saltou o rail e parou junto da faixa de rodagem. Esperou um intervalo entre dois camiões e correu até o separador central. Percorreu a vala, penetrou na sebe e subiu para o raile do lado de lá. Eu via-lhe a cabeça, por entre os arbustos aparados. Depois desapareceu no alcatrão. Tentaria encontrar na área de serviço do lado de lá alguém que o levasse de volta a Sevilha. Estacionei o carro, fechei-o e corri para a estrada. Fiquei a olhar para os veículos, numa equação da distância e velocidade. Atravessei até o separador, penetrei na sebe. Preparava-me para continuar para a faixa de rodagem de sentido contrário quando reparei no rapaz. Permanecia ali, sentado no raile, três ou quatro metros à minha direita. Tinha as pernas pendentes para a estrada, os olhos fixos nos edifícios da outra estação de serviço. Olhou para mim e desviou o rosto. Deixou que eu me aproximasse. Peguei-lhe na mão. Senti-lhe as crostas das cicatrizes. Não lha apertei. Perguntei-lhe para onde é que quereria ir.

"Para casa."

Não era um desejo nem um objetivo. Ele sabia, como eu, que já não havia casa. Não havia ninguém. Pretendia apenas dirigir-se para o único lugar que poderia aceitar como destino, o lugar de onde viera. Disse-lhe que voltar para trás seria ficar sozinho. Encolheu os ombros e soltou a mão,

"Estamos sempre sozinhos."

Eu não o contrariei. O nós, ali, a primeira pessoa do plural, mal permitia ultrapassar a contradição dos termos perante o que enunciava. A constatação de uma solidão anterior a qualquer imagem da pertença ou do afeto. Ponto de partida, ponto de chegada. Disse-lhe que teríamos de ir. Virou-se para trás, sem protestar, pôs os pés no chão e transpôs os arbustos. Segui-o. Atravessamos a passo a faixa de rodagem. Peguei nele e pu-lo do lá de lá do raile. Abri o carro. Sentou-se no banco da frente. Fechou a porta. Arranquei de imediato. Cento e cinquenta, cento e sessenta, no conta-quilômetros. Não pediu desculpa, não disse que não tornaria a tentar fugir. Eu não lho pedia. Não lhe perguntaria por quê. Ele faria aquilo que soubesse fazer. Viera comigo. Enquanto compromisso talvez fosse suficiente. Eu poderia perguntar, mas não haveria resposta. Nem sequer, supunha, a pergunta correta.

Vinte minutos depois passamos pela saída para Ayamonte. Abrandei. Diante de nós, por detrás de uma colina, o topo dos pilares da ponte.

Disse-lhe que era ali. Debruçou-se para a frente, com o rosto quase colado ao vidro dianteiro. Primeiro uma placa, a indicar um quilômetro, depois a aproximação em curva, os pilares de amarração dos cabos metálicos. A rampa de acesso ao tabuleiro. Seguíamos devagar. Inclinou-se para a janela e voltou-se para mim,

"A fronteira é uma ponte."

"Não, é um rio."

Espreitou para montante, para lá dos railes e das grades, ao longo do leito. Depois para jusante. O estuário largo, o lodo, a lama, os aluviões que a maré baixa deixava a descoberto. Ao fundo, a foz. Entre a placa que, antes do tabuleiro, anunciava um quilômetro para a fronteira e uma segunda, passada a ponte, com o nome do país, nada indicava o termo do anterior. Acelerei, sentindo a segurança de estar do lado de cá. Olhei para o rapaz. Teria de o convencer a ficar comigo, teria de procurar um advogado, teria de o manter vivo. No resto, eu preferia não pensar. Teria de encontrar um hotel. Prosseguimos para ocidente. Cento e sessenta, cento e setenta. Depois fui abrandando, quase sem o notar. Ao fim de algum tempo seguíamos a cento e vinte. Cento e dez. Ele não se mexia. Olhava para as placas topográficas como se surpreendido pela materialização da língua. Metal, tinta, espaço, a três dimensões. Soletrava em voz baixa o nome dos lugares, seguia com o olhar as vias de saída, à procura das povoações que as setas indicavam. Alcoutim, Mértola.

"É isto Portugal", perguntou, quinze minutos depois, o tempo necessário para que aquilo que até então só havia existido como um nome, quase como simples possibilidade, se confrontasse com as terras áridas que ladeavam a autoestrada. Nada de muito diferente do que ele vira na última meia hora antes de cruzar a ponte. Railes, redes, alcatrão gasto, viadutos, colinas secas, xisto, calcário, um vislumbre do mar por entre as laranjeiras.

"É isto."

Não esclareci que também era isto, e que mais a norte, para o litoral ou para o interior, haveria outras terras, vilas, campos, serras de granito e cidades de mármore. História, língua. Leis. Fronteiras que não coincidiam com o que delimitavam. Mas talvez não importasse. Ele aprenderia por si.

Atravessamos o Algarve com o Sol de frente, deixando para trás indicações de praias e de cidades onde não seria difícil encontrar um hotel. Eu preferia afastar-me mais da fronteira. Depois de Faro paramos numa área de serviço. Perguntei-lhe se queria sair do carro. Hesitou, mas abriu a porta. Tateou o chão do lado de fora como se temesse encontrar um piso escorregadio. Pôs-se de pé, apoiado no carro, e olhou em redor. Não se mexeu. Viu-me encher o depósito, afastar-me para ir pagar, desaparecer no interior da loja, mas não saiu dali, protegido pelo ângulo da porta entreaberta. Quando regressamos à estrada, perguntou para onde é que íamos. Disse-lhe que nessa noite dormiríamos num hotel, depois teríamos de procurar uma casa. Junto do mar, se a encontrássemos. Talvez lá ficássemos algumas semanas. Conservou-se calado durante uns minutos, virado para a faixa da esquerda onde minutos antes se avistara a linha da costa. Depois disse que não tinha uns calções de banho. Uma toalha. Respondi que pararíamos daí a pouco, compraríamos o que quisesse. Disse-lhe que pensasse no que iria precisar e calei-me, perguntando-me se ele se lembraria de termos ido à praia, há mais de cinco anos, nos meses em que eu regressara a Sevilha. Tínhamos ficado os três em Cádis durante uma semana. Era provável. Nunca teria conhecido nada mais próximo da felicidade. Não teria voltado a ver o mar.

Saímos da autoestrada em Lagos. Procurei um centro comercial. Lanchamos. Quase não comeu. Comprei protetor solar, um chapéu, calções de banho, toalhas. Uma bola. Levei-o a um cabeleireiro. Não protestou, não perguntou por quê. Saiu com o cabelo muito curto, quase rapado. Contra a pele pálida e as cicatrizes, os olhos dir-se-iam maiores, de uma reserva quase animal. Parou diante de uma montra e olhou-se por um momento na superfície espelhada. Desviou o rosto numa expressão de desagrado. Estaríamos ambos a pensar o mesmo. Com o cabelo curto, ele ficara estranhamente parecido com Amir. Distinto no tom de pele, na cor dos olhos, na linha do nariz, mas com a mesma estrutura óssea, estreita e alongada, a boca pequena, os lábios finos. Pediu-me o chapéu e pô-lo na cabeça. Voltamos para o carro. Dirigimo-nos para a costa ocidental, de águas mais frias, mar mais revolto, onde haveria menos gente.

Deixamos a autoestrada e seguimos para norte, em direção a Aljezur. Meia hora depois, paramos numa pensão de beira da estrada. Paguei adiantado e, como esperava, não me pediram a identificação. Ao jantar, tive de insistir para que ele comesse. Eram visíveis o sono e o cansaço. Os olhos fechavam-se-lhe. Deitou-se pouco depois das nove, sem protestar, apesar de lá fora o dia ainda estar claro, mas não conseguiu adormecer. Perto das dez, quando o meu telefone tocou, ergueu-se na cama e manteve-se imóvel, com os cotovelos apoiados na almofada. Era a mãe, sabia-o pelo tom da minha voz. Fui para o quarto de banho e fechei a porta. Um tom azedo e impaciente. Queria saber se eu tinha o rapaz. A polícia fora procurá-la. Confirmei que ele estava comigo, não lhe disse onde. Ela não perguntou, pretendia apenas certificar-se. Avisar-me. Não queria mais nada. Estávamos por nossa conta, eu deveria saber que não o poderia conservar comigo. Acabaríamos por ser encontrados. Em Portugal, Espanha, onde quer que nos escondêssemos. Eu seria processado e acusado de rapto. Não ganharíamos nada em fugir. Nenhum de nós.

"Não penses que podes pressionar-me", continuou. Não queria ver-se ligada àquela situação. Já lhe bastava o que tinha acontecido. Permaneci calado a ouvi-la dizer aquilo que eu já sabia, e quase nos mesmos termos em que eu poderia esperar que ela o fizesse ou em que eu próprio o poderia fazer. O tom de resignação e ressentimento de quem se retrai diante de um obstáculo que renunciou ultrapassar. Disse que não a procurássemos, recusava-se a ser parte do problema. Despediu-se, formal, e desligou. Conservei o telefone na mão, de costas para o espelho que cobria metade da parede. Abri a porta e procurei o rapaz.

"Era ela", perguntou. Respondi que sim, com uma indiferença forçada, tentando ocultar o sentimento de rejeição que atingia ambos.

"O que é que lhe disseste."

"Nada. Quase nada."

Não acrescentei que ela não queria saber. Telefonara apenas para que soubéssemos que não queria saber.

"Ficou contente que estivesses comigo."

Deixou-se cair sobre a almofada com uma expressão de dúvida. Dez minutos depois tinha adormecido. Fiquei acordado até tarde. Primeiro de pé, diante da janela aberta, a olhar para os carros que passavam na estrada, cada vez mais raros com o avançar da noite. Depois deitado, atento à respiração do rapaz na cama ao lado. Uma respiração autônoma e animal, o corpo exposto, a vontade embotada. Ele parecia confiar em mim o suficiente para não perguntar o que é que aconteceria a seguir. Acreditava que eu saberia o que fazer. Ou talvez soubesse que não tinha alternativa.

Na manhã seguinte prosseguimos pelo litoral. Uma costa pouco povoada, de arribas altas e rochosas, com uma ou outra aldeia na embocadura dos rios. Ondulação forte, vento constante, sol agressivo. Havia pouca oferta, com as casas de férias já alugadas para todo o mês de Agosto. Seguíamos as placas até as povoações, por vezes não mais do que meia dúzia de edifícios dispersos pelas colinas ainda longe do mar, e percorríamos as ruas. Voltávamos para trás e continuávamos. Encontramos uma casa ao princípio da tarde. Aluguei-a para todo esse mês e para a primeira metade de Setembro. Uma aldeia de pescadores, agora quase completamente convertida em habitações de férias. Deixava-se o carro no princípio da rua, prosseguia-se a pé. Subiam-se dois degraus. Uma construção antiga, recentemente renovada, no extremo da aldeia. Dois quartos apertados, uma sala, uma cozinha. Nas traseiras, a encosta seca e pedregosa que subia para o planalto. A janela da sala dava para os telhados, uns metros abaixo, espalhados pelo declive. Ao lado da cozinha, havia um pátio com uma figueira, uma mesa e algumas cadeiras. Para lá do muro, em parte encoberta pelos telhados, via-se a praia.

Ao fim do dia, nas duas horas de luz entre o desocupar-se de gente e o escurecer, a faixa de areia encaixada entre os promontórios ficava vazia. Jantávamos cedo e o rapaz ia para a praia até que a noite me impedisse de o ver. Descia a dois e dois a escada de madeira construída na escarpa, deixava as sandálias no penúltimo degrau e vagueava pelo areal. Caminhava de olhos baixos, no limite da rebentação, atravessando os afloramentos rochosos que a vazante expunha. Regressava com os pés ainda úmidos e cobertos de areia, as sandálias numa mão, algumas conchas na outra, búzios, pedaços de cerâmica rolada pela rebentação. Eram os únicos momentos em que ele conseguia estar calmo. No resto do tempo mostrava-se desconfiado e inquieto. Embora gostasse da casa e da proximidade do mar, sentia-se acossado pela presença de terceiros. Não o conseguia evitar.

Descíamos para o areal depois do café da manhã. Com o céu limpo, a maré baixa e o mar recuado em pequenas ondas que se espalhavam pela areia, as manhãs surgiam como uma promessa de felicidade. O rapaz tomava-as como uma ameaça. A princípio vazio, o espaço ia-se povoando num movimento lento mas constante de dispersão e ocupação do território. Mesmo na praia pouco povoada, ele sentia-se cercado. Para onde quer que olhasse, havia sempre alguém. À sua frente, atrás de si, entre si e o mar. Homens, mulheres, crianças. Perturbava-o o ruído das vozes, perturbavam-no as pessoas quase despidas, perturbava-o o seu próprio corpo. Só tirava a camisola para ir nadar, enrolava-se na toalha assim que saía da água, tornava a vestir-se. Tentava não olhar. Desviava-se das mulheres em fato de banho e das meninas impúberes apenas de calções, de mamilos claros no peito nu. Evitava os jogos e as brincadeiras à beira da água que as faziam expor o interior das coxas, num vislumbre úmido dos genitais. Baixava mais os olhos e desviava o rosto. Pedia para voltar para casa. Por vezes, nem sequer isso. Ficava de pé, o olhar preso às pernas das raparigas, depois ao peito, sem se conseguir afastar. Ouvia os risos, as corridas para a água, os gritos, não se mexia. Levantava os olhos por um momento, tornava a baixá-los, num pudor quase físico. Uma culpa privada de moral. Tentava compreender. Saber, como o poderia descobrir por terceiros, o que é que de fato tinha acontecido. O quê, como, por quê. Isso que para si mesmo, ou porque inconfessável ou porque inacessível, parecia desprovido de realidade. Mais tarde, quando conseguiu falar do que acontecera, pediu-me primeiro para lho contar. O que é que eu vira, o que é que me tinham dito. Os polícias, os médicos, as assistentes sociais. Só depois tentou dizer o que sabia. Mas nem mesmo então foi capaz de explicar. O que é que fizera e o que é que não fizera. Proteger a irmã ou invadir-lhe o corpo. Se não se mexera porque não podia, ele próprio agredido pela agressão, ou porque não precisava, transportado já para a pele do outro, mordendo-lhe a carne, tateando-lhe o ventre, forçando-lhe as pernas, numa espécie de satisfação desfasada e diferida, mas mais intensa, porque capaz de fazer coincidir no gesto a distância e a proximidade, o corpo e a consciência. A coisa e a sua representação. Calou-se durante alguns minutos, depois, de um modo quase inaudível, perguntou se isso era o mal.

"O pecado", acrescentou.

"Onde é que ouviste essa palavra."

Encolheu os ombros. Algures. Na escola, na televisão. No hospital. Não respondi. A culpa é confessável, talvez não o prazer a ela associado. É confessável a mágoa e o arrependimento, mas nunca se constata a satisfação. Deixou-se ficar calado. Depois levantou-se e foi até o muro. Apontou para o mar, a linha do horizonte, e perguntou se em frente seria Marrocos. Respondi que não. Marrocos ficava mais a sul, na costa de África. Diante de nós, a ocidente, do outro lado do Atlântico, a América Central. A América do Sul, a sudoeste. Permaneceu calado, a olhar para as arribas rochosas que se prolongavam para sul. Virou-se para norte, por um momento, depois para o interior. À direita, por entre os telhados, via-se a estrada de acesso à aldeia. Perguntou qual a distância até Sevilha.

"Em tempo ou em quilômetros."

Apertou os lábios. Não era uma questão de critério ou de unidade de medida.

"A distância", repetiu. Nem horas, nem quilômetros. Distância. O procedimento penoso de acrescentar tempo ao tempo, sem que tal permitisse corrigir os erros ou reverter causas e efeitos. Depois, sem se voltar, perguntou se viria alguém à nossa procura. Assegurei-lhe que ninguém sabia de nós.

"O que é que eles me vão fazer."

Não respondi. Sabia-se culpado, sabia-se punível, em processo de punição, qualquer ou de quem quer que fosse a lei. Isso, o quê, quem, que definia o jogo, ditava as regras, impunha as condições, indicava quem perdia e quem ganhava, e se fazia a si mesmo jogador sem se permitir perder.

O rosto tornara-se moreno. O cabelo crescera, mas continuava curto. As cicatrizes tinham fechado. Conservava apenas umas manchas mais claras na pele bronzeada. Mantinha a independência esquiva de quem está habituado a não prestar contas. Por vezes, depois do almoço, desaparecia por algumas horas. Não me dizia que iria sair, não se justificava quando regressava. Uma manhã perguntou-me se eu ainda tinha a chave de Sevilha. Pediu-me que lha desse. Perdera a sua, algures entre o hospital e a casa de Jerez. Fui buscar a minha e entreguei-lha. Conservei a que pertencera a Lisa. Segurou a chave na palma da mão esquerda, enquanto a tateava com o indicador direito e lia em voz baixa o nome do fabricante. Virou-a e analisou a outra face. Somente metal. Fechou a mão e guardou-a no bolso. No dia seguinte, atou-a com um fio de rede de pesca que encontrara na praia. Passou a trazê-la pendurada ao pescoço. Nunca a tirava. Era a garantia material de um direito de retorno, prova de pertença e de propriedade. Apesar disto, havia da sua parte um esforço deliberado para evitar a irmã, a mãe ou a cidade. Não falava delas, acautelava qualquer palavra em castelhano. Quando não o conseguia, pedia desculpa e corrigia-se. Se, na praia ou na rua, se aproximava de uma ou outra família espanhola, parava por um instante, atento à língua, e olhava para as mulheres. Apenas uns segundos, de baixo para cima. Pés, pernas, ventre, peito. Boca. Depois os olhos. Depois baixava o rosto e afastava-se sem voltar a olhar.

Falávamos pouco. A minha presença não lhe desagradava. Habituara-se a mim, à casa. Gostava da praia, do mar, da rotina que tornava o tempo previsível. A hora de acordar, a hora de deitar. Onde ir ou não ir, o que fazer. O café da manhã, cedo, o almoço no restaurante, o jantar. Um diante do outro como se nada, nunca, tivesse acontecido. Comia em silêncio, com uma delicadeza de gestos que era nova nele. Já não os movimentos bruscos de semanas antes, mas uma atenção focada, consciente de si, constrangida por uma censura prévia. Parava a olhar para mim, parecendo pretender avaliar aquilo com que poderia contar. Não tinha havido perguntas nem recriminações, mas eu ainda não lhe dissera o que iríamos fazer. Mesmo deixando em suspenso aquilo que tinha acontecido, não havia nada que indicasse o que é que poderia acontecer a seguir. Um dia, antes de descermos para o almoço, disse que gostava daquilo. Indicou a casa com um gesto. Perguntou se poderíamos ficar ali a morar.

"Por quanto tempo."

Ficou surpreendido. Aproximou-se da janela, voltado para o mar.

"Sempre", respondeu. Uma única palavra. Quase coincidindo, no tom e na extensão, com outro termo com o qual talvez pudesse verbalizar o mesmo. Nunca. Disse-lhe que no fim do Verão teríamos de nos ir embora. Em Setembro começaria a escola, ele teria de se matricular algures. Baixou os olhos com uma expressão triste.

"Não tenho nada para aprender", murmurou. Eu não o contradisse. Não era nada de que se orgulhasse. Nem ponto de partida, nem ponto de chegada, apenas constatação. Sentia que já sabia demasiado. Que já sabia, no mínimo, mais do que aquilo que gostaria de saber, e que isso apenas lhe servia para produzir desconfiança. Desconfiava de si mesmo com a tristeza de quem descobre que tudo quanto sabe já foi compreendido e recusado antes de si por outros, e que, no limite, não havia nada para ser aprendido com a experiência alheia. O erro dos outros teria ele próprio de ser repetido e o pouco de aprendizagem que se recolhesse esgotar-se-ia na tentativa de produzir um arremedo de poder, de prolongar o simulacro de compreensão que faz equivaler a posse e o conhecimento, a propriedade e a sua representação.

Durante alguns dias ele tornou-se mais reservado. A sugestão da escola, de Setembro e da mudança para outro lugar viera lembrar-lhe que havia alguma coisa de que ele não poderia fugir. Aquilo que tinha ou não tinha para aprender dizia menos respeito ao que quer que alguém lhe pudesse ensinar do que a algo que ele mal se permitia admitir. Corpo, nome, identidade. Acerca disto, ele não sabia nada. Sabia-se acossado, comprimido contra uma margem de sombra que sentia crescer na mesma proporção em que o seu corpo o fazia. Saber ou não saber mediaria apenas a sua competência para apreender a espessura dessa sombra, para suspeitar que ela é sempre proporcional àquilo que se sabe ou vê. Poderia perguntar, mas talvez temesse que a explicação se voltasse contra si próprio sob a forma de acusação e de culpa.

Lisa nunca me atendeu o telefone. Na primeira semana, eu ligava-lhe duas vezes por dia. O telefone chamava sem que ninguém atendesse. Mais tarde passou a indicar que estava desligado. Insisti, várias vezes ao dia, de forma irregular. De hora a hora, por fim, com o mesmo resultado. Passei a tentar ao princípio da noite, apenas para confirmar que permanecia desligado. Telefonei para a casa de Córdova. Da terceira vez, atendeu uma empregada que informou que a senhora estava fora. Não sabia quando voltaria. Verdade ou mentira, não tornei a ligar. Ela poderia estar em qualquer das várias casas que possuíam. Não era provável que tivesse saído de Espanha. Pensei em telefonar ao marido, mas naquele momento ele pouco poderia acrescentar. E eu não queria pedir-lhe nada. De Sevilha, o advogado mantinha-me a par do que acontecia. A história desaparecera dos jornais. Em Portugal, era quase desconhecida. Após a fuga do rapaz, o processo entrara num impasse legal. Tratava-se uma criança estrangeira sobre a qual, fora do seu território, a justiça espanhola não possuía jurisdição. Contra a mãe, mantinham-se as acusações de negligência e abandono. A acusação de homicídio contra Amir, não imputável por ser menor de idade, estrangeiro e ausente em parte incerta, estava perdida nos convênios jurídicos com o reino de Marrocos. Contra mim, tinham por adquirido que eu fora cúmplice no desaparecimento do rapaz, mas não havia acusação. O menor era estrangeiro, precisariam de que o poder parental fosse atribuído ou que a mãe apresentasse queixa. Esta não o fizera e não o faria. O processo estava em trânsito para a justiça portuguesa. O rapaz ainda não era procurado, mas acabaria por sê-lo. Eu não tardaria a ser indiciado. Desloquei-me a Lisboa para consultar um advogado.

Saímos cedo e atravessamos o Tejo pouco depois das dez. No dia anterior eu dissera-lhe que ele poderia ficar. Eu estaria de volta a meio da tarde. Ele ficara calado e depois perguntara a que horas sairíamos. Disse-me que o acordasse. Levantou-se, sonolento, assim que me sentiu. Não quis comer. Entrou no carro com um ar inquieto. Sentou-se ao meu lado. Viu-me avançar até a autoestrada, com um olhar desconfiado, e só sossegou quando cortamos para norte, e viu as placas que indicavam a distância para Lisboa. Adormeceu a seguir, com o corpo inclinado e a cabeça encostada à porta. Foi a dormir durante quase toda a viagem. Abria os olhos, a espaços, para confirmar que continuávamos na estrada, tornava a fechá-los. Chamei-o quando estávamos quase a chegar. Ergueu-se à aproximação da ponte, tentando espreitar para lá dos railes e dos cabos de amarração. Uma cidade maior do que Sevilha, um rio mais largo do que o Guadalquivir. Enquanto atravessávamos, indiquei-lhe os bairros, os monumentos, mas à distância pareciam pequenos e pouco impressivos. Ele não tinha sequer uma imagem prévia diante da qual os pudesse reconhecer. Manteve-se atento, sem fazer perguntas nem reagir às minhas observações. Continuava apreensivo. Eu demorei a encontrar o escritório, num nono piso que dava para a Segunda Circular. Subimos os dois. Deixei o rapaz na recepção e fui recebido por um dos sócios do escritório, especialista em direito de família. Um homem polido, mas reservado, mais novo do que eu. Conhecia o processo, havia-lhe sido remetido pelo advogado de Sevilha. Tinha sido este a recomendar-mo. Eu disse-lhe o que pretendia. Queria reclamar a paternidade, primeiro, mais tarde o poder parental. Entretanto, se necessário, entregaria o rapaz à guarda judicial.

"A mãe concorda", perguntou.

"A mãe responderá por si."

Acrescentei que ela já o havia abandonado. Não me diria que não. Em Espanha, de resto, o filho ser-lhe-ia retirado. Fixou-me de forma prolongada e perguntou se eu achava que alguém me iria confiar a criança. Confiar em mim. Não esperou pela resposta. Apontou lá para fora, para a cidade, as faixas de rodagem, as filas de veículos, os edifícios do lado de lá da autoestrada. Agitou o dedo em negação. Eu tinha de saber. Seria improvável que o rapaz me fosse entregue. Havia o meu passado. Havia o abandono, havia a menina, havia o incesto.

"Vão querer saber o que é que aconteceu à irmã."

Baixou o tom de voz. Ninguém se iria importar comigo ou com a mãe. Não haveria simpatia nem compaixão. Nunca para alguém como eu.

"E falta saber o que é que ele quer."

O que é que eu próprio queria, ao fim daqueles anos. Ficou calado a olhar para os papéis que tinha diante de si. Levantou os olhos. Não me iria julgar, mas precisava de saber até onde é que eu estava disposto a ir, até onde é que eu estava disposto a expor-me. Não aceitaria o caso para desistir daí a um mês. Fixava-me de um modo insistente. Não me intimidou. Eu tinha poucas certezas, mas algumas convicções.

"Não acredito na moral, não acredito na justiça, acredito no processo. Ganhar ou perder. É o único critério."

Arrumou os papéis e não respondeu. Meia hora depois, quando me despedi, o advogado mantinha as reservas. Apesar da sua insistência, eu não o deixara falar com o rapaz. Ele aceitara o caso, mas não confiava em mim. Duvidava dos meus motivos e das minhas intenções, dava antecipadamente o caso como perdido. Quando me viu sair, o rapaz perguntou apenas se já poderíamos ir embora. Respondi-lhe que sim. Almoçamos num centro comercial. Comprei-lhe alguma roupa, livros, dirigimo-nos para sul. Perto de casa, perguntei-lhe se aceitaria ficar comigo. Pareceu confuso com a pergunta. Deixou-se ficar calado durante uns segundos, depois, como se enunciasse uma evidência, baixou a cabeça e murmurou que não tinha mais ninguém. Quando saímos do carro, olhou em redor com uma expressão de satisfação. Voltou-se para o vento e fechou os olhos. Depois do jantar, desceu para a praia. Já estava escuro quando regressou.

X

Era, desde há mais de quatro séculos, o primeiro da família a nascer em Espanha, o último de uma longa linhagem de expatriados. Os avós paternos, judeus holandeses radicados na Alemanha, haviam abandonado este país em meados dos anos trinta, logo após as primeiras perseguições, fixando-se no Norte de África. Primeiro na Argélia, depois na Tunísia. Os seus pais tinham-se conhecido aí, ainda adolescentes, enquanto à sua volta aquilo a que poderiam chamar mundo, humanidade e civilização desabava num ápice de irracionalidade e de violência. Após a guerra, já casados, mudaram-se para Espanha, encarregados de seguir de perto os investimentos da família da mulher. Olivais, processamento e exportação de azeite. Ele nascera já em Córdova, filho único destinado a herdar de avós e de tios maternos um império agrícola e industrial espalhado pela península, Tunísia e Israel. Agora, próximo dos cinquenta, hesitava entre ser apenas ele mesmo ou o rosto de uma herança de perseguição e perseverança, o nome de família ou a face visível de uma vontade coletiva. Acreditava no seu poder. Não um fim, mas um meio. Tinha aprendido que a acumulação de força ou de dinheiro era a única coisa capaz de garantir a estabilidade do mundo, de garantir o medo e a confiança necessários à organização do tempo em história e do espaço em geografia. Qualquer que fosse o nome que o poder a si mesmo se concedesse.

"*Sabe*", disse, "*a morte não tem memória, repete-se sempre pela primeira vez.*"

Rodou a cadeira e voltou-se para a janela, um pano de vidro que ocupava toda a extensão da parede lateral do compartimento. Não o interrompi. Em baixo, à luz do meio da manhã, as palmeiras dir-se-ia curvarem-se em direção ao empedrado da praça. As palmeiras, as pessoas, a luz, o fio de água que caía da fonte, sugados pelo peso de uma história que já não era a sua, mas que os esmagava de encontro à terra. Ele ergueu-se na cadeira e levantou o rosto. Parecia estar à espera de uma explicação. Não, ou não somente, quem e como, mas por quê. A confirmação, no mínimo, de que desde o princípio não se havia enganado. Confiara sabendo que não poderia confiar, acreditara sabendo que seria desmentido. Sabia que teria de pagar por isso. Aceitara o preço desde o primeiro dia, não iria reclamar. Precisava apenas de limitar os danos. Ninguém sairia dali impune, nem ele mesmo. Fixou-me de forma afável, mas distante, com a mesma expressão que teria num encontro de negócios. No mesmo plano, com a atenção de quem reconhece que, em qualquer caso, o que está em causa é apenas a tentativa de ajustar a perspectiva, de delimitar o olhar para enquadrar as coisas, descrente, apesar de tudo, da possibilidade de modelar o mundo para o adequar ao olhar. Qualquer que fosse, afinal, o poder acumulado.

Recebera-me no escritório da empresa, um edifício novo, na face norte da Plaza Colón, colado ao limite da muralha medieval. Deixei o rapaz no jardim do meio da praça e procurei o senhor Salomon na portaria. A funcionária pediu-me que esperasse. Dez minutos depois, conduziu-me até o elevador, desculpando-se por não me poder acompanhar. Com os empregados de férias, o edifício estava vazio, havia apenas ela na recepção e o diretor, seis pisos acima. Ela própria premiu o botão do sexto andar, afastou-se e aguardou que a porta se fechasse. O elevador parou diante do gabinete. Ele esperava-me à entrada. Cumprimentou-me, deixou que eu avançasse e fechou a porta sem ruído. Era uma sala grande, que ocupava a quase totalidade do último andar. Um espaço asséptico, reduzido à função, despojado de qualquer elemento supérfluo ou decorativo. Couro, cobre, mármore, aço polido, madeiras tropicais. Cristal. Indicou-me um sofá junto da janela. Sentou-se à minha frente.

No espaço esventrado pela rede viária de malha apertada, a cidade espalhava-se pela planície até o sopé das colinas. Ao longo do rio, recobertas de alcatrão, armazéns e blocos de habitação, as várzeas agrícolas iam sendo engolidas pela periferia. Aproximamo-nos vindos de sul. Deixamos a autoestrada, atravessamos o rio e dirigimo-nos para o centro. Um bairro residencial na margem direita. Passava das nove, hora espanhola. Eu tinha-o acordado a meio da noite, pouco depois das quatro da manhã. Seriam mais de quatrocentos quilômetros, eu queria chegar cedo. Teria de contar com a diferença horária. No dia anterior, após uma breve hesitação, ele aceitara vir comigo. Perguntou qual seria o percurso, ficou calado durante alguns segundos e disse que iria. Não pediu explicações. Disse-me que o acordasse a tempo de se vestir, mas quase não foi necessário. Levantou-se depressa, assim que entrei no quarto e afastei os cortinados. Lá fora ainda era de noite. Vestiu-se às escuras, calçou-se, foi ao quarto de banho e seguiu-me até o carro. Sentou-se no banco da frente. Manteve-se acordado quase meia hora. Adormeceu quando chegamos à autoestrada. Acordou antes de atravessarmos a fronteira. Começava a amanhecer. Diante de nós, a luz suja do céu a oriente. Bastou-lhe abrir os olhos, sem se mexer. Pestanejou, fixou a estrada, imóvel. Viu sucederem-se os painéis que assinalavam a aproximação da fronteira. Depois, a placa de um quilômetro para Espanha, os pilares da ponte, a rampa de acesso ao tabuleiro, os cabos. O rio. Em seguida, os painéis já em castelhano. Limites de velocidade, nomes de povoações, saídas para as praias, áreas de serviço. Não disse nada, baixou os olhos para as mãos e procurou as horas no relógio do carro. Parecia ter voltado a adormecer quando, quarenta quilômetros depois, surgiu a primeira placa com a indicação de Sevilha. Levantou-se no banco. Senti-o reter a respiração. Primeiro a placa com a direção Sevilha, depois a contagem decrescente. 88 quilômetros, 77, 65, cada vez mais ansioso. Os seus olhos quase contornavam os painéis de sinalização, antecipando os seguintes, e após estes alguma coisa que lhe parecia impossível. Mordia os lábios, apertava os joelhos com as mãos, cravava as unhas na pele que os calções deixavam exposta, desviava os olhos. Tornava a olhar, segundos depois, os lábios trêmulos. Quando faltavam menos de quinze quilômetros, perguntou se poderíamos parar. Apenas uns minutos. Ou nem sequer parar. Atravessar a cidade, ir ver a torre, passar pelo centro. Pela rua. Tateou a chave pendurada no peito. Um gesto involuntário. Retirou a mão, apertou os últimos botões da camisa. Respondi que talvez mais tarde, sem ser capaz de lhe dizer que não. Que nunca mais, que aquilo era parte de uma vida tão morta quanto o que restava do corpo da irmã. Morta, imóvel, incinerada, reduzida às cinzas que enviaram à mãe numa urna de porcelana.

"Não queremos que nos encontrem", justifiquei. Ele não insistiu. Tinha os olhos úmidos, mas esforçava-se por não chorar. Circundamos Sevilha pela margem direita e cortamos para a circular exterior. Atravessamos os dois braços de rio e prosseguimos, por entre bairros periféricos, cemitérios, pavilhões de zonas industriais. Ao fundo, no meio da massa de edifícios, via-se o perfil da torre da catedral. Cortando à direita, em cinco minutos estaríamos no centro. Saímos na cortada seguinte, mas na direção da autoestrada de Madrid. Córdova. Deixamos para trás os últimos bairros, contornamos o aeroporto, vendo a cidade desagregar-se ao longo de estradas secundárias, armazéns dispersos, explorações agrícolas e campos ceifados. Depois do aeroporto, ele baixou o rosto para o peito e fechou os olhos. Manteve-os fechados o tempo suficiente para que, abertos, já não vissem nada. Meia hora mais tarde paramos numa área de serviço. Estava uma manhã limpa. O dia começava a aquecer.

Comeu pouco. Foi ao quarto de banho, lavou-se, passou as mãos molhadas pelo cabelo. Voltara a cortá-lo no dia anterior. Estava tão curto como da primeira vez. Chegou com o rosto úmido e as pestanas coladas. Limpou-se com os braços.

"Vou ter de a ver", perguntou. Ficou à minha frente, sentado na borda da cadeira, tomando o meu silêncio como uma resposta. A resposta possível e que obedecia tanto à decisão e à vontade como a uma obrigação imposta ao pensamento. Se é pensamento constatar os termos de uma rendição, responder à fome, ao medo ou à ameaça. Se é pensamento prosseguir aquilo que se impôs por si próprio, autônomo o suficiente para prescindir do desejo ou da consciência.

"Não sei se a vamos ver", disse-lhe, por fim. Provavelmente a mãe não estaria em Córdova. Talvez tivéssemos de a procurar. Calei-me e não continuei. Teríamos de a encontrar, teríamos de a convencer a receber-nos, teríamos de saber o que é que seria necessário para a levarmos connosco. Comigo e com ele. Fora por isso que eu o trouxera. Não por estratégia ou termo de troca, mas como promessa, a garantia da existência de um espaço comum, o vínculo capaz de sugerir um compromisso. Tinha havido um antes, haveria um depois. Talvez fosse possível. Acabei de comer, levantei-me da mesa e olhei para o relógio. Oito e vinte. Já não era cedo. Seguiu-me sem mais perguntas. Era com alívio que ele ouvia alguém dizer-lhe o que deveria fazer ou não fazer, mas obedecia apenas por falta de fé. Não tinha mais nada em que acreditar.

Há mais de oito anos que eu não ia a Córdova. Ele nunca lá teria ido. Não lho perguntei. Eu sabia o nome da rua, o número da casa, fixara as referências a partir da autoestrada. Quando atravessamos a ponte, ficou surpreendido com o nome do rio. Era o mesmo Guadalquivir, mas mais estreito e lamacento do que aquele que conhecia de Sevilha. Prosseguimos ao longo do rio, depois à direita, em direção ao centro, através da amálgama de tempo e de história que se acumulava sob a cidade. Por debaixo da superfície de alcatrão haveria talvez uma outra camada, que corresponderia à cota do pavimento algumas décadas atrás. Mais abaixo, o empedrado do princípio do século anterior, cabos eléctricos, condutas de águas e de esgotos, o Iluminismo, a Renascença, a cidade califal, a *civitas* romana, o assentamento fenício. No último estrato, o tempo geológico. Um tempo anterior à história, compactado pelo peso dos edifícios, desagregado pelo atrito e pela trepidação, mas em si mesmo inerte e subtraído à consciência.

Chegamos depressa. Uma rua larga, aberta pelo meio dos bairros medievais e ladeada de vivendas do princípio do século anterior. Para lá dos muros, adivinhavam-se pátios, uma ou outra árvore, palmeiras. Todas as janelas até o segundo andar estavam protegidas por grades. O rapaz fixava as casas com um ar receoso, como se temesse deparar-se com alguém que o reconhecesse, alguém capaz de lhe apontar não apenas a identidade, mas também a culpa. Apertava-se contra o banco, com o corpo contraído, e baixava os olhos. Confirmei o número e estacionei do outro lado da rua. Pedi ao rapaz que ficasse no carro, eu não me demoraria. Atravessei a via e toquei à campainha. Do passeio não era visível qualquer construção. Apenas o muro. Alto, branco, com um portão pesado, sem outra abertura para o exterior. Por detrás, duas figueiras, uma palmeira. Esperei um minuto e tornei a tocar. Acabou por vir uma empregada. Entreabriu o portão o suficiente para, sem soltar a mão da ombreira, atravessar o tronco, prevenindo uma ameaça de intrusão. Teria mais de sessenta anos, usava uniforme. Olhava sem avaliar. Fixou-me, desinteressada, quase somente para confirmar alguma coisa que já esperava. Por trás de si, um pátio empedrado, uma galeria de colunas que suportava uma varanda envidraçada. Identifiquei-me e perguntei por Lisa. Ficou em silêncio talvez o tempo de traduzir a minha pergunta para uma pronúncia mais correta ou para uma língua na qual ela pudesse ser respondida. Disse, por fim, que a senhora não estava. Não havia ninguém em casa. Perguntei pelo marido. Demorou ainda mais. Olhou para o carro do outro lado da avenida, a criança, olhou melhor para mim, como se compreendesse não apenas a pergunta, mas alguma coisa que lhe era anterior, que ambos conhecíamos e que seria inútil vir recordar. Quase não chegou a responder. Disse que não, num murmúrio, sem designar o objeto de negação. Pedi-lhe que me dissesse onde os poderia encontrar, qualquer um deles. Recuou alguns centímetros e fechou mais a porta. Repetiu que não estava ninguém. Tinham saído de férias, não sabia quando iriam voltar. Era tudo o que me poderia dizer. Permaneci à sua frente, fixando a galeria por detrás de si. Não seria impossível forçar outra resposta, afastá-la da porta, invadir a casa. Procurar Lisa algures para lá do pátio. A empregada estaria a mentir, mas não era nada que eu não pudesse ter esperado. Disse-lhe que regressaria mais tarde, agradeci e voltei para o carro. Liguei o motor, sem arrancar. Ela continuava à porta, apenas fresta. Por detrás do muro, os telhados da casa. Um último piso, quase uma torre, de onde seria possível espreitar para a rua. Arranquei. O rapaz estava aliviado. Perguntou se já poderíamos regressar. Abanei a cabeça e não respondi. Teríamos de procurar na sede da empresa. E se não ali, na quinta de Jaén, na casa de Marbella.

Avançamos até o fim da rua e continuamos pela cidade velha. Demorei a encontrar a saída, mas acabamos por desembocar junto do rio, não muito longe da ponte romana. Contornamos os bairros antigos e apanhamos as avenidas novas. Duas faixas em cada sentido. Dirigimo-nos para a Plaza Colón. Estacionei e perguntei ao rapaz se queria ir comigo ou ficar no jardim. Preferiu ficar. Deixei-lhe a chave do carro. Disse-lhe que não se afastasse e atravessei a praça.

Em causa saber como o fazer. O procedimento, não o objetivo. Identificar um fim parecia garantir-me uma espécie de escolha. Era uma reserva de vontade. Como se entre a causa e a consequência pudesse definir-se um compartimento estanque, um espaço de neutralização no interior do qual o tempo permanecesse como possibilidade, suportando a soma das decisões anteriores para produzir um ponto isento. Um registo do caos no reino da lei. A liberdade de um, a segurança da outra.

Ele estava à minha espera. Não só agora, avisado primeiro pela empregada, em seguida pela funcionária da recepção, mas há mais tempo. Dias, meses, anos. Tinha claro aquilo que me queria dizer. Embora pouco mais velho do que eu, ele parecia, por herança ou aquisição, carregar consigo um suplemento de idade. Mais maduro, mais prudente, ou menos impulsivo. Capaz de antecipar as consequências dos seus gestos para além do que quer que no imediato os pudesse mover. Capaz de definir, no mínimo, as margens de risco. Sabia o que podia ganhar, sabia como poderia perder. Ganharia se pudesse ganhar, perderia se não o pudesse evitar, mas não iria a jogo para perder. E em qualquer dos casos tentaria fazê-lo nos seus próprios termos. Era amável, sem pretender agradar. Não faria cedências. Disse que me compreendia. Não me justificava, mas compreendia. Conhecia a minha irmã o suficiente para conseguir vê-la pelos meus olhos. Quanto a ela, não pretendia sequer tentar. Não havia nada para compreender. Dela e das outras. Seria possível descrever, medir, quantificar, mas não compreender. Tal suporia que existisse, por parte das mulheres, alguma coisa como uma consciência de si mesmas e dos homens. Duvidava.

"Preferem não saber", disse. Um castelhano sóbrio, uma dicção clara. Eu via-o em contraluz, entre a linha dos edifícios e o céu escurecido pelos vidros fumados. Em baixo, para lá da janela, era visível o vulto do rapaz. Continuava no banco onde eu o deixara. Em frente, a sul, a cidade

velha. Ao fundo, o perfil da torre do campanário e a massa compacta da catedral gótica que emergia dos telhados da mesquita medieval. Ele seguiu-me o olhar e voltou-se para trás. Primeiro para a praça, depois para a catedral. Não comentou. Virou-se devagar e disse-me que não o interpretasse mal. Não tinha nada contra Lisa ou contra qualquer outra mulher. Não era um problema das mulheres, era um problema dos homens.

"Deve perguntar-se por que é que eu casei com ela. Toda a gente o pergunta. Mesmo aqui a história acabou por ser conhecida, se não a vossa, pelo menos aquilo do pai. Ela nem se esforçou por o esconder. É parte da sua pele. Alguma coisa que não deixa que desviemos a atenção. Não é só o rosto. Ela é mais do que bonita, é cruel, apesar de amável. Uma doçura doentia. Basta falar com ela durante dez minutos para se compreender que não é possível confiar. E no entanto confiamos, queremos confiar. É uma espécie de fé, acreditamos com a mesma intensidade com que lhe cobiçamos o corpo. A carne, a consciência. Por vezes pergunto-me como é que ela consegue parecer tão lúcida. Não o é. Toda ela é parte de uma mesma massa de demência e de despudor. A boca, os olhos, as coxas, as mamas. Vê-se-lhe o corpo inteiro só de lhe olhar para os lábios. O corpo, o pensamento. As mentiras. É quase obsceno. Entreabre a boca como se escancarasse as pernas. Vê-se tudo. Pêlos púbicos, clitóris, lábios maiores, lábios menores, canal, fluidos vaginais. Espasmos. Mostra tudo e depois retrai-se. Por que é que eu casei com ela."

Fez um gesto com a mão, questionando a pertinência da sua própria pergunta. Ou não a pertinência da pergunta, mas a evidência da resposta.

"Não fui eu que a escolhi. Foi ela que me escolheu. Eu limitei-me a constatá-lo e a segui-la, incapaz de lhe dizer que não. Mesmo agora", calou-se, *"não sou eu que permito que ela se vá embora, é ela que me mostra que não há mais nada a fazer."*

Era uma estranha confissão de impotência. Talvez ele tivesse simplesmente desistido. Falava como se não houvesse nada para dizer. Mantinha o tom pausado, sem inflexões que acompanhassem o sentido das palavras. Não olhou para mim à procura de uma reação, aprovação ou reprovação. Ser-lhe-ia indiferente. Manteve-se em silêncio dois ou três minutos. Um homem magro e reservado, olhos claros, de um cinzento-pálido, cabelo preto, a pele morena que herdara da mãe. Umas mãos moles, de falanges longas. Senti-lhe a mão direita entre a minha quando o cumprimentei, a estrutura óssea mal recoberta pela epiderme, uma pressão frouxa. Era a mão de um doente ou de quem quase prescindiu dela para manipular o mundo. Entre as mãos e os olhos, o corpo recuava sob a camisa branca, a gravata, o fato apertado. A roupa era nele a única coisa previsível. A roupa, o relógio no pulso, a segurança. O resto, quer nos negócios, quer no seu comportamento, parecia produzir-se no propósito de estabelecer por si próprio o critério segundo o qual poderia ser avaliado. Um longo hábito de ser obedecido permitia-lhe não esperar dos outros compreensão ou aprovação. Talvez precisasse de espectadores, mas prescindia de aplausos. Conhecia as regras e as expectativas alheias, mas nunca fazia exatamente aquilo que esperavam dele. Assumia o seu poder. Recuava sobre si mesmo o suficiente para que, a um olhar exterior, transparecesse apenas o peso da sua posição. A família, a fortuna, o seu próprio sucesso nos negócios. Um sucesso que lhe permitia ser independente até daqueles com quem pudesse ter tido obrigações. E, apesar disso, entre a independência e a solidão, a linha era tênue. Ninguém o acusava, mas também ninguém o defendia. De um lado, o casamento tardio com uma mulher cristã, as dúvidas mais implícitas do que expressas quanto a princípios políticos, as evidentes reservas religiosas. Do outro, o sentido de comunidade, os investimentos em Israel, a observância dos interditos e dos rituais. A sua disponibilidade para ajudar aqueles que tinha por iguais. Uma identidade ambígua. Sabia-se judeu, igual aos judeus, mas rejeitava reduzir-se a isso. O único motivo que o mantinha em Espanha, recusando-se a fixar-se em Israel, disse-me mais tarde Lisa, numa das poucas vezes que falamos sobre ele, não era o apego à terra em que nascera, o sentir-se mais espanhol do que judeu, a nostalgia de uma idade de ouro peninsular, ou qualquer objeção de ordem ideológica, mas um simples excesso de individualismo. Não suportaria ver-se por entre outros iguais a si. Um poder partilhado é um poder que a si mesmo se diminui. Ele tinha transposto para si mesmo aquilo que outros tinham por privilégio de nome ou de religião. Aprendera hebraico por imposição familiar, cumprira os ritos de iniciação, mas mantivera a distância, num pacto implícito de não-agressão. Ele não repudiava a lei, ela não pretendia impor-se-lhe. A ideia de verdade surgia-lhe como algo de tão improvável quanto uma transação que operasse apenas sobre si mesma, eliminando o risco e os termos de troca. Eliminando o lucro.

"*Uma lei é sempre o rosto de uma língua. Eu não acredito em nenhuma.*"

Precisou que falava cinco. Enumerou-as. Castelhano, hebraico, inglês, francês, alemão. Nunca nenhuma dizia nada que a outra não pudesse dizer. E nenhuma dizia o que quer que fosse que não coubesse no que podia dizer. Cada palavra tinha um tamanho restrito, e nem a sua acumulação permitiria ultrapassar esses limites. Entre duas palavras, poderia optar-se por uma ou por outra, por uma terceira, mas o que ganhava com uma perdê-lo-ia com a seguinte. Nenhuma língua passava de gramática, menos preocupada com o que autorizava do que com o que recusava. Mas ele próprio não pretendia mais do que isso. Disse que só acreditava na carne e na consciência. Nem sequer na vontade, somente na capacidade de abrir os olhos e ver. Acumular imagens até que a sua soma permitisse prever as seguintes.

"*Também não acredito em proibições*", continuou. Não estava habituado a ser interrompido, mas olhou na minha direção como se antecipasse uma pergunta. Eu não perguntei, ele não respondeu. Virou-se para mim de um modo mais direto,

"*Não é possível proibir aquilo que não existe. Não se proíbe Deus, mas a carne. Não se proíbe a alma, mas o mundo. Apenas aquilo que podemos infringir. Mas, quanto a isso, talvez seja suficiente olhar com atenção.*"

Levantou-se da cadeira e virou-se para a praça. Primeiro para a praça, depois para os telhados da cidade, o interior do compartimento. Fixou as paredes vazias. Não havia estantes, livros ou imagens visíveis. Paredes de um cinzento-pálido, painéis de madeira.

"*Ninguém se proíbe a si mesmo. E ninguém aceita que lhe devolvam as suas próprias proibições. Isso é o princípio do poder. O princípio do mal.*"

Um poder necessário, um mal inevitável. Quanto ao poder, qualquer critério serviria. Qualquer esboço de ordem. A mais ínfima migalha de consciência pareceria preferível à ameaça do caos. O mínimo capaz de organizar em mundo a soma dispersa de luz e de sombra, de presença e de ausência, num encadeado de proibições. Mas, do não ao não, este cobriria apenas o espaço delimitado pelo medo, e somente o espaço, nem sequer o tempo. Depois, exposta à erosão e ameaçando desmoronar-se, a língua recolheria para si a extensão da história. Peso, densidade, intensidade, transpostos para o enunciado do livro, mas produzindo apenas a reconstituição do caos. Já não uma ordem, mas um movimento invertido, não permitindo mais do que reconhecer, disformes e desfiguradas, as imagens daquilo que não cabe na língua e não cabe na lei.

"*Quanto ao mal.*"

Calou-se.

"*Quando os homens criaram Deus, concederam-lhe o além e a eternidade. Para si próprios, mais ambiciosos, ficaram com o tempo e o mundo.*"

Encostou-se ao vidro, olhou para o relógio, permaneceu calado durante alguns minutos. Eu perguntava-me o que é que aquilo significava, ou por que é que ele me dizia. Talvez precisasse apenas de alguém que o ouvisse. Não seria necessidade de se justificar, mas de me mostrar o mundo onde o sentido ou o sem sentido daquilo que dele seria retirado ultrapassava, supunha, o que eu poderia compreender. Precisaria de mo dizer exatamente por que Lisa nunca o quisera ouvir. Imaginava que eu, como Lisa, pensasse que compreendia aquilo de que me falava, mas duvidava que eu o pudesse sequer, se o visse, reconhecer. Como se antes disso, e como exigência, estivesse o privilégio de uma revelação. Uma herança de sangue transposta por cada geração para os seus próprios termos, mas vinculada ao vínculo, assente na possibilidade de satisfação como condição da fome.

"*O poder é sempre proporcional ao mal que produz*", prosseguiu, por fim. Esse seria o único princípio. De todas as formas que o mal assumia, talvez o mais terrível fosse aquele que se afirma na consciente indiferença pela vítima. Que lhe identifica o nome, que lhe conhece o rosto, mas que prefere ignorá-lo como coisa acessória. Aquele para quem a vítima não é um meio nem um fim, apenas processo. Esse mal poderia ou não ter um rosto, mas teria sempre um nome. O nome da vítima.

"*Cabem aqui os mortos em nome de Deus ou em nome do medo, em nome do livro ou em nome da lei. Cabem aqui os massacres de guerra, o tráfico de escravos, o extermínio programado. A sujeição e a humilhação. Cabe aqui aquilo que a miséria aceitou como desculpa. E no entanto o crime coletivo nunca encobre a culpa individual.*"

Aproximou-se novamente da cadeira e sentou-se, sem deixar de olhar para mim. Depois, no que talvez não fosse uma mudança de assunto, apontou para a praça e perguntou se eu o tinha trazido comigo. O rapaz. Concluiu ele mesmo que eu não seria tão imprudente que o trouxesse para Espanha. Não respondi. Certamente que ele sabia que sim, eu tinha-o comigo, a empregada vira-o no carro e ter-lho-ia dito logo após eu me ter afastado. Disse que gostava dele. Só o vira uma vez, uma criança séria. Nunca vira a menina. Fora Lisa quem não os quisera trazer, ele tê-los-ia aceitado. Eram quase judeus. Calou-se, pela primeira vez com uma expressão amarga.

"*Os portugueses forçaram tantos judeus à conversão que se tornaram eles mesmos meio judeus.*"

Tê-los-ia aceitado quase como seus sem fazer perguntas. Tinha aceitado a mãe, aceitaria os filhos. Pediria apenas que lhe obedecessem. Os três. Quanto a Lisa, nem sequer que lhe fosse fiel. A exigência da fidelidade das mulheres nunca era mais do que a necessidade de assegurar a paternidade dos filhos. No seu caso era inútil.

"*As crianças*", acrescentou, "*são sempre aquilo que alguém nos rouba. O corpo, o tempo, o estado, a história.*"

A si, tinha-o defraudado o seu próprio corpo. A outros, roubá-los-ia o tempo, a história. Levantou o rosto e perguntou se eu conhecia o caso das crianças judias retiradas aos pais, batizadas à força, e embarcadas para colonizar as ilhas de São Tomé, na linha do equador. Mais de duas mil, entre os dois e os dez anos, arrancadas aos pais que, expulsos de Espanha, se haviam refugiado em Portugal.

"*Nos últimos anos, de cada vez que penso que não posso ter filhos, lembro-me dessas crianças*", disse. Condenadas a serem aquilo que não eram, que nunca seriam. Em poucos meses a maior parte tinha morrido. Febre, fome, maus-tratos. Tristeza. Isto nos últimos anos do século xv, reinava em Portugal D. João II, "*Creio que lhe chamam o Príncipe Perfeito.*"

Abanou a cabeça em sinal de dúvida.

"*Talvez*", continuou, "*a perfeição é sempre função do critério. Mas a morte não.*"

De qualquer modo, ninguém aprendia nada. Nem com o sucesso nem com o erro. O rei que se lhe seguira havia repetido o processo. Mais duas mil crianças confiscadas às mães como mercadoria ilícita, convertidas com um bocado de água e atiradas para dentro de uma nau. Pouco menos do que escravos. Um imperativo de civilização.

"*Destinadas a povoar as ilhas e embranquecer a raça. Apesar de tudo, antes um judeu do que um negro.*"

Levantou-se novamente, virou-me as costas e ficou calado de frente para o vidro. Outra vez a praça, os telhados, a catedral.

"*De resto*", prosseguiu, "*ninguém está inocente.*"

Em nenhum dos lados da lei. Disse que não andava à procura de uma explicação. Haveria quem soubesse por quê. Ele não se perguntava. Produzia, comprava, vendia. Lamentava apenas o tempo perdido. Não aquilo que acontecera, mas aquilo que não chegara a acontecer. Isso que nem trabalho nem memória poderiam recuperar. Mas ele próprio não era inocente, sabia-se parte do processo. Não era inocente nem ficaria impune.

"*A civilização é lei, culpa e punição. A impunidade gera sempre violência.*"

Violência por violência, ele preferia a da lei. Não que fosse melhor, apenas mais previsível. Sabia-se sempre com o que contar. Esperei que se calasse.

"É a impunidade da lei que gera a violência."

Olhou para mim com um sorriso. Disse que Lisa teria reagido com a mesma candura. Não supunha que fôssemos tão parecidos. Só não sabia se o fazíamos por convicção, se para tentarmos desculpar-nos. Seria convicção. Ou estaríamos apenas à procura de uma desculpa, confiando nisso e supondo-nos cínicos. Mas o cinismo, como a dúvida, é uma forma de ignorância. Só se duvida daquilo que não se conhece o suficiente para poder saber. Para poder, no mínimo, acreditar. Não éramos, disse, suficientemente judeus. Talvez nem sequer suficientemente cristãos. Demasiado bárbaros para podermos ser ensinados.

"*Não há nenhuma lei que seja punível. A lei é a própria possibilidade de punir. Não é reversível.*"

Levantou os olhos e, como se isso apenas lhe tivesse ocorrido naquele momento, acrescentou que era esse o poder das crianças. Um poder assente não na ignorância da sua fraqueza, mas na consciência da sua impunidade. Era uma espécie de cálculo anteverbal. Temiam a punição, mas sabiam, sem o nomear, dilatar o tempo o suficiente para que tal lhes pudesse parecer improvável. Bastava-lhes empurrar o tempo diante de si. E tempo é a única coisa que não lhes falta. Porque se o tempo é o espaço do possível, é também o do impossível, elas pressentiam-no. Não se tratava sequer, acentuou, de ausência de culpa, apenas da possibilidade de não serem punidas. Seria isso a culpa, a promessa da punição, a ameaça de ver devolvidos cada um dos seus gestos, de ver devolvida a violência, de sucumbir sob o peso da sua própria ação.

"*As crianças acreditam sempre que podem fugir a tempo.*"

Continuei calado e não contestei. Fiquei a ouvi-lo, sabendo, como o próprio sabia, que não era aquilo que ele pretendia dizer. Que já não era aquilo. Não queria falar da culpa, mas da perda, não do poder, mas da impotência. Prosseguiu ainda mais alguns minutos. Um discurso forçado, cada vez mais artificial, ao qual nem ele mesmo parecia prestar atenção. Acabou por se calar. Estávamos ali há mais de meia hora. Lá em baixo, o rapaz tinha-se levantado do banco e vagueava pelo jardim. Desaparecia, tornava a aparecer por detrás de um maciço de arbustos, voltava para o banco. À minha frente, de costas para a praça, ele não o via. Endireitou-se, com uma expressão dura. Depois, sem pressa,

"*Pode ficar com ela*", disse, "*nunca senti que me pertencesse.*"

Tinham tentado, os dois, mas talvez nunca ninguém tivesse verdadeiramente acreditado nisso. Pelo menos Lisa. Para esta, ele não teria passado de um pretexto para fugir. De si mesma e de mim. Isso ficara claro quando se recusara a trazer as crianças. Não porque, como ela pretendera, se tratasse de tentar começar do princípio, mas porque aquilo que ela de fato era não cabia no que existia entre os dois. Não cabiam as crianças, como não cabia quase nada do que ela própria era, tinha ou desejava. Seria sempre uma questão de tempo. Não de o evitar, mas de o produzir. Pressentira que havia terminado no dia em que, contra a sua vontade expressa, ela tinha regressado a Sevilha. Ele tentara impedi-la, mas não conseguira. Retivera-a em viagem à espera de que eu desaparecesse, mas fora inútil. Lisa estava transformada desde o dia em que soubera que eu tinha voltado. Ele notara a mudança sem compreender. Depois a empregada tinha-o avisado da minha chegada. Tornara-se-lhe claro.

Calou-se por um momento, a avaliar a minha expressão de surpresa. Acrescentou que nunca quisera interferir, mas precisava de estar informado. A empregada estava lá para isso. Não podia permitir-se não saber. Até para proteção de Lisa, ele precisava de ter alguém por perto. A empregada não se negava, devia-lhe muito. Era um contrato vantajoso para ambos. Nem sequer se podia dizer que alguém enganasse alguém. Lisa talvez não tivesse a certeza, mas desconfiava. Fez uma pausa, tentando calcular o que é que eu próprio sabia.

"Não me pergunte como é que eu a conheci."

Tinha sido ele a encaminhá-la para o escritório de advogados onde Lisa trabalhava. Mais tarde, tinha sido ele, através de terceiros, a sugerir que Lisa a contratasse. Era evidente que a mulher poderia servir para muitas coisas exceto para ama. Ela, de qualquer modo, não desagradava a Lisa. Sabia que ela aceitaria aquilo que poucas aceitariam. Comprometer-se sem fazer perguntas. Cuidar sem interferir. Responsabilizar-se no meio da mais completa irresponsabilidade. A sua e a dos outros. Sem um pingo de moral.

"A sua irmã pensa que foi ela, mas fui eu quem a tirou da rua."

Se é que alguém conseguia tirá-la da rua. Era ele quem lhe pagava a renda da casa, o colégio do filho, as viagens a Marrocos duas ou três vezes por ano. De ambos. Disse que podia imaginar o que é que a empregada me teria contado, contava-o sempre, ela mesma queria acreditar nisso, mas continuava obcecada. O dinheiro nunca lhe chegava, amealhava até o último cêntimo. Gastava o mínimo que podia. Se ele não estivesse atento, ela roubaria até aquilo que Lisa deixava para as crianças. Ia para a rua, se achasse necessário. Ele pagava-lhe para a manter em casa. Repetiu que eu não lhe perguntasse por quê. Talvez eu não fosse gostar da resposta. Calou-se e sorriu, como se soubesse acerca de mim alguma coisa que eu preferisse esconder. Não havia nada, a não ser que talvez até a atenção da mulher tivesse sido instigada. Mas, se o fora, também não lhe teria contado tudo.

"*Apesar de puta*", disse, "*é a única mulher romântica que eu conheci. A única capaz de fechar os olhos para ver melhor.*"

Capaz de acreditar. Sem reservas nem ilusões. Quanto ganhava, ela ia entregá-lo ao pai do rapaz. Ele tinha-a repudiado, casara-se outra vez, mas aceitava o que ela lhe levava. Recebia-a por dois ou três dias, uma semana, aproveitava-se do seu dinheiro e do seu corpo. Mandava-a de volta. Nunca fora diferente. Mesmo o casamento não tinha sido mais do que um estratagema para tentar obter a nacionalidade espanhola, já depois de ter sido deportado. Ela tê-lo-ia compreendido, mas tinha preferido acreditar. Nele, no casamento, numa vida em comum. Depois ficara grávida, mas nem isso havia sido suficiente para impedir que ele a rejeitasse. Vingava nela a sua expulsão de Espanha. Calou-se, fixou-me, abanou o dedo, num gesto enfático. Disse que não a acusava, não a lamentava. Ela dava o que tinha, fazia o que sabia, embora por vezes pudesse pedir mais. Encontraria sempre quem lhe pagasse melhor. Nunca aprendera a vender-se. Mas também nisso não a culpava. Seria melhor assim, parecia-lhe mais honesto. Quanto às outras, continuou, por vezes perguntava-se para que é que elas se queriam a si mesmas.

"*Isso*", disse, "*sabe*", com um gesto de desdém, "*coxas e mamas.*"

Não reagi. Ele insistiu, a dicção precisa, os gestos controlados, a expressão neutra, mas já sem convicção. Um registo automático, baço e lúcido como uma confissão forçada.

"*Não falo por mim*", sublinhou, "*normalmente contento-me com muito pouco.*"

Perguntei-lhe o que era muito pouco.

"*Olhar para as mulheres.*"

Uma resposta rápida. E, quanto a isso, continuou, qualquer uma servia. Mais carne ou menos carne, mais fome ou menos fome. Bastava-lhe que não estivessem demasiado despidas, que não se oferecessem. Que opusessem um mínimo de resistência. Roupa, distância, pudor. Esse seria, afinal, o único fundamento da lei. Não a moral, mas o interdito. Proibir alguma coisa o suficiente para que pudesse ser desejada. Proibir, tapar, reprimir, ameaçar. Aproximou-se, contornou a cadeira, tornou a sentar-se. Perguntou-me se eu sabia do que é que ele estava a falar.

Eu sabia. Reportava-se a Lisa, transpondo-a para os termos em que ma poderia devolver. Apenas o corpo, o espaço articulado entre o ventre, as nádegas e as pernas. Sangue, órgãos sexuais, fluxos menstruais, transpiração. Uma coisa menor. A culpa convertida em carne, a vontade em instinto. Uma boca feita para sorver, em cima e em baixo, anterior à língua e irredutível à lei. Prosseguiu no mesmo tom, rude e deslocado, como se pudesse reduzir a isso os motivos que, quaisquer que fossem, o tinham feito aproximar-se dela, e depois casar-se, suportando o peso da diferença de idades, de religião, a infâmia de uma história de violência e de incesto. Ou talvez isso mesmo constituísse motivo. Não apenas o corpo. Os olhos fundos, os lábios finos. Por detrás, ou além, permanecia o pecado. A garantia de uma densidade que só o interdito pode produzir. Era uma aposta de risco e durante algum tempo ele parecera ter ganho. Talvez tivesse ganho. Pelo menos tanto quanto se preparava agora para perder. Olhou para o relógio e disse que teria de sair daí a dez minutos. Devolver-ma-ia, precisava apenas de a ver antes que eu lha levasse,

"*Não lhe toco desde que ela soube que você chegou. Não me fala desde a morte da filha.*"

Há várias semanas que não a via. Sabia onde ela estava, mas não o diria antes de falar com ela. Não lhe perguntaria se queria que me desse a sua morada. Ela diria que não, mesmo que preferisse responder que sim. E, no fim de contas, talvez ela simplesmente não soubesse o que queria. Talvez já não soubesse. Alguém teria de saber por ela, por enquanto cabia-lhe a si. Olhou novamente para o relógio e levantou-se. Dirigiu-se para a porta, devagar, sem confirmar se eu o seguia. Parou à minha frente. Disse que me ligaria daí a dois dias. Esperou que eu estivesse diante do elevador e comentou, num tom quase casual, que eu certamente sabia que Lisa não poderia abandonar o país.

"*Eu aviso a polícia*", acrescentou.

XI

Porque depois, com as contas fechadas e os móveis dispersos, dir-se-ia sobrar ainda alguma coisa. Uma promessa de violência. O sangue lavado no sangue, a morte manipulada, a verdade imposta sobre a roupa rasgada e os membros mutilados. Sem contrapartidas. A vítima sempre vítima, mesmo que, à vez, confundida no corpo e no nome com os do agressor, pudesse acumular o medo ou a miséria suficientes para devolver a violência. Mas tarde ou cedo novamente vítima, tal como tarde ou cedo há sempre quem procure no passado aquilo que o presente não concedeu. Procure no passado, projete no futuro, aceite o próprio tempo como instrumento de punição. Em causa apenas tentar saber qual a quantidade de violência que a história pode acomodar sem que dentro de si alguma coisa se rompa de forma irreversível. Qual a quantidade, qual a natureza. Ou, ao contrário, qual a quantidade de violência necessária para transformar o tempo em história. Qual a quantidade para transformar o mundo em nome e o medo em lei.

Ele demorou duas semanas a telefonar. Eu fiquei à espera. Não confiava nele, mas era quase capaz de o compreender. Não me recusaria a mulher, se não tivesse verdadeiramente opção, mas não me daria nada que ele mesmo pudesse conservar. O rapaz não fizera perguntas. Vira-me atravessar a praça sem se levantar e olhara para trás de mim, confirmando que eu vinha sozinho. Levantou-se por fim, relutante, e seguiu-me. Levou a mão ao bolso e estendeu-me a chave do carro. Dez minutos depois, à saída da cidade, eu disse-lhe que não sabia de ninguém. Iríamos voltar para casa. Não respondeu, desiludido. Mesmo temendo tornar a ver a mãe, isso parecer-lhe-ia uma espécie de solução, uma garantia de regresso à sua própria vida. Sabia que o que tinha era provisório. Provisório o Verão, a praia, provisória a promessa de impunidade. Se algum dia pudesse ter pretendido o contrário, bastara-lhe voltar a aproximar-se de Sevilha para se ver desmentido. Conseguia lembrar-se do que perdera, mas quase nada na sua memória o ajudava a antecipar aquilo que poderia acontecer a seguir.

Ao princípio da tarde, quando atravessávamos a fronteira, paramos num controlo policial. Uma operação de rotina, polícia portuguesa e espanhola, já depois da ponte. Inspeccionavam, ao acaso, veículos e documentos. Olhei para o rapaz. Fixou os polícias com curiosidade. Não manifestava medo. Disse-lhe que passasse para o banco de trás. Tive de repetir. Soltou o cinto, levantou-se, apoiou-se no meu ombro e passou por entre os dois bancos. Sentou-se. Levou a mão ao manípulo de abertura da porta, olhou em volta. À direita, os edifícios baixos do posto conjunto das duas polícias. As duas bandeiras, a de Portugal e a de Espanha, lado a lado. A vedação de rede, as colinas áridas atrás. Aninhou-se. Avançámos alguns metros e tornamos a parar. Ele continuava com a mão no manípulo. Quando já estávamos próximos dos polícias, aumentou a pressão. Sentiu a porta soltar-se, escorregar-lhe da mão e entreabrir-se. Não se mexeu. Disse-lhe que a fechasse. Eles estavam apenas a verificar os documentos das viaturas. Hesitou, abriu mais a porta, puxou-a para si e bateu-a. Comprimiu-se contra o banco. Imóvel não porque confiasse em mim, mas porque não acreditava em si próprio o suficiente. Não o tentei convencer. Esperamos mais alguns minutos na fila, e acabamos por passar sem sermos questionados. Acelerei.

"Estavam à nossa procura", perguntou. Respondi que não. Não havia ninguém à nossa procura. Ninguém iria fazer perguntas, ninguém nos iria perseguir. Bastaria que não disséssemos o nosso nome. Ninguém queria saber de nós.

A estação parecia próxima do fim. Estávamos na primeira semana de Setembro, continuava calor, mas a meio da tarde a praia permanecia quase vazia. A própria natureza dir-se-ia alterada, se não no mar, no vento ou no céu, em alguma coisa que lhe era exterior, mas dentro da qual os olhos a apreendiam. O tempo regulado por relógios e calendários, distorcido no uso, modelado no nome. Cada dia mais moreno, o rapaz continuava com o corpo coberto de sal. Dizia que a água estava fria, mas não deixava de tentar nadar. Uma atividade perigosa, com as ondas mais altas. Comecei a passar mais tempo com ele. Depois do café da manhã, descíamos para a praia e, aproveitando a maré baixa, avançávamos para sul ao longo das faixas de areia entre as arribas e a rebentação. Ele seguia à minha frente, descalço, o chapéu enterrado na cabeça. Atravessava os afloramentos rochosos, as línguas de areia, parava para ver as acumulações de conchas nos recessos das rochas. Debruçava-se, prosseguia. Caminhava de olhos baixos, raramente levantava a cabeça para olhar para o mar. Depois, sem curiosidade, perguntava o nome das algas arrancadas pelas marés vivas ou o nome de um peixe atirado para a praia. Era mais um pretexto do que uma pergunta. Olhava para mim, distraído, e quase não prestava atenção à minha resposta. Avançava dez metros. Minutos depois, tornava a perguntar, outra vez sem se preocupar em ouvir a resposta. Continuava. Ao fim daquele tempo já conhecíamos o contorno das escarpas, as reentrâncias dos rochedos, os lugares onde o areal se estreitava, comprimido entre as paredes de quarenta metros de altura e o avanço das ondas. Sabíamos até onde poderíamos avançar e voltávamos para trás a tempo de evitar a subida da maré. Ele tirava o chapéu, despia a camisola e entrava na rebentação. Ficava meia hora na água, antes de subirmos para casa. Almoçávamos, esperávamos que a tarde passasse. Na manhã seguinte regressávamos à praia.

Do terraço, à distância, o mar surgia impositivo. Ao nível da praia, era quase possível ignorá-lo. Havia a superfície de água, alguns barcos, as ondas. O rapaz depressa se desinteressava. Aproximava-se da faixa de sombra na base das arribas e prosseguia rente às rochas. Contornava os espigões, escalava os rochedos mais baixos, detinha-se nas depressões cavadas pela erosão. Fissuras, pequenas grutas com pouco mais de um metro de profundidade, nas quais ele entrava a rastejar, bacias de areia e água da maré alta. A rocha compacta ia cedendo e devolvia ao mar os sedimentos friáveis, deixando expostos os estratos mais resistentes. Sujeita ao vento, ao sal, à água, às variações térmicas, a arriba recuava alguns centímetros em cada década. Depois alguns metros, num desabar violento. E outra vez o tempo, lento e persistente como um verme cego, avançando guiado pela erosão. Talvez reconhecesse os estratos de deposição, o suficiente para identificar o seu próprio rasto.

Ele procurava-me. Apoiava-se numa rocha e olhava em volta à minha procura. Eu nunca estava longe. Deixava-o avançar o suficiente para que ele não me pudesse falar. Não havia nada que eu lhe quisesse dizer. Não o queria ouvir. Nos últimos dias, em casa ou no carro, ele havia ganhado o hábito de perguntar apenas por perguntar. Começava por ficar calado. Vinte minutos, meia hora, sem uma palavra. Então olhava-me com uma expressão receosa e fazia uma pergunta, depois outra, sem objeto e quase sem esperar que eu lhe respondesse. A seguir outra, e outra, somente para manter uma linha de som ou de fala, alguma coisa capaz de preencher o espaço. Sempre mais perguntas do que aquelas às quais eu poderia responder, do que aquelas às quais ele pretendia que eu respondesse. Sempre a pergunta errada. Parecia esperar um gesto de compreensão. Talvez eu pudesse, se não absolvê-lo, pelo menos aceitar a sua submissão. Desde que voltáramos de Córdova, ele tinha-se tornado mais inquieto. Mantinha-se independente, mas era agora uma independência vacilante, apenas à espera de uma oportunidade para se deixar dominar. Diante da possibilidade da aproximação da mãe, tentava encontrar em mim um aliado. Por antecipação e sem muita fé. Acabava por se calar, sem me ter dado tempo para lhe responder. Agora, só muito raramente ia sozinho até a praia depois do jantar. Colava o indicador à guarda das escadas e descia devagar, degrau a degrau, com falta de vontade ou com pouca confiança, sem retirar o dedo da madeira. Não se afastava da frente da casa. Avançava meia dúzia de passos pelo areal, voltava-se para o terraço, tentando assegurar-se de que eu aí permanecia. Regressava depressa, com o dia ainda claro. Chamava-me, ainda à porta, e arranjava pretextos para se manter junto de mim. Seguia-me pela casa. Da sala para o pátio, do pátio para a cozinha. Sobressaltava-se com os movimentos bruscos. O bater de uma porta, o ruído de um carro ao fundo da rua, a vibração do vento nas folhas da figueira. Às refeições, parava por momentos antes de pegar nos talheres. Arrastava os olhos pelo tampo da mesa e verificava que não havia mais ninguém. Apenas dois pratos, o meu e o seu, talheres para dois. Dois copos, dois guardanapos. Baixava os olhos até os talheres, até as mãos, mantinha-as imóveis durante uns segundos. Só depois conseguia começar a comer. Fazia-o depressa, com gestos bruscos. Debruçado sobre o prato sentia-se exposto. Em casa ou num restaurante, procurava sempre sentar-se de costas para a parede, encostado a ela se o conseguia. Mas mesmo assim não evitava, a espaços, voltar-se para trás, para verificar se alguém ali estava. Não havia ninguém, que eu visse. Nunca me disse quem, se alguém.

Eu não tinha dela qualquer registo. Som ou imagem. Nenhuma fotografia, quase nenhumas memórias. Tudo somado, menos de dois meses. Eu nunca a vira até os quatros anos. Até esse momento, eu sabia que ela existia, mas era apenas um nome, a extensão do corpo da mãe. Primeiro no ventre, depois no exterior, sem quebra de continuidade. Na criança que eu vira no princípio de Junho permanecia isso, a imagem da mãe, nítida e crua como uma ameaça de repetição. Nos meses seguintes, eu pudera formar uma imagem. O rosto fechado e pequeno, pele pálida, lábios finos, cabelo escorrido, pescoço magro. Mas tudo isto, quase não uma imagem, mas uma acumulação de traços, tinha sido apagado pela sobreposição do seu corpo inconsciente. Eu sentia-lhe a pele contra os meus braços, o volume do corpo contra o peito, o cheiro a urina e a sangue seco, os cabelos colados, os membros lassos. Alguns dias mais tarde, a mesma figura, irreversível, estendida no caixão. Ela era agora isso. Eu não tinha acesso a outra memória. Poderia continuar a acrescentar elementos. Os braços estreitos, as mãos delicadas de unhas roídas, os pés descalços e sujos, mas só com dificuldade essa adição de características se organizava para produzir um corpo, alguma coisa visível. Acontecia o mesmo com os seus olhos. Bastar-me-ia olhar para os do irmão para saber como eram, verdes, profundos. Bastaria que eu próprio me olhasse ao espelho. Mas não era suficiente. Eu via-os sempre fechados, as pálpebras pisadas, os sulcos de lágrimas que desciam até a boca, os lábios secos e os mamilos mordidos. Teria havido um antes, mas não me era acessível. Era duvidoso que houvesse um depois.

Eu sabia que o irmão tinha uma fotografia dela. Uma ou outra vez em que eu entrara de imprevisto no seu quarto, tinha-o observado a guardá-la com uma indisfarçável expressão de culpa. Vi-a numa tarde em que ele se esqueceu de levar a carteira. Estava dobrada num bolso interior. Não era uma imagem recente. Laura teria então menos de dois anos, quase um bebê. Uma menina de coxas gordas e vestido curto, sob o qual se adivinhava o volume da fralda. Nos lábios, o esboço de uma frase. Era uma criança bonita, com o rosto cheio e os olhos grandes. Emagrecera depois. Mas nem aí eu a reconhecia, e a pouco e pouco ela ia regressando à condição de nome. Um recuo dos olhos sobre si mesmos, um recuo da voz ou da carne sobre a sua própria fome.

"Peço-te que não me mintas. Se não puderes não respondas, mas não me mintas."

Mantinha as mãos nos bolsos e a boca apertada, esforçava-se por conservar a cabeça erguida. Fitava-me de frente, com os olhos fixos, mas parecia não me ver. Principiou duas ou três frases que não chegou a terminar. Depois respirou fundo, baixou os olhos e perguntou se era verdade aquilo que Amir lhe dissera. Fiquei calado, pouco surpreendido pela pergunta. A única surpresa era que tivesse demorado tanto tempo a formulá-la. Mais de um mês, pelo menos. Ele, de qualquer modo, conhecia a resposta, precisava apenas de uma confirmação. Que sim, que não, pronto a acreditar num desmentido, mesmo sabendo que seria mentira.

"O que é que o Amir te disse."

"Que vocês são irmãos. Tu e a mãe."

Virou-se para a janela. Lá fora, uma névoa de fim de tarde, um vento forte. Respondi-lhe que sim. Era aquela pergunta que nas últimas semanas ele tinha vindo a substituir por outras até ter encontrado a coragem ou a vergonha suficientes para a formular. Se éramos irmãos. Precisava que eu o confirmasse, e precisava de me dizer o que ele próprio sabia. Que também nós éramos irmãos. Precisava, enfim, de saber se poderia confiar naquilo que eram pai e mãe, numa relação equívoca na qual talvez nunca tivesse chegado a acreditar. O pai. A mãe. Quanto a mim, eu não duvidava daquilo em que esta consistia, o rosto, o corpo, a alma, o espaço permitido entre as suas coxas, mas perguntava-me, agora, o que era isso que ele designava como a sua mãe. Um nome, uma ausência, ou as duas coisas. Uma convenção. A memória animal de um ventre fechado, dos seios úberes e quentes rapidamente recusados nas sete semanas de quase demência que se seguiram ao parto. O abandono, o desleixo, os castigos arbitrários. Depois, à medida que ele crescia, a permissividade, que não era mais do que uma outra forma de abandono. Esperei que ele se voltasse na minha direção e perguntei-lhe quando é que Amir lho havia dito. Levou a mão à testa e fechou os olhos. Tapou-os com a ponta dos dedos. O polegar sobre o olho direito, o médio e o anelar sobre o esquerdo. Tornou a virar-se de costas e não respondeu.

Afastou-se para o pátio e ficou a olhar para o mar. Minutos mais tarde, voltou-se para mim como se ainda estivesse à espera de uma reação, resposta ou pergunta. Explicação. Eu não tinha nenhuma.

Pelo meio de Setembro começariam as aulas. Não tornáramos a falar nisso. Duas ou três vezes por semana, quando íamos à vila, passávamos diante da escola, um edifício branco, de pátios vazios rodeados de grades. Ele olhava para lá, mas não dizia nada. À noite, após o jantar, perguntava em que dia estávamos. Dia sete de Setembro, dia dez, dia doze. Não fazia comentários. Eu continuava à espera, ele não sabia sequer o que esperar. Permanecia ali, paralelo ao tempo, sem pedir outra coisa que não fosse o regresso àquilo que conhecia como a sua vida. A casa de Sevilha, a irmã, a negligência da mãe e o desleixo da empregada, Amir, tudo em si mesmo tão pobre quanto irremediavelmente condenado. Não tinha aonde regressar, talvez não tivesse para onde ir. Renovei o aluguer da casa para mais um mês. De Sevilha, o advogado informara-me de que eu fora acusado de rapto de um menor, havia um mandado de captura. De Lisboa, o pedido de reconhecimento da paternidade esbarrava quer com a ausência do rapaz quer com a ausência de uma autoridade parental. Eu poderia entregá-lo, mas isso não faria avançar o processo. A mãe não se encontrava no país, e em Espanha o rapaz estava entregue à guarda judicial. O mandado de captura acabaria por transitar para Portugal e, então, só se eu o entregasse poderia prosseguir com o requerimento. Se eu me entregasse.

Eu preparava-me para voltar a Córdova quando ele me telefonou. Eram onze da noite, o rapaz tinha adormecido há pouco. Pedi-lhe que esperasse e saí para o pátio. Tinham passado duas semanas. Reconheceu que havia demorado mais do que supusera, mas não se desculpou. Mantinha um tom seguro, dir-se-ia que apenas por boa educação acedera a ligar-me. Disse que era obrigado a prevenir-me daquilo com que eu poderia contar. Estivera com Lisa. Não me disse do que teriam falado, limitou-se a excluir-me, não lhe falara de mim, não lhe falara do rapaz, não lhe falara da filha. Tinha estado com ela, já não era pouco. Há mais de um mês que vivia fechada no quarto. Parecia calma e lúcida, limitava-se a manter a porta fechada. Abria-a para a empregada, mas sem uma palavra. Aceitava as refeições que ela lhe trazia, comia alguma coisa e devolvia o tabuleiro. Nos primeiros dias ele tinha tentado falar-lhe, mas fora inútil. Chamava-a, esperava-a no corredor, batia-lhe à porta. Ela não abria, não respondia. Disse que a madeira ressoava como se batesse a um compartimento vazio. Se não fossem as grades, o fio de luz, à noite, no contorno da porta, poderia pensar que ela havia saído pela janela. Por vezes era possível escutar-lhe os passos, mas era tudo.

Ele continuou por mais alguns minutos, com um relato cuidado e neutro, no mesmo tom com que poderia reportar a terceiros alguma coisa que não implicasse nem quem contava, nem quem ouvia. Pretenderia apenas ganhar tempo. Não fora a possibilidade de o interromper e parecer-me-ia estar diante de uma gravação. Um enunciado mecânico, com uma dicção timbrada e sem profundidade, num castelhano demasiado nítido. Uma voz para a qual era difícil imaginar corpo que a pudesse suportar. Sentado à secretária, em casa, com as luzes desligadas, de pé à janela do pátio. Ou no escritório, como uma questão de negócios. Calou-se por um momento e depois disse que não pretendia culpá-la. Não pretendia culpar-me, por extensão, limitava-se a constatar. Não a queria julgar. Apesar do desmentido, mantinha-se, colada ao que dizia, a pretensão de que seria possível definir, algures entre o comportamento dela e as suas próprias palavras, um terceiro elemento capaz de constituir norma e critério. Isso que, lei e língua, seria fundamento da língua e critério da lei. Não o contestei. Talvez existisse. Mas acerca de Lisa eu sabia mais do que ele. Não lho contaria.

Nove anos antes, a seguir ao nascimento do rapaz, eu já a tinha visto fechar-se no quarto, recusar-se a falar, tornar-se violenta. Nada nos meses de gravidez teria permitido antecipar o que acontecera depois. Reservada e consciente ao longo da gestação, quebrara após o parto.

"Este, ninguém me tira", dissera, a caminho da maternidade. Quase não tornara a falar depois de sair da sala de partos. Permanecera calada nos três dias seguintes. Cuidava do bebê de um modo calmo e desprendido. No dia em que saiu da maternidade, deixou-me durante algumas horas e foi ao consulado registar o rapaz. Regressou com uma expressão já ausente. Fechou-se no quarto sem mudar de roupa, com as persianas corridas e a luz desligada. Durante dois meses quase não saiu. O bebê dormia comigo no quarto do fundo, fora ela mesma que aí o deitara ao chegar a casa. Quando em finais do segundo mês acedeu em sair, o compartimento estava reduzido a escombros, os móveis despedaçados, as paredes raspadas com pedaços de vidro, o colchão rasgado até as molas metálicas, os lençóis em tiras. A instalação eléctrica arrancada e os fios de cobre descascados e enrolados a um canto do quarto. Uma violência metódica e quase consciente. Excetuando um ocasional estilhaçar de vidros, não se ouvia ruído. De três em três horas, de dia ou de noite e com uma regularidade mecânica, ela abria a porta, ia ao quarto de banho, sentava-se na borda da banheira e esperava que eu lhe levasse o filho. Dava-lhe de mamar durante dois minutos. Sessenta segundos em cada mama, quase cronometrado, introduzia o indicador entre os lábios da criança, soltava-lhe o mamilo da boca e entregava-mo a chorar. Depois levantava-se, debruçava-se para o lavatório, apertava os seios com ambas as mãos e espremia para o ralo o resto do leite. Sentava-se na privada, puxava a descarga e voltava para o quarto. Calada, mas calma. A única vez em que a vi descontrolada foi, nos primeiros dias, quando tentei recusar-lhe o bebê. Eu tinha-lhe dado o biberão e acabara de o deitar. Tinha adormecido. Disse-lhe que o bebê já tinha mamado. Pôs-se de pé, avançou na minha direção e começou a agredir-me com os punhos. Segurei-lhe as mãos e afastei-a. Recuou dois passos, olhou em volta, agarrou na saboneteira de mármore e dirigiu-se para o quarto da criança. Eu cheguei primeiro. Tirei-lhe a saboneteira das mãos e disse-lhe que lhe daria o filho. Voltou para o quarto de banho e sentou-se na borda da banheira, a mama exposta e a mão no mamilo. Não tornou a acontecer. Ela abria a porta, fechava-a, esperava no quarto de banho que eu lhe levasse o bebê, dava-lhe de mamar e entregava-mo. Quando eu regressava de o deitar, já a porta do quarto estava novamente trancada. Nunca se lavou, mas parecia limpa, se se ignorasse a mancha de leite seco que lhe empastava o peito do vestido. Durante anos, foi a imagem que eu conservei dela. Os olhos grandes, o rosto magro, o cabelo preso por um elástico, o vestido de alças, que ela baixava para dar de mamar, com o qual dormia, se dormia, a horas irregulares, mas sempre acordada de três em três horas à espera do bebê. Duas vezes por dia, aceitava a comida que eu lhe deixava diante da porta. Pão e sumo de laranja. Água. Leite, no qual eu misturava medicamentos, mas que ela raramente bebia. Era inútil deixar-lhe outros alimentos. Por precaução, eu levava comigo a criança sempre que precisava de sair. Só no final do segundo mês é que ela tornou a falar. Tinha aceitado tomar banho, mudar de roupa e tomar os comprimidos. Deitou-se no quarto do fundo e dormiu durante quarenta e oito horas. Quando acordou, foi ter comigo à sala e perguntou-me o nome do bebê. Acenou com a cabeça, foi ao quarto de banho, bebeu água, tomou os comprimidos que eu lhe dei e voltou para a cama. Dormiu durante mais quatro dias. Acordava para comer, sentava-se alguns minutos no sofá da sala, tornava a deitar-se. Durante esse tempo, esvaziei o quarto, contratei uma empresa de construção e comprei móveis novos. Quando ela tornou a entrar no compartimento, nada nele indiciava os quase dois meses de violência. Nela própria, ao fim de pouco mais de um mês, não se viam vestígios daquilo por que passara. Nunca fez perguntas, nunca quis conversar acerca do que acontecera.

Estava menos magra, cuidava do bebê e falava em voltar para o trabalho. Ao fim da tarde, saíamos os três para passear no centro da cidade.

Ele ignorava-o. Lisa nunca lhe teria dito nada, eu não lho contaria. Continuei calado, a ouvi-lo. A voz foi-se tornando mais arrastada, parecendo pretender dilatar o tempo, adiando o momento em que teria de dizer aquilo que tinha para dizer. Acabou por se calar. Depois retomou o discurso no mesmo tom pausado, com a paciência de quem tenta explicar algo que duvida que o outro seja capaz de compreender. Temia que ela acabasse por fazer um disparate. Tinha tentado interná-la. Conseguira que ela aceitasse ver o médico, mas este não encontrara motivos que justificassem qualquer internamento, limitara-se a alterar-lhe a medicação. Acrescentou que lhe misturavam os comprimidos na comida, ela deveria sabê-lo, por vezes recusava-se a comer. Comeria se quisesse, não iria obrigá-la. A seguir, sem transição e apenas para recolocar as coisas no plano do exequível, disse que sairia para a Tunísia no dia seguinte. Estaria fora durante toda a semana. Ela ficaria sozinha com a empregada, talvez aceitasse falar comigo. Eu poderia tentar. Teria de ser ela a decidir o que pretendia fazer. Ele continuava a duvidar que ela mesma soubesse, mas não iria decidir por si. Pelo menos por agora.

Quando desliguei, senti o rapaz a afastar-se em direção ao quarto. Não lhe disse nada. Na manhã seguinte, descemos para a praia depois do café da manhã. Demoramo-nos pouco. Ele disse que estava com frio e deixou rapidamente a água. Envolveu-se na toalha e encaminhou-se para as escadas. Saímos cedo para almoçar, com ele mais calado do que habitualmente. Ao princípio da tarde, quando regressamos do restaurante, disse-lhe que teríamos de fazer as malas. Iríamos a Córdova no dia seguinte, talvez não voltássemos para ali. Não se mexeu. Ficou no meio da sala, com a boca entreaberta, os olhos dilatados e o corpo a tremer. Limpou as lágrimas com as palmas das mãos, recuou e não deixou que eu lhe tocasse. Correu para o quarto, depois para o pátio. Apoiou-se no muro, de costas para a praia, e ficou a olhar para a porta da cozinha. Os quartos, ao fundo. Lá dentro, eu esvaziava os armários e guardava nas malas aquilo que parecia valer a pena levar. Rejeitei quase toda a sua roupa de Verão. Levei o lixo para o contentor. Amontoei as malas junto da porta. Chamei-o e disse-lhe que tomasse banho, indiquei-lhe a roupa em cima da cama. Não protestou. O Sol ainda ia alto quando saímos para jantar. Regressamos depressa e deitamo-nos cedo. Ouvi-o revolver-se na cama até tarde. Eu quase não dormi.

Acordei-o antes das quatro da manhã. Deixei-o a vestir-se e levei as malas para o carro. Quando regressei ele já estava na rua à minha espera.

Pousei a chave em cima da mesa da sala e puxei a porta. Ouvia-se o som das ondas, trinta metros abaixo, os passos no empedrado. Eu esperava que ele tornasse a adormecer assim que se visse no carro. Não o fez. Manteve o rosto levantado e os olhos fixos na estrada. Primeiro no cone de luz dos faróis, depois, enquanto amanhecia e nos aproximávamos da fronteira, na estrada à sua frente, olhando desatento para as viaturas que ultrapassávamos ou para os painéis de sinalização. Não reagiu na fronteira, não se mexeu diante das primeiras placas que indicavam a aproximação de Sevilha. Cerca de cinquenta quilômetros após a fronteira, surgiram à esquerda da autoestrada os edifícios baixos de um complexo prisional. Ele olhou para a placa que sinalizava a cortada a tomar.

"*Centro penitenciario*."

Já das vezes anteriores ele tinha olhado para aí com inquietação. Uma massa de construções cinzentas rodeada de rede e de muros de betão, no meio da qual emergia uma torre de vigilância. O zinco dos telhados reverberava com a luz do princípio do dia. Fixou a prisão, com os olhos arrastados, não os desviou até nos afastarmos. Apertou os braços contra o peito e baixou a cabeça. Quilômetros depois, levou a mão ao manípulo da porta, ergueu-se no banco e pediu-me que parasse. Hesitei. Ele soltou o cinto e apoiou-se na porta. Repetiu que eu parasse.

"Eu salto", ameaçou, pressionando o manípulo. Não a chegou a abrir. Abrandei e encostei à berma.

"Vais entregar-me à polícia."

Uma formulação enfática, o espaço para uma resposta que já se antecipou. Fiquei a olhar para ele, imóvel e pequeno, e para lá dele o vidro, a rede de vedação da autoestrada e a palha ceifada dos campos. Castanho, amarelo, branco do calcário nas áreas lavradas. Não bastaria dizer-lhe que não, desmentir era parte da possibilidade de que eu estivesse a mentir. Debrucei-me para ele e tentei pegar-lhe na mão. Encostou-se à porta, apertou os braços contra o peito. Baixou a cabeça. Não insisti. Diante da suspeita, tocar seria sempre agredir. Endireitei-me e liguei o carro. Disse-lhe que apertasse o cinto. Eu não o iria entregar à polícia. Seguiríamos para Córdova, levaríamos a mãe.

"E depois."

Respondi que iríamos morar os três. Faltava saber onde, mas só sairíamos da cidade se fôssemos os três. Era tudo o que eu sabia. Não dependia apenas de mim ou dele.

"Teremos de a convencer."

Abanou a cabeça, mas não disse se duvidava de mim ou da mãe. Viu-me arrancar e afastou-se da porta. Contornamos Sevilha e prosseguimos. Quase não levantou os olhos. Paramos numa área de serviço já a poucos quilômetros de Córdova. Insisti em que comesse. Acompanhei-o ao quarto de banho e lavei-lhe o rosto. Passei-lhe as mãos úmidas pelo cabelo. Reparei que ele tinha sujado a camisola com leite, mudei-lha quando chegamos ao carro. Não perguntou por quê. Sentou-se ao meu lado, prendeu o cinto, procurando não amarrotar a camisola. Pouco depois, à entrada da cidade, perguntou-me o que é que eu lhe iria contar. Uma voz quase inaudível. Acerca de si, à mãe.

"Nada. Não há nada para contar."

"E se ela perguntar."

Fiquei calado, enquanto saíamos da autoestrada e cortávamos pelos viadutos e avenidas da margem esquerda, em direção ao centro. Atravessamos o rio. Aquela era uma questão inútil. Ou porque as respostas já fossem conhecidas ou porque não as quiséssemos conhecer, nenhum de nós iria fazer perguntas. O que sabíamos, cada um por si, seria suficiente para sustentar todas as acusações. Mas estávamos todos demasiado comprometidos para que alguém pudesse pretender ser juiz.

"Ninguém te vai perguntar."

Ele não replicou, sabendo que isso significava que ninguém o iria acusar, nenhum de nós, no mínimo. Nem eu, nem ela. Faltava saber, para si próprio, se sem acusação poderia existir perdão, se sem punição poderia esperar redenção. Disse-lhe que tentaríamos começar do princípio. Provavelmente iríamos os três para outro país. Itália, o Brasil. Calei-me. Já era mais do que aquilo que, sem mentir a mim mesmo, lhe poderia prometer. Talvez fosse possível. Um lugar, uma casa, um tempo comum. Não chegava sequer a ser consciente, era apenas possível, com a falta de fé que suporta a crença.

Passamos diante da casa e prosseguimos, à procura de um lugar onde deixar o carro. Eram quase dez horas. Deixei-lhe as chaves do carro e disse-lhe que esperasse. Toquei à campainha e recuei para o passeio. Eu não conseguia antecipar aquilo que poderia acontecer. A porta fechada, a casa vazia, o mutismo da mulher, as mentiras. Tive de tocar três vezes até que a porta se abrisse. Devagar, mas de um modo franco. A mulher cumprimentou-me e recuou, acompanhando a porta. Confirmou que não havia mais ninguém para entrar. Disse-me que a seguisse. O chão tinha sido acabado de regar, fresco e úmido. Acima da linha das colunas, havia trepadeiras que cobriam parte do envidraçado. Jasmim, roseiras, buganvílias com as flores já queimadas. Atravessou o pátio numa linha oblíqua e dirigiu-se para uma passagem lateral. Depois de um primeiro corredor, um segundo pátio, estreito e comprido, com um jardim formal. Murta, num padrão geométrico, dois ciprestes encostados aos muros. Cortamos à direita, em direção ao corpo do edifício, e avançamos ao longo de um segundo corredor. Parou ao fundo de umas escadas. Disse-me que subisse. Seria a primeira porta do lado direito. Costumava estar fechada à chave pelo lado de dentro. Eu teria de bater. Antes de se afastar disse-me que, quando saísse, me certificasse de que a porta da rua ficava fechada.

Tinha me feito entrar pelas traseiras. Paredes de cal, tetos em abóbada de tijolo, um edifício antigo. Subi devagar. Era uma escada estreita, de degraus altos, com o mármore gasto. Ao cimo, uma porta, depois outro corredor, numa penumbra quente. Chão de cerâmica encerada. Um longo tapete persa, ao meio, móveis do século xviii, cortinas de seda, damasco nas paredes. A espaços, painéis desbotados de frescos renascentistas. Um trabalho tosco. Parei diante da primeira porta. Demorei a bater, tentando avaliar, na espessura da madeira, qual a violência necessária para a levar dali. Qual a necessária, qual a legítima, qual a permitida.

"Lisa."

O quarto estava intacto. Baixou a cabeça e recuou alguns passos. Era um compartimento amplo, de pé-direito alto, três janelas. Poucos móveis, a cama já feita, ao fundo. Pelas frinchas das portadas, uma poeira de luz que não chegava a iluminar. Distinguia-se o espaço, os volumes, mais dificilmente as cores. Ela encontrava-se quase despida. Tinha uma blusa de alças, de decote largo, que lhe caía até o princípio das coxas. Por debaixo, as cuecas. Estava descalça. Afastou-se para junto da segunda janela. Fechei a porta e fiquei parado. Estava fresco, cheirava a uma mistura da cera do chão e do álcool dos frascos de perfume sobre a cômoda. Aproximei-me. Apenas alguns passos. Ela mantinha as mãos presas atrás das costas, a cabeça desviada em relação ao tronco, levantada num ângulo mais aberto do que seria natural. Eu conhecia-lhe o olhar, atento, desfasado, fixo, obsessivo, quase independente do resto do corpo. Os lábios entreabertos, os dentes brancos, a língua móvel. A mesma indiferença com que na rua encarava os homens que lhe cobiçavam a carne. Não desviava os olhos, não compunha o decote. Parei à sua frente. Apesar da ordem do compartimento não me era claro quem é que estava diante de mim. Talvez apenas a determinação de não ver, a quase consciente irracionalidade de rejeitar tudo o que lhe fosse alheio. Aproximei-me mais e entreabri uma portada. Espreitei para fora. A janela dava para o pátio da murta, não tinha grades. Visto de cima, notavam-se falhas no crescimento das sebes. Voltei-me para ela. Estava mais magra, pálida, o cabelo comprido. Recuou, fechou os olhos por um momento, abriu-os.

"Não me digas o que é que eu devo fazer. Não me respondas. Eu não quero ouvir e tu não tens nada para me dizer."

Falava de um modo pausado, com uma voz grave e uma sugestão de intimidade. Não o tom amargo ou agressivo que eu poderia esperar, mas uma espécie de lamento, lúcido e frio, como se falasse consigo mesma. Não respondi, não perguntei. Em cima da cômoda, à direita da janela, havia duas fotografias de pequeno formato. Laura e o irmão, nenhuma delas muito recente. Ele teria seis anos, a menina dois. Era a mesma imagem que o rapaz guardava na carteira, da mesma sessão, pelo menos. Cada uma delas havia sido rasgada em vários pedaços e reunida, depois, num *puzzle* provisório sobre a madeira. Os pedaços encaixavam mal nas uniões. Com o rosto rasgado na diagonal, a boca da menina prolongava-se para ambos os lados, num riso distorcido que os olhos não acompanhavam.

"Nada", repetiu.

"Pelo menos nada que não me tivesses dito antes, uma e outra vez. As mesmas palavras, a mesma voz. Sei isso tudo. Tanto quanto tu, primeiro do que tu e antes que tivesses tido a coragem para o pensar. Não me ensinaste nada."

Apoiou-se contra a parede, sem desviar os olhos. A voz tremia-lhe, apesar do esforço para parecer segura. A voz, as mãos, tentava controlar-se, precisava de me demonstrar que era capaz de separar o pensamento dos sentimentos, as palavras do corpo.

"Ou ensinaste-me a desconfiar de mim mesma. Não a excepção, mas a norma. Não te culpo. Só tive de aprender a ser o que não sou. E no entanto nunca me obrigaste a nada. Ficaste sempre à espera. Deixaste que fosse eu a escolher, a ter de reconhecer a miséria de dar por mim a ser precisamente isso, tão culpada como tu. Ou mesmo mais, porque eu teria podido dizer que não. Tu não podias, era claro, cada dia mais alcoólico, a tropeçar nas escadas a meio da noite, a rondar o meu quarto, agarrado às minhas cuecas usadas. Um pedinte obsceno. Colado às paredes, calado, tentando passar despercebido. Lá em casa todos o viam, ninguém era capaz de dizer nada, mas sabiam-no. Os empregados riam-se, a mãe desviava os olhos, o velho deplorava-te nas tuas costas. Ameaçava-te. Mesmo antes de te ter encontrado na minha cama, antes de te ter expulsado de casa. Mesmo antes de me teres abandonado grávida."

Não continuou. Sabíamos ambos o que acontecera a seguir. Cinco meses trancada pelo pai, quando este se dera conta da sua gravidez. Estava de quatro meses.

"Se te comportas como uma cadela, trato-te como uma cadela."

Fora a única coisa que lhe dissera. Nunca lhe dirigiu uma única palavra. Perante o olhar impotente da mãe, ele tinha vendido os animais, despedido os empregados, entaipado as janelas e cortado a corrente eléctrica do quarto da filha. Quando a mulher ameaçou denunciá-lo, trancou-a no outro extremo da casa. Manteve a filha amarrada à cama até ao fim da gravidez. Comia uma vez por dia, de manhã, saía duas vezes por dia para ir ao quarto de banho. Ele entrava com ela. Conservava-lhe as mãos amarradas. Tinha-a presa por uma coleira e uma trela de pouco mais de um metro. Quando ela se recusava a caminhar, ele agarrava-a pela coleira e arrastava-a pelo corredor até o quarto de banho, trancava-se com ela lá dentro e ficava aí até que ela parasse de chorar e se decidisse a sentar-se na privada. A princípio ela tentava agredi-lo, insultava-o, depois calou-se, o corpo pisado e a garganta em sangue de tanto gritar. Quase não conseguia engolir. Lá fora, as colheitas iam apodrecendo, sem quem as recolhesse. Ela nem isso via. Ouvia o vento, a chuva, sentia o quarto arrefecer enquanto o Outono avançava e se aproximava Dezembro. Os dias arrastavam-se. Nos últimos meses e à medida que o ventre lhe pressionava a bexiga, urinava no chão ao lado da cama. À noite gelava nos lençóis de Verão.

Teve a criança sozinha. Ele limitara-se a desamarrar-lhe as mãos. Gritou durante quase dois dias, mas o velho já estava habituado aos seus gritos, como se havia habituado aos mugidos da meia dúzia de vacas que não tinham sido vendidas e que, abandonadas nos estábulos, tinham acabado por morrer à fome. Ele esperou à porta até ouvir o bebê. Entrou no quarto, entregou-lhe as chaves da coleira, embrulhou o recém-nascido num lençol e desapareceu com ele. O corpo nunca chegaria a ser encontrado. Ela soltou-se, acabou de expulsar a placenta, saiu de casa com a roupa que usara durante cinco meses e dirigiu-se à polícia. Quase despida, com o vestido rasgado e empapado de sangue, irrompeu pela esquadra e denunciou o pai. Esperou que registrassem a queixa, assinou-a, e só depois se deixou conduzir ao hospital. Estava muito magra, anêmica, quase não conseguia caminhar, recusava a comida. Ficou internada durante um mês. Manteve-se calma. O velho foi capturado na semana seguinte. Não negou nada. Nunca se desculpou, nunca disse o meu nome. Ilibou a mulher e foi condenado a uma pena agravada de vinte e dois anos de prisão. Nunca mostrou arrependimento. Só um ano depois eu soube de tudo isto, da gravidez, do cárcere, do infanticídio. Estava em Itália, não assisti ao julgamento. Voltei a vê-la dois anos mais tarde, já ela vivia em Sevilha. Tinha sido eu a procurá-la. Recusou-se sempre a falar do que acontecera.

Nunca até aquele momento ela me havia culpado, mas talvez aquilo não fosse uma acusação. Ficamos calados. Aproximou-se da cama e sentou-se na borda. Não me mexi. Eu via-a dobrada sobre si, as mãos apoiadas na colcha, uma de cada lado do corpo, os olhos fixos nos joelhos. Para lá da janela, ouviam-se os sinos de uma igreja, depois apenas o ruído da cidade, a minha respiração, a sua, suficientemente próxima. Diante de mim, com a imutabilidade de um retrato disforme, permanecia a minha incapacidade para dizer que não, cortar a direito, escolher. Como se a impotência para alterar o passado dissesse menos respeito a uma impossibilidade do presente do que a uma incompetência básica que me impedisse de não repetir os erros. Com a consciência do erro, sabíamo-lo ambos. Ergueu o rosto na minha direção. Apenas uns segundos. Baixou-o outra vez, com um sorriso triste.

Forçou-se a falar, agora com mais dificuldade. Disse que imaginava que eu acabasse por vir. O marido não a avisara de nada, mas três dias antes tinha vindo despedir-se, dizendo que iria para a Tunísia durante uma semana. Não lhe perguntara se ela quereria ir, tratava-se apenas de um pretexto para a deixar sozinha. Ela soubera pela empregada que eu já lá tinha estado, haveria de voltar e não viria, como o médico do marido, para tentar interná-la. Não que fosse muito diferente, ela sabia que também eu não conseguia deixar de pensar que ela estava doente, que eu próprio estava doente e que tudo o que acontecera havia sido o resultado de uma espécie de erro de diagnóstico, de alguma coisa que com o tratamento adequado talvez pudesse ter sido curada. Eu continuava, segundo ela, a acreditar no olhar dos outros. No olhar, na língua, na lei, capaz de os infringir, mas não de os contestar. O pai, o estado, a moral.

"Mas pelo menos", disse, "perdeste o ar de pedinte."

Esclareceu que era agora ela a ter de pedir. Seria um favor que alguém a arrancasse dali, quem quer que fosse, o próprio marido o poderia ter feito. Estava habituado a mandar, teria bastado que fosse suficientemente assertivo. Mas talvez ele já tivesse desistido de si. Disse que o compreendia, só mesmo eu para ainda a querer. Não se perguntava se, para mim, ela seria parte da expiação. Eu, de qualquer modo, sabia com o que podia contar. Abriu a boca, num movimento grosseiro, e exibiu os dentes, a língua contraída, a faringe, como se pretendesse mostrar alguma coisa dentro de si. A seguir, levantou a blusa e abriu as pernas. Afastou as cuecas.

"Continuo a mesma. Não tenho mais ninguém."

Virei-lhe as costas e debrucei-me para a janela. Esperei alguns minutos. Deixou-se cair para trás e ficou deitada, de olhos fixos na madeira do teto. Depois levantou-se. Procurou as sandálias, calçou-se, encaminhou-se para a porta, disse que me acompanharia até ao pátio. Seguimos ao longo do corredor. Apontou para as paredes sem chegar a parar, o damasco, os frescos desbotados.

"Esta casa. Foi o que eu fiz nos últimos dois anos. Restaurei um passado que não me pertencia."

Encolheu os ombros e prosseguiu por um segundo corredor. Mármore polido, seda, móveis de museu. Pintura. Não se via nada posterior ao final do século xviii.

"Um exercício de estilo", acrescentou. Descemos para um átrio largo que dava para o pátio de entrada. Entreabriu a porta e avançou alguns passos, respirou fundo. Lá fora, um ar quente e seco. No pavimento, já não havia vestígios de água. Olhou em volta, como se quisesse confirmar que estávamos sozinhos, e perguntou-me se eu tinha trazido o rapaz. Respondi que sim e indiquei a rua. Estava à sua espera no carro. Estávamos ambos à espera, ficaríamos o tempo que fosse necessário. Baixou o rosto e disse que não havia o que esperar. Apenas o que fazer, mesmo que ninguém soubesse exatamente o quê. Objetei que sabia, eu sabia. Tinha vindo para a levar, não desistiria. Assentiu com a cabeça. Retirou um cartão do bolso da blusa, entregou-me. Era a morada de um hotel rural na zona de Ronda. Grazalema. Disse que seria seguro. Conhecia o lugar, não fariam perguntas. Ela iria lá ter daí a dois dias. Agarrei no papel e guardei-o na carteira. Seria inútil perguntar-lhe se eu poderia confiar nela. Ela poderia prometer tudo o que quisesse. Fixou-me de um modo frio, a boca tensa, mais preocupada em verificar se eu duvidava do que ela dizia do que em assegurar-se ela própria de que não mentia. Talvez não mentisse. Faria o que tinha a fazer.

Fui encontrar o rapaz sentado no chão, com as costas apoiadas na traseira do carro. Levantou-se quando me viu chegar. Apesar da sombra, tinha a camisola úmida de transpiração. Olhou para o princípio da rua e depois para mim. Confirmei-lhe que estava sozinho, ela viria mais tarde. Entramos no carro e dirigimo-nos para a saída da cidade.

Ainda não eram onze, hora local. Apanhamos a autoestrada de Málaga. Cem quilômetros até Antequera, depois mais noventa, por estradas secundárias.

XII

Pediu-me que parasse. Voltou-se no banco e disse-me que fizesse marcha atrás. Uma voz desfeita, o rosto em pânico. Recuei alguns metros. O rapaz desceu o vidro e apontou para a colina à sua direita. A meia encosta, alinhadas sobre uma árvore seca, viam-se três aves. Abutres, um perfil grosseiro e cinematográfico. Pescoço impudico, bico recurvo, asas contraídas ao longo do corpo. Imóveis, pesados, com a paciência e a impunidade de quem não pede nada que por si próprio não possa alcançar. Bastar-lhes-ia esperar, sem medir o tempo, tinham-no do seu lado. O rapaz permaneceu estático, a boca entreaberta, os olhos fixos. Pedia-me que visse, que confirmasse com os meus próprios olhos. Não desviou o rosto, não verificou se eu via. Mantinha suspensa a mão com que apontara, o indicador esticado, mas frouxo, o braço trêmulo. Abanava levemente a cabeça, numa negação que se dirigia tanto às aves quanto ao seu próprio medo. Baixou o braço, enquanto nos lábios se formava, sem som, um murmúrio que se diria mais o espasmo descontrolado dos maxilares do que a tentativa de modelar uma linguagem. Ouvia-se apenas o entrechocar dos dentes, mudo como uma fala privada de respiração. Tapou a boca com as mãos, fechou os olhos. Abriu-os, fechou-os, tornou a abri-los, tornou a fechá-los. Sacudiu a cabeça, empurrou a porta e saiu do carro. Avançou para a berma. Atravessou a valeta, evitando os cardos, parou junto da rede de vedação. Olhou para o maciço de árvores, a mais de quarenta metros. Agarrou-se ao arame e gritou na direção das aves, um som rouco e sem força. Elas não se mexeram. O bico apenas voltado, o corpo rígido. Tentou subir pela vedação. Apoiou os pés nos buracos da rede e elevou-se meio metro, sem conseguir saltar para o outro lado. Voltou a gritar, uma e outra vez, cada vez mais rouco. Do lado de lá, a imobilidade da carne privada de consciência. Abanou a rede, num restolhar de caules secos e arame enferrujado. Por fim, procurou uma pedra por entre a palha. Atirou-a com um grito mais agudo. A pedra caiu longe da árvore, mas pelo gesto ou pelo grito os bichos levantaram voo. Um depois do outro, bateram as asas num movimento pesado e elevaram-se no ar quente. Seguiu-os com o olhar, agarrado ao arame farpado do topo da vedação. Afastaram-se e regressaram a seguir, numa oval imperfeita que acompanhava as correntes ascendentes. Ficaram a pairar por cima de nós, em círculos concêntricos a cada momento mais amplos e altos. Ele não disse nada. Manteve-se imóvel a observá-los, depois transpôs a valeta, limpou as mãos às calças e entrou no carro. Puxou a porta com uma expressão de dúvida. Não sabia se tinha ganhado ou se tinha perdido. Minutos mais tarde, quando chegamos ao hotel, as aves já eram em maior número. Contei sete.

"É aqui", perguntou. Olhou em volta. Ruínas, terra ressequida. Prosseguimos. Próximo ou distante, o acumulado da devastação parece ser o único pressuposto da ideia de humanidade, a capacidade de, a cada momento, reunir a força e o poder necessários para destruir aquilo que no momento anterior se acumulava como força e como poder. É uma estratégia de sobrevivência. Destruir e compreender. Sobrepor ao caos as camadas suficientes de destroços ou palavras para produzir um arremedo de ordem. Aquele capaz de, a seu tempo e com o tamanho de uma guerra interior à linguagem, justificar a própria devastação. Nomeá-la na língua, modelá-la na lei, fazendo-se parte do processo de legislar o uso das coisas e o alcance dos nomes. E nisto a lei é sempre a extensão do nome de alguém com a força e o poder de persuasão suficientes para impor uma língua, o outro nome da guerra.

Paguei uma semana adiantado. Três quartos. O do rapaz ficava ao lado do meu. O terceiro, no extremo do corredor, permaneceu vazio durante dois dias. O hotel ocupava o edifício de um antigo convento. Apenas uma das alas tinha sido reabilitada. Das outras duas, pouco mais restava do que muros de calcário esboroados onde cresciam figueiras. Era uma construção austera de térreo e primeiro andar que conservava nas janelas as grades da reclusão. Os quartos eram largos. Parte das antigas paredes interiores havia sido derrubada, unindo três das celas monásticas. O mobiliário era recente, de um luxo afetado. No dia em que chegamos, não mais do que doze dos vinte quartos estariam ocupados. Famílias de férias. Demoravam-se três ou quatro dias antes de seguirem para o litoral ou regressarem ao Norte da Europa. Em volta, uma propriedade agrícola. Cinco cavalos num pasto rapado, um tanque de rega transformado em piscina, um grande barracão com telhado de chapa ondulada onde se guardavam os tratores e as alfaias. Era o que restava da capela do convento. Lá dentro, na parede do topo, por entre fardos de palha e utensílios agrícolas enferrujados, persistiam vestígios do altar. Sete funcionários, além do gerente, dono da propriedade. Quatro mulheres, dois homens, um terceiro para os trabalhos exteriores. O gerente, taciturno, com mais de setenta anos, olhou para mim como se me reconhecesse e aceitou a minha identificação com um gesto de enfado. Quase não a leu e não a registou. Transportei as malas para o quarto e disse ao rapaz que poderia ir até a piscina. Indiquei-lhe o tanque. Tomou-o como uma ordem. Vestiu os calções de banho, procurou a toalha, ainda úmida de sal, assegurou-se de que eu não iria sair e dirigiu-se para o térreo. Fiquei sozinho, a olhar através das grades para os muros desfeitos do outro lado do pátio. Por entre as figueiras, avistavam-se arcadas em pedra aparelhada, tirantes de ferro forjado, vestígios de madeira calcinada. O telhado há muito que tinha desabado para o interior do edifício.

Acabei de arrumar as malas, desci para o pátio e procurei o rapaz. Ele continuava na borda, ainda com a camisola vestida, a toalha na mão, olhando desconfiado para a água lodosa do fundo do tanque. Não havia mais ninguém. Decidiu-se a entrar quando me viu. Deixei-o a nadar e contornei as ruínas. Um cheiro a pó, palha esmagada e muros desfeitos. Figos apodrecidos. Por detrás do edifício, corria o leito revolto de um rio de Inverno. A avaliar pela erosão, aquando das chuvas, a água em torrente rasgaria a rocha e arrastaria os blocos despedaçados. Agora permanecia completamente seco. A montante, o perfil erodido das serras calcárias. Uma terra rude. Lugar de exílios, covil de feras e antro de bandoleiros.

Ela chegou dois dias depois. Vi o carro a aproximar-se pela via de acesso, já no interior da propriedade. Era uma estrada declivosa, de saibro batido, numa sucessão de curvas que tentavam atenuar a diferença de cota até o fundo do vale. Passavam dez minutos das quatro da tarde. Estacionou em frente da recepção. Saiu do carro e parou à sombra dos ciprestes que ladeavam o pátio. Tirou os óculos escuros, olhou em volta, as ruínas, o primeiro piso do edifício. Não me viu. Regressou ao carro, pegou na carteira e dirigiu-se para a entrada. Minutos depois, o gerente saiu acompanhado por duas empregadas que recolheram as malas e as levaram para dentro. Ouvi-as subirem as escadas, atravessarem o corredor diante da minha porta, e tornarem a passar em sentido inverso. Senti-a subir, depois, com passos quase imperceptíveis. Meia hora mais tarde, veio bater à minha porta. Abriu-a, fechou-a atrás de si. Tinha mudado de roupa, estava descalça. Trazia as sandálias na mão. Parou à minha frente.

"Estou muito cansada."

Um rosto de convalescente, uma voz insegura. Magra. Ainda mais pálida do que dois dias antes. Avançou até o meio do quarto, contornou a cama, sentou-se na borda do colchão. Soltou as sandálias. Ficou a olhar para a janela com as costas apoiadas na cabeceira da cama. Estava calma, dir-se-ia apenas à espera de recuperar a respiração depois de um esforço demasiado intenso. Sentei-me ao seu lado. Não me repeliu. Fechou os olhos e debruçou-se para mim. Escondeu a cabeça no meu peito. Pouco mais do que uma massa óssea de contornos duros. Maxilares, testa, cabelo. A linha do crânio, por debaixo. As vértebras do pescoço. Reconhecível como uma memória de infância. Apenas aquilo. Ela, eu, nós, com as mesmas mãos nuas dos anos anteriores, destinados ao choque e ao confronto, a desabar diante do desabar do outro. Depois, como produto autônomo do próprio choque, aquelas crianças tarde ou cedo entregues a si mesmas pareciam constituir o único vínculo que não se esgotava em nós mesmos. Alguma coisa que obedecia menos à vontade do que à atividade orgânica do corpo, ao estrito e anteverbal preceito da multiplicação.

"Onde é que ele está."

Tinha-se levantado. Entreabrira a janela e apoiara-se nas grades, com o braço erguido a proteger os olhos. Apontei na direção do outro quarto, do lado de lá da cabeceira da cama. Ficou a olhar para a parede.

"Ele deveria estar na escola."

"Acabará por ir. Há de aprender o que tem de aprender."

Perguntei-lhe se queria que eu o fosse chamar. Respondeu que não, iria vê-lo mais tarde. Voltou-se para o pátio e indicou com um gesto os campos e as ruínas. Depois o interior do quarto, o pé-direito elevado, o teto em abóbada, o calcário talhado das ombreiras. Disse que estava farta de paredes velhas, mas aquele lugar era seguro. Poderíamos ficar enquanto quiséssemos. Ninguém nos iria procurar ali, ninguém nos denunciaria. Ela conhecia o dono, ele talvez lhe devesse não estar na prisão. Anos antes tinha-o defendido num processo em que havia provas mais do que suficientes para o condenar. Acabara ilibado, estava-lhe grato.

"Tráfico humano. Lenocínio", acrescentou.

"Aqui", perguntei, indicando o quarto.

"Aqui", assentiu, apontando para a cama. Fiquei calado. Esperei que olhasse na minha direção, mas não lhe perguntei se a outra ali tinha trabalhado. Não me responderia, desdenhando a pergunta, demasiado obscena para admitir uma resposta. Já não era sequer necessário detraí-la. Chamara-lhe promíscua, uma vez, era suficiente, agora bastaria ignorá-la. E, no entanto, só podia acusá-la de, presa a um homem do outro lado do estreito e incapaz de levar para a cama aquele que, mais faminto do que um cão, ela lhe havia oferecido, não ter sido suficientemente promíscua. Porque talvez fosse para isso que ela a tinha conservado. Para me desviar de si ou para pôr à prova a minha fidelidade, para averiguar o que é que havia sobrevivido aos anos e ao seu casamento. Nada a dizer.

"O teu marido sabe que estamos aqui."

Desviou o rosto, incomodada pela pergunta. Não queria falar do marido. Procurou as sandálias, baixou-se e calçou-as. Respondeu, depois, que talvez ele pudesse ficar a saber se se preocupasse o suficiente. Mas não lhe parecia que o viesse a fazer,

"Para ele, acabei de morrer. Acabarei por morrer."

Não a contrariei. Seria preferível que pensasse isso, embora não fosse verdade. Não só ninguém mata nem ninguém morre com um golpe seco de estrita vontade, como era duvidoso que ele o pretendesse. Mas pelo menos em parte ela tinha razão, o marido nunca fez nada para a procurar ou para nos denunciar. Quando, anos mais tarde, ela o tornou a ver, ele tratou-a como alguém irremediavelmente afetado por uma dependência ou uma incapacidade cognitiva e a quem não é legítimo pretender punir ou pedir explicações.

Ao fim do dia, antes de sairmos para jantar, ela procurou o rapaz no seu quarto. Ele não saíra dali desde que a vira chegar. Estiveram sozinhos durante dez minutos. Ninguém me disse o que é que aconteceu, lágrimas, acusações, nada. O reconhecimento de que nenhum poderia apontar ao outro o que quer que fosse que não o implicasse primeiro ou não revertesse sobre si mesmo. Culpa ou responsabilidade. Uma constatação consciente, da parte dela, apenas pressentida, por parte do rapaz. Aquilo a que ele, se lhe desse um nome, poderia chamar conhecimento, mas que talvez não passasse de uma forma de ingenuidade. Constatava sem compreender, aceitava a culpa para escapar à acusação.

Quando chegaram junto de mim, havia em ambos uma expressão de alívio. Ele não tinha nada para pedir, ela não tinha nada para oferecer. Seria satisfatório para ambos. Ele esperou que a mãe se afastasse e voltou-se para mim, hesitante. Perguntei-lhe se estava bem. Encolheu os ombros e baixou o rosto, sem responder. Prosseguiu de olhos baixos. Teria sido preferível que ela o tivesse acusado. Acusado, punido, e lavado em lágrimas a culpa e o ressentimento. Permaneceria a distância, consumidos ambos por uma mágoa a que um chamava crime e o outro abandono.

O hotel não servia refeições. Duas vezes por dia, fazíamos os quase cinco minutos de terra batida até a estrada, em seguida mais sete quilômetros até a vila ou ao restaurante de um dos hotéis dos arredores. Exceto isso, não saíamos. Ela não tinha nem curiosidade nem vontade de se expor. Estávamos de passagem, só faltava decidir para onde ir. Poderíamos atravessar a fronteira para Portugal. Tínhamos a quinta, os duzentos hectares de floresta e terreno agrícola, a casa onde não haveria ninguém para questionar a nossa presença. Desde a morte do velho que a propriedade nos pertencia por inteiro. As terras haviam sido arrendadas, mas a casa estava abandonada. Eu não o queria fazer e ela, de qualquer modo, não aceitaria regressar. Nunca lá voltara desde que saíra para apresentar queixa na polícia. De resto, eu era procurado por rapto, o mandado de detenção já chegara a Lisboa. Atravessando a fronteira e reclamando a paternidade acabaríamos expostos. Não sendo punível na legislação portuguesa, não seríamos processados por incesto, mas era duvidoso que o poder parental nos fosse concedido. A qualquer dos dois, se isso era critério. Em Espanha, mantinha-se o processo contra ela, o rapaz nunca lhe seria devolvido. Sugeri-lhe o Brasil. Ela recusava-se.

"Sei o que me espera", disse, "tenho trinta e três anos. Não tarda quarenta, cinquenta. Cada vez mais velha, cada vez mais feia, cada vez mais sozinha."

Para isso, preferia ficar na Europa. Não contestei. Qualquer promessa não passaria de uma mentira piedosa. Quem quer que mentisse a quem. Teria de ser ela a decidir. Começou a informar-se. Quadros legais de cada país, legislação internacional, tratados de extradição. Passava horas ao computador, falava ao telefone com antigos colegas do escritório de Sevilha, com o meu advogado. Não me disse o que concluiu e ao fim de alguns dias pareceu ter desistido. A meio da segunda semana, foi intimada para uma audição com o juiz de investigação criminal. Faltou. Na semana seguinte já havia um mandado de detenção em seu nome. Recebeu a notícia com indiferença, mas mesmo então insistiu em ficar. Sentia-se segura, ali, numa espécie de inércia que era quase um estado de conforto físico. Só sairia se tivesse para onde.

Permanecemos no hotel durante mais de um mês. O resto de Setembro, Outubro, o princípio de Novembro. O tempo continuava quente e seco. No princípio de Outubro, arrefeceu. A meio do dia continuava calor, mas as noites começavam a ficar frias. Todas as tardes o rapaz passava uma hora na piscina. Com o hotel quase vazio, ele era agora o único que lhe dava uso. Ia até lá, se eu lhe dizia que o fizesse, vagueava pelos pátios em redor das ruínas, mas a maior parte do tempo ficava a ver televisão, a porta entreaberta, atento ao ir e vir entre o meu quarto e o da mãe. Conservávamos os quartos separados. Na primeira noite, quando regressávamos ao hotel, ela perguntara-me se eu o poderia deitar. Fixou-me por um momento e acrescentou que falaríamos no dia seguinte. Saiu assim que o carro parou e subiu rapidamente. Duas horas depois, quando tive a certeza de que o rapaz havia adormecido, atravessei o corredor até a porta dela. Estava trancada. Desci para o pátio e contornei o edifício pelas traseiras. Não havia luz na sua janela. Permaneci ali durante mais de meia hora. Depois voltei para o meu quarto. Deitei-me, sem adormecer. Às três da manhã fui bater-lhe à porta. Insisti. Ela demorou, mas acabou por abrir. Não acendeu a luz e eu quase não a via, iluminada pela claridade pálida das escadas. Entreabriu apenas o espaço do seu corpo, com a porta presa pela mão direita. Disse-me que voltasse para o meu quarto. Uma voz pastosa que ressoou na abóbada do corredor. Continuei ali. Ela tinha uma camisa de noite sem mangas, o cabelo caía-lhe ao longo do rosto. Tentei tocar-lhe. Não recuou, mas contraiu o corpo, com a respiração suspensa. Baixou a cabeça,

"Isto não é só cama, pois não."

Talvez fosse. A resposta possível, crua e antecipada. Abriu mais a porta e deixou que eu entrasse. Tinha o corpo quente e a boca seca. Nenhum de nós falou. Na manhã seguinte, levantei-me a tempo de tomar banho, mudar de roupa e ir até o quarto do rapaz. Acordei-o, disse-lhe que se vestisse e que fosse ver se a mãe já tinha acordado. Hesitou, mas não se recusou. Pouco depois, descemos os três para o café da manhã. Vi-o sorrir enquanto a precedia ao longo do corredor. Nessa noite e nas que se seguiram, esperei que o rapaz adormecesse antes de me dirigir para o quarto dela.

Na presença dele, evitávamos qualquer sugestão de intimidade. Depois desleixamo-nos e o rapaz acabou por reparar. Eu não respondia se ele batia a meio da noite, e pela manhã a minha cama nunca estava desfeita. Fingiu não compreender, mas tornou-se mais reservado. O que quer que ele temesse da chegada da mãe, esta revelara-se ainda mais dura. Não houvera rejeição, castigo ou pedido de explicações, apenas indiferença. Se ela não o hostilizava, era somente porque, para si, ele quase não chegava a estar ali. Via-o diante de si, falava-lhe, mas com a atenção bem-educada que se dedica a um estranho. Nunca lhe tocava. Era eu quem continuava a cuidar dele. Recolhia a roupa suja para mandar lavar, indicava-lhe o que vestir, deitava-o, ia procurá-lo cada manhã antes de descermos para o café da manhã. Ela limitava-se a constatar que o tinha diante de si.

"*Não mastigues o leite*", dizia-lhe, depois, num castelhano sem mácula. Ou outra observação, distraída e incomodada. Um enunciado formal que servia para lhe indicar que, se suspendia os seus deveres de maternidade, não abdicava dos direitos. Ele baixava o rosto para a mesa e não respondia. Já não respondia. Das poucas vezes que a mãe se lhe dirigia, fazia-o em castelhano. Comigo, ela falava sempre em português. A princípio ele respondia-lhe em português, à espera de que ela mesma se corrigisse. Ela nunca o fez, e ele acabou por desistir. Ao fim de algum tempo, começou a misturar as duas línguas. Primeiro com a mãe, depois comigo, em seguida com quem quer que falasse, funcionários do hotel, empregados dos restaurantes, hóspedes de passagem. Fora assim que aprendera a falar, confundindo o português que ouvia em casa com o castelhano do infantário. Ninguém o corrigia. Crescera sem língua materna. Não português, não castelhano, mas uma mistura sem regras nem gramática, ou sem outras regras que não as do uso, da subversão e do mútuo repúdio. Repudiado pela mãe, ignorado pelo pai, atirado para a irmã como a única coisa a que verdadeiramente poderia fazer corresponder um nome. Sem ambiguidades, na língua adequada, com os olhos fechados e as mãos tateantes. Tudo o resto lhe estava tão vedado como ter outra mãe ou outro pai. Como ter outra vida. E, apesar de tudo, era precisamente isso que ele recusava, ter outra vida. Teria preferido voltar para trás, aplanando o tempo para o repor nos termos em que o conhecia. Retomar a casa de Sevilha, a rotina de desleixo e de independência, o colégio, a empregada, Amir, a irmã, cada um dos quais com um lugar definido naquela espécie de ignorância que a escola e a televisão se encarregavam de lhe garantir. Alguma coisa que talvez nunca tivesse verdadeiramente existido, mas que só se tornaria compreensível se o pudesse repetir. Não podia.

À medida que Outubro avançava, ele ia ficando com um ar cansado e ausente. Magro, de olheiras fundas, numa apatia que se combinava com uma incapacidade para permanecer imóvel. Balouçava-se, batia com os punhos na cadeira, batia com os talheres, agitava os pés por debaixo da mesa. Levava a mão à boca e mordia os dedos, a epiderme na inserção das unhas, a polpa do polegar, do indicador. Tudo o que fazia parecia ser em esforço, caminhar, comer, manter-se acordado. Por várias vezes adormeceu no carro quando regressávamos do restaurante. Acordava envergonhado por ter adormecido como uma criança. Erguia-se no assento e olhava em volta, para confirmar onde estava. Em seguida olhava para a mãe. Primeiro para a mãe, depois para mim, tentava ver onde tínhamos as mãos. Se à chegada ao hotel eu lhe sugeria que se fosse deitar, respondia que não tinha sono. Acabava por ir, contrafeito, e adormecia depressa. Às refeições, comia pouco, revolvendo a comida na boca, toda ela fibrosa e difícil de engolir. Ao café da manhã, extraía o miolo do pão, desfazia-o numa bola, deitava-o na chávena. Ficava a vê-lo dilatar-se, absorvendo o leite e transformando-se numa papa esponjosa que levava à boca com uma colher. A mãe olhava para aquilo sem esconder a repugnância. Não era apenas a massa úmida que se soltava da colher e caía na mesa, já quase mastigada antes de chegar à boca, e depois na boca, demorando-se, escapando pelos cantos dos lábios como se algo impedisse o seu trânsito na faringe. Era outra coisa. Também outra coisa. Já todos tínhamos visto aquilo, a papa esmagada, a baba, a massa mastigada em filamentos de farinha láctea. Uma manhã, ela levantou-se da mesa sem ser capaz de suster o vômito. Não chegou ao quarto de banho, ouvimo-la vomitar à saída da sala. Regressou passados minutos, pálida e enjoada. Bebeu alguma água, não comeu mais nada. Quando saímos, o corredor já estava limpo. Via-se uma mancha úmida no chão de cerâmica. Cheirava a detergente.

Como em anos anteriores, cada um de nós prescindia de um pouco de si para se adaptar ao outro. Da minha parte, quase nada. Através de movimentos desfasados mas convergentes, ambos parecíamos ter aceitado que terminávamos ali, um diante do outro, um contra o outro, na mesma cama. Teria sido possível outro resultado. Continuarmos ali, os dois, significava que alguma coisa havia corrido mal. Pelo menos para ela. Caminhava, falava, com aquela calma que apenas conhecem os derrotados, definitivamente isentos de contrariar o mundo em nome de um objetivo, de um desejo ou de uma obrigação. Fechava os olhos o suficiente para acreditar naquilo que um olhar mais exigente poderia conseguir não ver. Mas ela, a ter renunciado, poderia ainda interrogar-se em que momento o fizera. Se quando, com vinte anos, me aceitara na sua cama, se quando escolhera casar-se e mudar-se para Córdova sem os filhos, se quando me aceitara de volta. Não se lamentava. Parecia feliz. Talvez estivéssemos, como poucas vezes antes, quase apaixonados.

Eu movia-me como se soubesse aquilo que pretendia, mas limitava-me a reagir. Por vezes, a meio da noite, acordava sem saber onde estava. Uma lâmpada no extremo do pátio iluminava o compartimento com uma luz difusa que mal permitia entrever a profundidade do espaço. Acima de mim, o quarto prolongava-se num pé-direito elevado. Eu demorava a compreender. Onde, por quê, com quem. Sentia-lhe o calor, à minha direita. Bastava-me. Tocava-lhe ao de leve, a confirmar que ela estava mesmo ali, as mãos, os braços, o peito. Raramente a acordava. Apertava-a contra mim, de olhos no escuro, sentindo-lhe o corpo estremecer num sono nervoso. Em algumas noites, revolvia-se, sobressaltava-se, suspendia a respiração, acabava por acordar. Levantava-se e dirigia-se às escuras para o quarto de banho. Quando regressava à cama, deitava-se na borda mais distante e não se mexia. Sabia-me acordado. Permanecíamos uns minutos imóveis. O tempo de um de nós estender uma mão e puxar o outro para si, arrastar-se até ele, num movimento seco em que ela despia a camisa de dormir e eu lhe separava as pernas. Não sendo assim, raramente nos tocávamos. Era mais fácil, a meio da noite, ultrapassar a inibição provocada pela presença do outro, numa autocensura que era quase uma tentativa de preservar um mínimo de sanidade afetiva.

Terminou com um gemido. Um pequeno espasmo, curto e contido. Não exigia mais e logo a seguir o meu corpo já parecia incomodá-la, retraía-se, desviava-se. Afastei-me rapidamente. Ficamos imóveis durante dois minutos, depois ela levantou-se e procurou a camisa de noite. Não a encontrou. Sentou-se na borda da cama e ligou o candeeiro. Pôs-se de pé. Não evitou um grito. O rapaz estava ali. Quieto, inquisitivo, a cabeça erguida, sentado na cadeira à direita da porta. Tinha os olhos abertos, sem pestanejar, nem sequer incomodado pela luz repentina. Eram quatro da manhã. Perguntei-me, quase sem surpresa, há quanto tempo ele ali estaria. Desde que horas, há quantas noites, perscrutando no escuro alguma coisa que, tanto quanto precisava de ver, precisava que nós soubéssemos que vira. Fixou a mãe a aproximar-se, com uma mão entre as coxas para impedir que o esperma lhe escorresse pelas pernas, e não se mexeu. Ergueu mais a cabeça, olhou-a de frente. Ela debruçou-se e começou a esbofeteá-lo. Uma violência metódica. Uma vez, outra, com a mão úmida que ainda há pouco estava entre as pernas. Ele não desviou os olhos, não procurou proteger-se, não tentou fugir. Deixou que ela lhe batesse, insensível à dor e à agressão, como se também isso fizesse parte daquilo que ele, a um tempo participante e espetador, tinha de testemunhar com o seu próprio corpo. O sangue soltou-se-lhe do nariz e escorreu para a boca, projetado depois, a cada pancada, para as pernas da mãe. Mas nem assim ela parou, debruçou-se mais e continuou a bater, misturando sangue e esperma contra os olhos do filho, tentando remir a causa na consequência, refazer a lei no exercício da punição. Já não o via, ela própria de olhos fechados, movimentando as mãos num ritmo seco e cadenciado que lhe embalava as nádegas e sacudia os seios. Cada vez mais depressa, a respiração ofegante. Levantei-me e puxei-a para o meio do quarto. Não opôs resistência. Afastou-se três passos, dobrou-se sobre si mesma. Começou a chorar, com o corpo curvado, os joelhos fletidos e a cabeça caída entre as coxas. Tapou o rosto com as mãos. À sua frente, o rapaz permanecia inerte. Depois pareceu acordar, limpou os olhos, o nariz, a boca. Levantou-se, com os lábios em sangue, aproximou-se da mãe e deixou-se cair. Curvou-se, de olhos fechados, e avançou na sua direção, a arrastar-se no pavimento. Um verme. Lento, informe, cego, colado ao chão, numa esteira de baba e de sangue. Sentiu-a, cheirou-a, e empurrou a cabeça contra o côncavo escuro das suas coxas, tentando aninhar-se. Ela desequilibrou-se. Segurou-lhe a cabeça entre as mãos e repeliu-o com um grito. Pôs-se de pé, correu para o quarto de banho. Bateu com a porta. Ele ficou onde tinha caído, a cabeça encostada aos joelhos, a boca no chão, os braços apertados em redor das pernas. Vesti-me, peguei-lhe ao colo e levei-o para o quarto. Não opôs resistência. Tinha o corpo duro e retesado de um animal morto. Pequeno, frio, com um peso que parecia desproporcionado face ao volume. Liguei a luz. Ele chorava agora de forma convulsiva. O sangue escorria-lhe para a boca, tingia-lhe os dentes, misturava-se com a saliva e refluía para o queixo, o pescoço, o peito. Deitei-o sobre a cama. Comprimi-lhe o nariz para estancar a hemorragia. Abriu os olhos devagar e tentou soltar-se. Debateu-se na cama sob os meus braços, sem conseguir desprender-se. Acabou por me morder, rouco, cravando-me os dentes nos dedos. Afastei a mão e larguei-o. Ele levantou-se de um salto, ainda a sangrar, o rosto tumefato e ensanguentado e uma máscara de dor que mal lhe permitia entreabrir os olhos. Continuava a chorar. Fugiu para um canto do quarto e encostou-se à parede, acossado. Olhou para a porta, para a janela, para mim, entre ele e a porta. Optou pela janela. Abriu-a e atirou-se para fora. Chocou com as grades. Tinha-se esquecido. Agarrou-se a elas, a soluçar, enquanto batia com a cabeça nos ferros, num ritmo surdo e cadenciado.

    Começava a amanhecer quando, por fim, ele adormeceu. Estava sossegado. Eu tinha-o tratado, dera-lhe banho, vestira-lhe um pijama lavado. Tínhamos falado, eu não lhe prometera nada que não pudesse cumprir. Deixei a porta entreaberta e avancei até o fundo do corredor. A porta dela estava trancada. Bati. Não abriu. Voltei para o quarto do rapaz e vinte minutos depois tornei a bater-lhe à porta. Ela veio abrir, já vestida. Tinha uma expressão calma, olheiras, o cabelo ainda úmido do banho. Perguntou a que horas começavam a servir o café da manhã, estava com muita fome. Apontou para o meu quarto e disse que me arranjasse. Tomei banho, vesti-me, esperei que ela me viesse procurar. Descemos os dois. Comeu pão com sumo de laranja. Não quis leite, disse que a fazia enjoar. Não quis café. Quando subimos, paramos por um momento diante da porta do rapaz. Entreabri-a. Ele continuava a dormir, com o compartimento escurecido pelos cortinados. Fechei a porta e perguntei-lhe o que é que lhe iríamos dizer.

"Nada", respondeu.

"Nenhum de nós tem nada para dizer."

Ele dormiu até as quatro da tarde. Eu deitei-me depois do almoço, mas não consegui adormecer. Fui ter com ele ao quarto quando reparei que já havia acordado. Continuava de pijama. Tinha as três janelas abertas, estava sentado ao sol no parapeito de uma delas a olhar para baixo, de costas para a televisão ligada. Desliguei-a. Disse-lhe que se vestisse. Precisaria de comer alguma coisa. Não me respondeu. Esperou que eu me calasse, e apontou para a porta, depois para o corredor, na direção do quarto da mãe.

"Eu não sou isso", disse. Baixou os olhos e começou a chorar. Apenas umas lágrimas. Não disse mais nada. Contraiu a boca, saltou do parapeito, colou o dedo à parede e começou a caminhar de um extremo ao outro do compartimento, acompanhando os vãos e os contornos da construção. Chegava à parede do fundo e voltava para trás. Recomeçava. Das grades de uma janela até as grades da outra. Deixei que passasse junto de mim e repeti-lhe que se vestisse. Concluiu o percurso, regressou, despiu-se, vestiu a roupa que usara no dia anterior e avançou para a porta. Não confirmou se eu o seguia.

Ao jantar, ninguém tinha fome. Evitávamo-nos. Seguíramos em silêncio até o restaurante, continuamos calados, já à mesa. Era segunda-feira, o restaurante estava vazio, apenas nós e os empregados. Ninguém esperava uma justificação, mas de algum modo todos temíamos que os outros a exigissem. Ele era o único que conservava marcas visíveis. Tinha as faces inflamadas, os lábios cortados, um olho pisado, hematomas na testa, feridas. Lacrimejava. Não se queixou. Observava-nos sem levantar a cabeça, desviava os olhos. Ela, de expressão vazia, parecia não estar ali. Prefeririria não estar, diante de mim, do filho ou diante de si própria. O mesmo para o rapaz ou para mim. Eu esperava apenas que uma noite de sono pudesse substituir aquilo que não fora nem viria a ser dito. No acumulado de agressão, silêncio e má-fé, não havia muito para salvar. Esquecer seria mais do que suficiente.

Se esticássemos as pernas por debaixo da mesa, poderíamos tocar-nos. Nenhum o fazia, esquivando-se ao contato. A ela, disse-mo depois, incomodava-a até o roçar da roupa contra a pele. O punho da blusa no pulso, a gola no pescoço, a saia sobre os joelhos. A pressão do elástico das cuecas, as alças do sutiã. Ofensivo como se uma mão alheia lhe ameaçasse o corpo, forçando a intimidade. Por dentro da blusa ou por dentro da pele. Uma mão infantil. Dava-lhe náuseas. Bebeu água, comeu alguma coisa, afastou o prato com uma expressão de enjoo. A ingestão de alimentos parecia prolongar a ameaça, teria deixado de respirar, se o pudesse fazer. Só desejava fechar-se. Os olhos, a boca, os ouvidos, a vulva, o mais ínfimo dos orifícios. Não se tratava só de se sentir de pernas abertas diante do rapaz, sentia-o na carne, coxas adentro, num êmbolo pastoso. Chegava a experimentar uma espécie de espasmo, uma contração da vagina, ao mesmo tempo que era obrigada a engolir o vômito. E não era apenas isso. Era senti-lo dentro das pernas da irmã, se não com o corpo, com o olhar. Senti-lo a tocá-la com os olhos tanto quanto ela própria se poderia tocar a si mesma, dois ou três dedos, no escuro, por debaixo das cuecas. Talvez sem esperar prazer ou satisfação, mas obsessivo. Os olhos do rapaz, as mãos do marroquino. A boca, os dentes. Reconhecia-lhes o cheiro, a textura, o volume, um som de sucção. Levantou-se e dirigiu-se ao quarto de banho. Quando regressou, não se sentou à mesa. Bebeu um gole de água, e pegou na carteira. Pediu-me as chaves do carro. Disse que esperaria lá fora.

O rapaz acabou de comer rapidamente. Não queria ficar sozinho comigo. Supunha ter comprometido de vez qualquer confiança que eu depositasse nele, qualquer possibilidade de confiar em mim, de confiar em si mesmo. Não acreditaria naquilo que a si próprio pudesse prometer. Na noite anterior, quando acalmara o suficiente para conseguir falar, perguntara-me, entre lágrimas, se agora eu o iria entregar. Ou nem sequer uma pergunta, um desafio,

"Do que é que estás à espera para me entregares à polícia."

E logo a seguir, calmo, quase lúcido,

"Queres que eu te conte."

Nenhum remorso, nenhum arrependimento, apenas consciência. Mas até isso já começava a ser uma construção, misturando aquilo que tinha acontecido com tudo quanto de forma obscura algum dia pudesse ter temido ou desejado, já incapaz de distinguir a causa do efeito, a proibição do ato, a lei da língua na qual aquela se escrevia e somente na qual poderia ser aceite ou transgredida. Pousou os talheres, afastou a cadeira da mesa e perguntou se se poderia levantar. Esperou junto à porta, voltado para o exterior. Para lá do vidro, via-se o estacionamento, parte da estrada, iluminada pelas luzes do restaurante, depois uma mancha de escuridão. Eu via-o de costas, com uma mão apoiada na folha de vidro. Limpou os olhos. Estava sozinho. Era uma exclusão que se alimentava do medo de ser excluído. Olhou em volta, de rosto no chão, e avançou ao longo da parede do restaurante. Da porta até o fundo da sala, daí até a porta, sem soltar o indicador da parede. Repetiu o percurso, o mesmo ir e vir de animal encarcerado. De um lado para o outro, ao comprido com a parede exterior, como se a isso correspondesse não uma deslocação no espaço, mas no tempo, de cá para lá, e o inverso, cada passo assente na possibilidade de inversão da marcha, de retroação do efeito sobre a causa, de subtração de tempo ao tempo decorrido.

Nessa noite, ela disse-me que dormiria sozinha. Seria inútil que eu fosse bater-lhe à porta. Deitei o rapaz e fiquei à espera. Quase uma hora. Depois atravessei o corredor, bati duas vezes. Não abriu. Mais duas, dez minutos depois. Não insisti, tinha dificuldade em manter os olhos abertos. Adormeci depressa. Quando acordei, a meio da manhã, os dois já tinham tomado o café da manhã. Encontrei-os nas escadas. Ela desviou-se. Disse-me que precisávamos de falar. Dirigiu-se para o quarto. A meio do corredor, virou-se para trás e chamou o filho. Disse-lhe que fosse fazer as malas. Ele ficou imóvel, sem compreender. Olhou para mim e não se mexeu. Ouviu-a repetir, baixou a cabeça e afastou-se ao longo do corredor. Parou diante do quarto, mas não entrou. Ao fundo, ela abriu as malas em cima da cama e começou a esvaziar os armários. Aproximei-me.

"Não faças perguntas", disse.

"Não estou a perguntar. Estou a dizer que não."

Olhou para a porta e ficou no meio do compartimento com a roupa na mão. Atirou-a para cima da cama e avançou até o quarto do rapaz. Retirou a mala dele do armário, pousou-a sobre a cama e disse-lhe que guardasse as suas coisas. Eu já o viria ajudar. Voltou para o seu quarto, calma. Segui-a,

"O que é isto."

"Nada. Vamos embora."

"Nós."

Não respondeu. Continuou a arrumar a roupa, meticulosa, cada peça dobrada e sobreposta na mala como parte de um processo de sedimentação da vontade, sem outro critério que não o da simples sobreposição. Por fim, fechou o armário e olhou para mim. Disse que iria sozinha. Eu poderia ir ou ficar, mas sem ela. Precisava que eu levasse o rapaz. Não o queria ver, não queria que ele a visse. Não o conseguiria suportar.

"Talvez mais tarde", continuou,

"não me comprometo."

Voltei para o meu quarto e tirei as malas do armário. Não cheguei a abri-las. Era quase meio-dia. Fui ao quarto dele. Metade da roupa estava no chão. O resto nas gavetas. A mala continuava vazia. Ele estava junto da janela, de costas para a porta. Não se virou. Mantinha o olhar fixo. Lá fora, os abutres voavam em círculos sobre as colinas.

"Vais com ela", perguntou. Respondi que ninguém iria para lado nenhum. Disse-lhe que esperasse, mais meia hora e sairíamos para almoçar. Desviou os olhos e aproximou-se das grades. Deixei-o aí. Ela não estava no quarto. Ouvia-a na recepção. Pedia que lhe entregassem a roupa que tinha na lavandaria. Voltei para trás, despejei-lhe as malas em cima da cama e guardei-as no armário. Amontoei a roupa nas gavetas. Fiquei à espera. Ela demorou. Dez minutos depois, senti-lhe os passos no corredor. Procurou as malas com os olhos e amarrotou contra o ventre as peças que trazia. Fechou a porta, sentou-se na borda da cama. Afastou-me com os braços.

"Não posso", disse. Tinha os olhos vermelhos, a pele macilenta. Parecia mais velha. Sentia-se mais velha, novamente obrigada a recomeçar sozinha alguma coisa cuja conclusão a deixaria ainda mais velha e ainda mais sozinha.

"Começo a compreender", acrescentou, como se a idade fosse condição do conhecimento. A idade, a repetição, e como se afinal se tratasse apenas de medir a diferença entre o tempo e a história, entre a coisa e a consciência, num esboço de organização que tomasse como suficiente a construção do critério. Não era necessário avaliar ou julgar, bastava ocupar o vazio entre as palavras e o mundo, entre a gramática e a moral. Quase nada. Levantou-se, pegou na roupa que trouxera e atirou-a para dentro do armário. Foi ao quarto de banho. Quando regressou, vinha penteada, maquilhada, uma expressão impessoal. Procurou os sapatos. Disse que precisava de comer. Pediu-me que fosse chamar o rapaz. Eu demorei a encontrá-lo. Não estava no quarto, não estava no pátio, não era visível nos campos em redor. Nenhum dos funcionários o vira. Procurei-o entre as ruínas. Não pronunciou uma palavra quando meia hora mais tarde o encontrei aninhado no celeiro, debaixo do que restava do antigo altar. Não se justificou. Acompanhei-o ao quarto, disse-lhe que lavasse as mãos e mudasse de camisola. A mãe estava à espera.

Almoçamos na vila. Ele quase não tinha falado. Respondera que sim ou que não para escolher a comida. Mastigara em silêncio, com dificuldade em engolir e sem conseguir manter-se imóvel. Por fim, afastou o prato e perguntou se poderia sair da mesa. Não olhou para nenhum de nós. Não esperou que respondêssemos. Levantou-se, repôs a cadeira no

lugar e dirigiu-se para a porta. Segurou-a para que não batesse. Desceu os dois ou três degraus, afastou-se pelo passeio. Eu via-o pela janela, passos curtos, o indicador colado à parede. Parou numa transversal, atravessou-a, estendeu outra vez o dedo, prosseguiu até o fim da rua. Subiu as escadas, tateou a ombreira e desapareceu na porta entreaberta.
"*Comisaría de Policía.*"

Ficamos imóveis. Sabíamos ambos o que deveríamos fazer. Nenhum de nós o fez. Dez minutos. Foi ela quem se mexeu primeiro. Levantou-se e procurou um empregado. Pediu a conta, pagou, saiu sem esperar pelo troco. Segui-a até o carro. Entreguei-lhe a chave, sentei-me ao seu lado, dirigimo-nos para o hotel. Paramos no pátio. Nenhum de nós saiu. Ao fundo, em planos sobrepostos, as cumeeiras de calcário cinzento, uma névoa úmida. Olhou para mim e perguntou se eu era capaz de suportar. Não estava em causa a lei, mas a culpa. A haver culpa além da lei.

"Sabes o que é que nos espera."

Eu sabia. Fizemos as malas em menos de quinze minutos. Transportei-as para o meu carro enquanto ela pagava. Pediu que lhe guardassem as coisas do rapaz. O seu carro. A polícia acabaria por chegar ali. Arrancamos e avançamos para o interior na direção de Antequera. Quando contornamos Granada ainda era de dia, mas o Sol já desaparecera e as viaturas circulavam com os faróis ligados. Na estrada, uma luminosidade sem sombras, baixa e homogênea. Ao fim de alguns minutos, os volumes perderam a cor, convertendo-se em massas sem profundidade, escuras e opacas contra o céu ainda claro.

Atravessamos Espanha durante a noite. Primeiro pelo interior, até Valência, a seguir pelas autoestradas do litoral da Catalunha. Conduzi eu, mas ela manteve-se acordada. Não falamos. Sentia-se enjoada. Não tinha voltado a beber nem a fumar. Nenhum de nós comentara o fato. Os seios inchados, o ventre mais duro, a amenorreia. Eu não perguntara, ela não respondera. Ao amanhecer, estávamos diante da fronteira francesa. Continuamos durante mais três horas. Procuramos um hotel nas proximidades de Avignon. Acordamos tarde. Ficamos mais dois dias. Prosseguimos depois em direção a Itália. Aix-en-Provence, Cannes, Nice, Menton. Trajetos curtos, hotéis de beira de estrada. Depois, no esplendor das coisas ameaçadas, voltamos para trás.

Adverte-se aos curiosos que se imprimiu este livro em nossas oficinas, em 27 de
novembro de 2020, em tipologia Libertine, com diversos sofwares livres, entre eles,
LuaLaTeX, git & ruby.
(v. 122245a)